中国当代杂文精品大系

1949—2013

朱铁志 主编

“十二五”国家重点图书出版规划项目

谁统计了我的幸福

潘多拉杂文自选集

潘多拉／著

金城出版社
GOLD WALL PRESS

图书在版编目(CIP)数据

谁统计了我的幸福 : 潘多拉杂文自选集 / 潘多拉. —北京 : 金城出版社, 2014.7

ISBN 978-7-5155-0996-9

Ⅰ. ①谁… Ⅱ. ①潘… Ⅲ. ①杂文集—中国—当代

Ⅳ. ①I267.1

中国版本图书馆CIP数据核字(2014)第006055号

谁统计了我的幸福

作　　者	潘多拉
主　　编	朱铁志
出 版 人	王吉胜
责任编辑	柯　湘
文字编辑	彭洪清
开　　本	880毫米×1230毫米　1/32
印　　张	12
字　　数	200千字
版　　次	2016年6月第1版　2016年6月第1次印刷
印　　刷	北京金瀑印刷有限责任公司
书　　号	ISBN 978-7-5155-0996-9
定　　价	49.00 元

出版发行	**金城出版社** 北京市朝阳区利泽东二路3号
	邮政编码 100102
发 行 部	(010)84254364
编 辑 部	(010)64215770
总 编 室	(010)64228516
网　　址	http://www.jccb.com.cn
电子邮箱	jinchengchuban@163.com
法律顾问	陈鹰律师事务所　(010)64970501

潘多拉，原名潘洪其，男，1970 年生于重庆，1992 年毕业于北京大学历史学系，现为北京青年报评论员，主任编辑。在《北京青年报》《中国青年报》《南方周末》《法制日报》《中国经济时报》《大公报》《南风窗》等报刊发表杂文、时事评论、学术论文、小说共 800 余万字，长期为《东方早报》《重庆日报》《新民周刊》《现代快报》《三晋都市报》《珠江晚报》等报刊撰写专栏文章。有文集《即席发言》（中国华侨出版社 1998 年）、《英俊的丑角》（黄河出版社 1999 年）、《中国魔盒——潘多拉大战腐败》（天津人民出版社 2000 年）、《宁可信其有》（台海出版社 2003 年）、《指名道姓——潘多拉酷评公众人物》（台海出版社 2004 年）、《没有人不知道你是一条狗》（北京出版社 2004 年）、《瞒不住了》（台海出版社 2005 年）、《瞒和骗的游戏》（中国发展出版社 2010 年）等问世。

目录

第一辑　难得糊涂

第二辑　宁可信其有

第三辑　瞒和骗的游戏

第四辑　讽刺的尴尬

写在前面的话

朱铁志

选编一套全面反映当代中国杂文创作概貌的大型丛书，是我一段时间以来的愿望。

现代意义的杂文创作，肇始于五四新文化运动，以鲁迅先生为代表。新中国成立后，以中共十一届三中全会为分水岭，经历了前后两个三十年的不同阶段。从建国初到十一届三中全会前三十年，由于“反右”、“文革”等政治运动的影响，杂文创作就整体而言比较萧条，只有前后三个阶段短暂的“繁荣”期，出现了《“三家村”札记》、《燕山夜话》、《长短录》等代表性作品，就时间而言，累计不超过两年。

杂文真正的繁荣期是十一届三中全会以后。以1976年打倒“四人帮”为标志，伴随着真理标准的大讨论，新时期文学开启了狂飙突进的新时代。在文学大军浩荡前行的队伍里，杂文与小说、诗歌一道，成为引领思想解放的光荣一翼。它以睿智的眼光、坚韧的意志、不屈的姿态，傲然挺立在新时期乍暖还寒的土地上。仿佛报晓的雄鸡，又像滚动的春雷，将蛰伏的生灵唤醒，把冰冻的土地融化。于是，无数思索的目光透过“花边文学”窥见时代风云变幻，无数焦渴的灵魂在震撼中开始寻找失落的尊严。由鲁迅先生开启的“社会批评”、“文明批评”的杂文传统，在这一刻焕发出特殊的力量，启发群伦，激励民众，推动社会变革。如果说新时期以思想解放为发端，那么完全可以说，新时期文学的苏醒、奋起、繁荣，既有以“天安门诗抄”为代表的诗歌的功绩，有以《伤痕》、《班主任》为代表的“伤痕文学”的贡献，同时也有以《鬣狗的风格》、《江东子弟今犹在》、《东方红这首歌》、《切不可巴望“好皇帝”》、《华表的沧桑》、《语录考》、《万岁考》等为代表的一大批优秀杂文的贡献。思想解放运动作为新时期的发动机，是杂文复兴最重要的思想基础和推动力量；新时期杂文的繁荣是思想解放运动的必然结果和逻辑延伸。作为时代精神的特殊反映，新时期杂文以最敏感的神经感应世事变迁，以最锋利的武器对腐朽势力发起有效进攻。时代进步有它的助力，社会发展有它的功绩。作为思想解放的先驱、历史进步的先声，新时期杂文以其宏大的创作群体、优异的创作实绩、广泛的社会影响，彪炳文学史，笑对时代潮，成为杂文家足堪自豪的美好记忆。这当中，有以严秀、秦牧、何满子、章明、林放、牧惠、邵燕祥、王春瑜等为代表的前辈作家，有以陈四益、陈泽群、符号、李下、鄢烈山、王乾荣、李乔、甲乙等为代表的中年作家，有以张心阳、陆春祥、潘多拉、杨学武、杨庆春、刘洪波等为代表的青年作家。1989年《人民日报》“风华杯”杂文征文标志着新时期杂文创作的顶峰，表现出前所未有的思想深度、艺术魅力和社会影响力，是新时期杂文创作的标志性事件。

集中反映新时期杂文创作成就的文集数量庞大，规模不等，目前被普遍关注的主要有七种，一是曾彦修（严秀）、秦牧、陶白主编的《中国新文艺大系·杂文集（1976—1982）》，1987年由中国文联出版公司出版；二是严秀、牧惠主编的《中国当代杂文选粹》，四辑共40本，由湖南文艺出版社出版；三是张华、蓝翎、姚春树、牧惠、朱铁志主编的《中国杂文大观》，1989年由天津百花文艺出版社出版；四是刘成信主编的《中国当代杂文八大家》，1997年由时代文艺出版社出版；五是朱大路主编的《杂文300篇》和《世纪末杂文200篇》，分别于2000年和2001年由文汇出版社出版；六是刘成信主编的《中国杂文》（百部），2013年起由吉林出版集团有限责任公司出版；七是朱铁志主编的《中国新文学大系·杂文卷（1976—2000）》，2009年由上海文艺出版社出版。

上个世纪80年代末期，在协助牧惠先生主编《中国杂文大观》第四卷过程中，我比较系统地阅读了新时期以来的杂文作品，搜集了大量杂文集和其他杂文资料。2006年，承蒙王蒙、王元化二位先生的邀请，由王充闾先生和我主编《中国新文学大系·杂文卷（1976—2000）》（王充闾先生后因健康原因退出），再次比较系统地阅读了新时期的杂文作品。两次经历使我突出感到，新时期杂文是新中国成立以来环境最为宽松、创作最为活跃、成果最为丰厚的时期。两个大型选本虽然以时间为序，各自选编了五六十万字的杂文佳作，但限于篇幅，远不能全面反映这一时期杂文创作的全貌，迫切需要在适当时候以杂文家为线索，选编一套全景式展现新时期杂文创作整体水平的大型丛书。

《中国当代杂文精品大系（1949—2013）》就是这个设想的产物。我们拟在原来工作的基础上，选编一个更加全面、更加权威、更加开放、更大规模的选本。该丛书以时间为经，以代表性作者为纬，每人精选一本本人迄今为止全部创作的代表性作品，突出思想性、文学性、史料性，力争为后人留下一份基本能够反映当代杂文创作水平、可资信赖和检索的翔实资料。选本的时间跨度为1949年至2013年，但其重点如前所述，毫无疑问是新时期以来的杂文创作。选本不存门户之见，不论名气大小，不搞亲疏远近，不做成封闭体系，力争客观、公允、理性、包容。人选数量将从创作实际出发随时增减。近年来，随着时间的流逝，何满子、冯英子、黄秋耘、老烈、牧惠、谢云、舒展、蓝翎、李汝伦、陈泽群、王大海等杂文宿将先后离我们而去；严秀、方成、章明、刘征、虞丹、周修睦、邵燕祥、黄一龙等前辈已逾耄耋之年；而依然活跃在创作一线的王春瑜、陈四益、李下、鄢烈山、王乾荣、李乔、阮直等，也已跨越退休年龄；即便是安立志、杨学武、张心阳、陆春祥等中坚力量，也过了知天命之年；年轻如刘洪波、徐迅雷、杨庆春、潘多拉诸位，其实也已年逾“不惑”。由此看来，杂文实实在在面临一个“传”与“承”的问题。“传”，是把前辈优秀的作品整理出来，传之后世；“承”，是通过我们的选编出版，让后人特别是今天的年轻人知道中国还有杂文这样一种古已有之并由鲁迅先生完善的独特文体，还有一群为之殚精竭力、焚膏继晷的辛勤作者，还有生生不息、佳作迭出的杂文作品。杂文之火不灭，乃是思想解放的灯塔不灭，“社会批评”、“文明批评”的优良传统不灭，中国知识分子的良知不灭。从这个意义上讲，选编这套丛书无论怎样繁难艰苦，都是值得的。

感谢金城出版社以足够的远见卓识和人文关怀接受并全力支持本丛书出版。说老实话，在这个把“物”与“利”作为万物尺度的世界上，并不是随便哪个出版家都有这样的眼光，都愿意为此承担可能的风险。不过我相信，本书即便不能成为出版商所期盼的“畅销书”，也完全有可能成为具有一定价值的“长销书”；本书的编者和出版者很快都会退出历史舞台，但这套丛书一定会留在时间深处，留在人们的记忆中。

不积跬步，无以至千里；不积小流，无以成江海。“社会主义文化大发展大繁荣”、“建设社会主义文化强国”，离不开实实在在的“小事”。毋宁说，“大发展大繁荣”恰恰有赖于“小作为”，选编这套丛书，庶几近之。

感谢所有入选本丛书的杂文作者，没有他们多年来的辛勤耕耘，中国的文化园地无疑会缺少一种冷静、理性的声音。他们是“雅典的牛虻”，是“中国的良心”，是值得关注和记住的一群。

2014 年惊蛰于北京沙滩

第一辑　难得糊涂

难得“糊涂”

自清朝书画家、文学家郑板桥道出那句至理名言“难得糊涂”之后，拿“难得糊涂”做文章的人不胜枚举，我这里再来续上一篇，却是别有一番滋味。

去年年初，《青海法制报》刊出一篇批评某建筑公司的稿件，被该公司一纸诉状推上了被告席。新闻媒体因批评性报道而吃官司，在国人的名誉权意识和形象意识日渐增强的今天，早已不是什么新鲜事了。不过，这起官司引起舆论的广泛关注，却是由于原告的委托代理人、立达律师事务所律师王某，以及青海西宁市城中区人民法院里以审判长郭某为代表的一批工作人员，都不约而同地认为《青海法制报》的报道“违背了我国‘新闻法’的有关规定”，“违背了我国‘新闻法’中真实性的原则，给原告××建筑公司造成名誉上的侵权”。（按：青海省高级人民法院最终裁定，《青海法制报》的报道不构成侵权）一部纯属子虚乌有的“新闻法”，竟被律师视为制胜的法宝，更被法官引以为判决的依据，难怪有关人士要连连惊叹“糊涂法官，荒唐断案”，权威的新华通讯社也要专门发出通稿，称“此案暴露出的问题尤其值得我们深思”了。

此案的确暴露出了许多问题，比如众多媒体在报道、转载此案时都谈到，律师王某十有八九是在“滥竽充数”，法官郭某只有初中文化程度，判决书成稿后，经过审判长或副审判长核实、主管副院长签发及合议庭合议等一系列程序，仍然未能避免如此低级的错误，“实在令人匪夷所思”，“如此简单的错误在长达数月的时间都没有被发现，使人很容易怀疑法庭对其他事实认定的可靠性”，等等。但在我看来，“尤其值得我们深思”的问题似乎还不在于诸如此类的表面现象，而在于为什么“糊涂”的律师和法官会“荒唐”地把一部虚构的“新闻法”奉为圭臬？进而言之，为什么连素质如此不尽如人意的律师和法官，都会想当然地认为中国已经有了一部可以奉为圭臬的“新闻法”？我想，他们一定认为，要和新闻媒体打名誉权官司，或者要就某一起涉及新闻报道的案件做出判决，如果没有一部正儿八经的《新闻法》，那绝对是不正常的，是“值得我们深思”、“令人匪夷所思”的！

长期以来，中国一直没有新闻法。没有新闻法，似乎并没有妨碍新闻事业的“蓬勃发展”，君不见花花绿绿的报纸、杂志不断扩版、增刊，沸反盈天的电视、广播一个劲儿地吆喝、煽情，小道消息、泡沫新闻、软新闻、假新闻肆无忌惮大行其道。没有新闻法，似乎也没有影响对新闻工作进行严格有效的管理，什么东西必须报道，什么东西不能报道，什么东西只能怎样报道，哪一级别的新闻单位只能监督哪一级别的政府和官员，都有一整套严密的纪律和计划。同样，没有新闻法，尽管不能保证强有力的舆论监督，但似乎并没有妨碍上上下下各色人等游刃有余地“监督舆论”——是个人物就可以立下“谁写 ×× （县）的批评稿，就是败坏 ×× 形象，谁就是 ×× 县的败类”的规矩，可以勒令“败类”立马卷铺盖回家；是个角色动不动就可以状告两个记者来玩玩儿，甚至胆敢对不识好歹的记者拳脚棍棒伺候……依法治国已经成为全国上下的共识，然而面对新闻领域中存在的如此这般“无法无天”的状况，我们居然熟视无睹，习以为常，难道不正是一种彻底的糊涂么？

酒后吐真言，“糊涂”出真知，撇开对有关事实的认定不论，西宁市那名“糊涂”的律师和那些“糊涂”的法官，用他们素朴的直觉和基于最简单的形式逻辑所做出的判断，不无深刻地向我们揭示了中国制定新闻法之必然理由，实在是难得“糊涂”，可钦可佩！

选自《英俊的丑角》，黄河出版社 1999 年

谁“害”死了成克杰

继原江西省副省长胡长清被执行死刑，创下共和国成立以来副省级领导干部因腐化堕落被送上断头台的新纪录之后，北京市第一中级人民法院对成克杰受贿案做出一审宣判，以受贿罪判处成克杰死刑，剥夺政治权利终身，并处没收个人全部财产。稍后，经最高人民法院核准，北京市第一中级人民法院对成克杰执行了死刑。这意味着胡长清刚刚创下的纪录又被成克杰刷新。

成克杰被捕前的身份是全国人大常委会副委员长，中国的反腐败斗争的真刀真枪，终于第一次架在了一名前“党和国家领导人”的脖子上。

因为以前对成克杰的情况知之不多，便随手从网上调阅了他的简历。一看不禁大惊。成克杰，男，壮族，1933 年 11 月生，1984 年 2 月加入中国共产党，大学文化，高级工程师。从一个大学毕业生，到柳州铁路分局湛江车站技术员、南宁分局副局长兼总工程师，到广西壮族自治区党委副书记兼政府主席，中共第十四届中央委员，他的成长和仕途可谓一帆风顺（1984 年才姗姗入党，并未影响他的青云直上。当然他大约也沾了中央大力提拔任用少数民族干部政策的光），咱们不能不承认他曾经是一个年轻有为、年富力强的难得的人才。如今他从“党和国家领导人”的高位一栽到底，虽是死有余辜，但我还是隐隐有些替他惋惜。

据法庭审理查明并公布的材料，成克杰受贿巨额贿赂的事实共有六大项，其中每一项都大同小异，简直单调乏味得令人不能卒读——某年某月至某年某月，成克杰从情妇李平处得知，帮助某某公司承接某某工程（或批地皮、搞贷款等），可得到巨额“好处费”；成克杰即利用职权，要求某某部委为该公司承接该工程立项（或指示市政府大幅度压低工程土地价格、要求中国某某银行广西分行为该公司发放贷款若干万元等）；事成后，某某公司按预约，支付成、李贿赂款人民币若干万元……然而正是在这些单调乏味的事实背后，蕴藏着发人深省的丰富内容：作为在广西数一数二的人物，成克杰真是要风得风，要雨得雨，甭管多大一项工程，也甭管多大一块地皮、多大一笔贷款，只要是他成克杰想要的，就保准能手到擒来；只要是他成克杰开口替别人要的，也同样能轻而易举就统统搞定。

特别让人惊讶的是，在成克杰一而再、再而三地利用这些“职务便利”为他人牟取非法利益的过程中，我们几乎没有看到哪怕有一个单位采取了抵制行动，几乎没有听到哪怕有一个人站出来说“不”的声音，人们或许从来就不觉得像他那样的高级干部出面为他人揽工程、批地皮、搞贷款有什么不对的地方，特别是假如他没有在事成之后“按预约”收取人家的“好处费”，他也许就要被赞誉为“全心全意为人民服务”、“鞠躬尽瘁、死而后已”的好领导了。

在成克杰翻船之后，原《广西日报》社社长、总编辑李明德公开揭露了成克杰在主政广西期间镇压舆论监督的一系列恶行。针对当时广西存在的一些“跑官”、“买官”、“要官”等所谓“五官”现象，李明德主持撰写了一系列评论文章，准备逐一予以深入剖析。然而当该系列第一篇文章《谨防数字出官》见报后，就遭到了成克杰的点名批评，李明德本人也很快被莫明其妙免去社长、总编辑职务。一篇并未直接针对任何个人的评论文章尚且如此，《广西日报》刊登的另一篇批评广西银兴实业发展公司强占地皮、违法开工行为的文章，更是引起了一场轩然大波，成克杰的死党、银兴公司总经理周坤于文章见报次日率手下数人强行闯入《广西日报》大楼大吵大闹，气焰无比之嚣张……

种种迹象表明，成克杰在广西既然官居区党委副书记、政府主席，就不但“没有什么事情办不成”，而且还达到了“没有什么人管得了他”、“没有谁敢对他说半个‘不’字”的地步。一个人一方面为所欲为，另一方面又肆无忌惮，他实际上已经处一种非常危险的状态，即不可避免地从要放纵走向疯狂，再从疯狂走向毁灭。

成克杰是如此，在他之前的大贪官如胡长清、原湖北省副省长孟庆平、原广西玉林市委书记李乘龙、原北京市副市长王宝森、原山东泰安市委书记胡建学等等，莫不都是如此。只不过从疯狂到毁灭往往需要某种“偶然因素”的诱发（如胡长清，便是去年 8 月 7 日在广州用假证件入住中国大酒店，引起江西省高层领导的怀疑，方才露出马脚，最终原形败露；原北京市副市长王宝森的罪行是由几个秘书“咬”出来的，几个秘书又是由无锡非法集资案带出来的；胡建学受贿案的暴露缘于秘书长李胶青入狱，而李的入狱又缘于一个非常不起眼的区公安局副局长的案子），现在成克杰一案的详情尚未公布，到底是哪一个环节上的“偶然因素”使得他一夜之间身败名裂，我辈小老百姓自然不得而知，但正如孔子之感叹伯牛“亡之，命矣夫，斯人也而有斯疾也！斯人也而有斯疾也！”（《论语 · 雍也》）我们对成克杰、胡长清、王宝森等“斯人”而必然有“斯疾”，最终却并非必然性地被“斯疾”葬送了身家性命的结果，也同样是不难理解的。

就这样，成克杰“同志”，一个本质上或许并不算坏的青年，因为被一步步培养、提拔成高级领导干部，就在他的地盘上一度想干什么就能够干什么，想怎么折腾就可以怎么折腾，想有多少“职务便利”就会有多少“职务便利”。一个人被“放”到这样的位置上而能清虚自守，戒骄戒躁，一个人被赋予了绝对的权力而不腐败变质，这样的人不是圣人就是白痴。但是，请问我们的干部队伍中请问有几个是圣人？又有几个是白痴？成克杰不是，胡长清、王宝森等贪官也不是，所以只要他们爬到了一定的位置，争取到了一定的权力，他们事实上就已经做好了腐化堕落的全套准备动作，接下去几乎就是“箭在弦上，不得不发”了……

唯物辩证法认为，任何事物的发展，内因起主要的、主导性的作用，外因起次要的、引导性的作用，但不排除在一定条件下，内因与外因之间会发生某种转化关系。以此观之，成克杰走到今天这一步，他自己疏于自律，背离党性，可谓咎由自取，罪有应得，但是把他推上具有“腐败资格”的“庙堂之高”、为他提供一系列完整齐备的“腐败条件”的外部体制环境，恐怕更是难逃干系。

谁“害”死了成克杰？是他自己，又不完全是他自己。

选自《中国魔盒——潘多拉大战腐败》，

天津人民出版社 2000 年

反对“撞了白撞”

记得最初辽宁省沈阳市率先实施新的交通管理办法，规定5种交通事故行人须负全责，说得通俗点儿就是所谓“行人违章，撞了白撞”。这个办法刚一出台，立马就引起轩然大波，我看到的意见，绝大多数都是异常激烈的批评，如称这种做法是“无理的先例，危险的开始”，是“反文明的，兽性的”，“代表了权势集团、富人阶层和特殊利益群体的需要，反映在我们这个社会占大多数的中下阶层是多么的任人宰割”，等等。话说到这个份儿上，我也就不便加入进去火上浇油了。

继沈阳之后，上海、济南等地也很快出台了类似的地方交通法规，上海还首次判定了一起机动车撞死人不赔案，再次引起舆论对“撞了白撞”的关注。不料在《北京青年周刊》上读到张天蔚先生的文章《什么叫“撞了白撞”》（以下称“张文”），很是吃惊。这倒不是因为张天蔚先生居然“胆敢”旗帜鲜明地公开站出来举双手赞成“撞了白撞”，我吃惊的是他竟然能够用一套成熟的笔法，一篇老到的文字，非常巧妙地在“法理”和“道理”上为“撞了白撞”作了一番辩护。这不能不引起我的高度警惕。

行人违章，机动车司机没有违章，两者碰到了一起，出现了冲撞，行人身负重伤或者死于非命，从纯粹的“法理”上看，司机当然没有过错，不应当承担任何责任——岂止是不应当承担责任，他甚至有理由要求行人（或行人的监护人、家属）赔偿他因撞人被耽误时间而导致的经济损失，以及因撞人情绪受干扰而导致的精神损失……任何“法理”一旦被推向极致，其荒谬性也就显而易见。

我们不是一直强调，办任何事情都要注意符合中国国情么，就交通管理部门应当注意符合的中国国情而言，我同意前引《杂文报》那名作者的看法：“中国的国情就是人口密度极大，自然资源匮乏，生存空间狭小，国民的文化、道德及经济水平整体较低。”“撞了白撞”的办法，符合的是那些地广人稀、经济文化水平较高的国家或地区的实际，那些地方别说“撞了白撞”，就是每撞一个人反而奖励司机 100 美元，估计也没几个人会有这个“雅兴”。

而在中国，一个刚刚进城没几天的民工，或者一个没什么文化的城市老太太，他们对交通法规本来就知之不多，对“撞了白撞”这个“新生事物”十有八九闻所未闻，他们难道就活该被撞死？古人尚且知道“不教而诛谓之虐”，“以不教民战，是谓弃之”，“道之以政，齐之以刑，民免而无耻；道之以德，齐之以礼，有耻且格”，主张通过积极的宣传教化手段提高民众的整体素质，以适应施行政治刑法的需要，我们为什么就不能对并非要故意违章行走的

“愚民”多一点恻隐之心？套用一个常见的说法：难道我们社会主义社会竟然还不如万恶的封建社会讲人道么？

张文说：“‘遵纪守法’是法制社会中每一个公民的责任和义务，交通法规规定行人该怎么走，行人就得怎么走。对于不遵纪守法的人，法律也不保障他的权利，对于违章走路的行人，只好‘撞了白撞’。”他说的是“法制社会”，而没有说“法治社会”，这大约是他行文严谨的一个表现。包括中国古代封建社会在内的专制极权社会，都可能是典型的“法制社会”，统治阶级主持制定出了当然是大大有利于维护其统治的“法”，然后告诫人们都必须遵纪守法，“对于不遵纪守法的人，法律也不保障他的权利”。原来所谓“君人南面之术”，竟是如此之简单。

“法治社会”则不同，法律的制定与实施都必须体现最基本的公正和最普遍的民意。从这个标准看，现在包括“撞了白撞”在内的许多交通法规及实施办法，是典型的“法制”而非“法治”的产物。它们从出台到实施，既没有广泛征求各界人士的意见，更没有召开正式的立法听证会（有的规定连司机都反感），根本不可能充分考虑到“如何保证行人和骑自行车的人能在不违反交通规则的情况下，获得方便出行的权利”（见张文）。“遵纪守法”本是天经地义的道理，但这“纪”是什么“纪”，这“法”是什么“法”，“纪”与“法”都有高下优劣之分，岂可一概而论？

张天蔚先生自己也承认，什么时候“弱势群体”在立法方面有了发言权，我们的利益才算真正有了保障，可见他对“撞了白撞”这个已经定了的“法”到底是否考虑了行人、自行车的方便和安全，也是没有多大把握的。让大多数人严格遵守对他们极为不利的“纪”与“法”，否则就不受保护，就“格杀勿论”，古往今来“法制社会”暗藏的血腥杀伐之气，在这当中仍然依稀可闻。

张文还设想，假如不实行“撞了白撞”，将出现一种可怕的局面：“满街都是不走人行横道还见缝插针地在车流中穿行的行人，汽车们就只好都停在路上无奈地按喇叭，看着行人从容地走来走去。‘强势’与‘弱势’的关系立时就有了革命性的变化，可街上的情景却无法想象。”这种假设也是大可怀疑的。以前汽车撞了行人，即使过错全在行人，但司机也不能“白撞”，即也应承担一定责任的时候，也没见“满街都是不走人行横道还见缝插针地在车流中穿行的行人”；而且几乎可以肯定，只要汽车还在街上行驶，行人和汽车相撞时行人身体受到的伤害比汽车更大这个现实不改变，张文设想的局面就永远不会发生。

真正可能使旧有格局中强势和弱势关系出现“革命性”变化的，恰恰是类似“撞了白撞”这种对弱势人群极端不利的“法”，它们被堂而皇之地颁布，被冷漠无情地解释，被毫不手软地执行，无论有多少行人的尊严被忽视，无论大街上倒下了多少个永不瞑目的躯体，无论飞奔而去的车轮上挟裹着多少触目惊心的淋漓的鲜血……如果“撞了白撞”那样的事实每天都在发生，“法”轮之下身首异处、家破人亡的悲剧每天都在上演，长此以往，因万般绝望而丧失理智的弱势人群便只有“揭竿而起”，成群结队跑到大街上“从容地走来走去”，令交通阻塞，令汽车寸步难行，从而强行中止“撞了白撞”式的游戏规则，对传统秩序实现“革命性”的破坏与重建。历史上许多为人熟知的“革命性”巨变，不都是这样发生的吗？

我有一个亲戚，“两会”前夕到某大城市探亲，暂住在在该市工作的弟弟家，某日早上外出散步，突遇一场如火如荼的扫荡“盲流”行动，当场被逮个正着，次日即被遣返回原籍，家里人花了500元钱，才将他从收容所保释出来。一个良民，温顺忠厚，老实巴交，一不偷二不抢，没招谁没惹谁，仅仅因为没有办理“暂住证”（要一个外来探亲者办“暂住证”，何其荒唐），被“有法必依，执法必严”者撞上，就被视为有影响“两会”胜利召开的嫌疑，被不由分说剥夺人身自由，被“抓了白抓”、“打了白打”，请问成何“法理”，是何“道理”？

讲这个似乎与本文论题无关的故事只是想说明，“撞了白撞”只是强势人群施之于弱势人群的强权中的一种，即便孤陋寡闻如我等，也曾耳闻目睹到太多“× 了白 ×”的不平事。弱势人群及其代言人对“撞了白撞”等大“法”的非议，以及对它们可能导致的灾难性后果的担忧，绝不只是因为他们心理太敏感，动不动就“新仇旧恨涌上心头”，其中何尝不包含着对社会和谐的渴望，乃至自觉维护社会稳定的责任感？

“撞了白撞”吧，“抓了白抓”吧，“× 了白 ×”吧，等到有一天，我们这个本来就十分脆弱的社会结构被 × 得头破血流土崩瓦解，可就悔之晚矣！

原载《中国国情国力》2000 年第 7 期

为官不可风雅

在媒体披露的胡长清涉嫌犯罪的一些事实中，他的一件“逸事”引起了人们的兴趣：他在大肆索贿受贿的同时，还频频在各大酒店、商场、汽车站、夜总会、药铺等场所挥毫题字，使得“东也湖，西也湖，洪城上下古月湖，南长清，北长清，大街小巷胡长清”；如今他身败名裂，威风不再，“官之不存，字将焉附”，整个南昌市迅速刮起了一道“铲字风”，几乎就在一夜之间，上述场所里的胡的墨宝便被清除得干干净净。

有舆论注意到，尽管胡长清自己曾标榜他“不是以一个高级干部的身份写字，而是以一个书法家的身份去写”，但各大商家、店铺之所以昨天还对他的题字一窝蜂趋之若鹜，今天却又不约而同毁字灭迹，如此前恭后倨，仿佛改朝换代，正说明在他们眼里，胡长清最重要的甚至唯一的身份就是一个高级干部。他们看重的并不是他的“书法”，而是以“书法”的形式表现出来的一块块价值连城的金字招牌；即便他的题字够得上“书法家”的标准，其“书法家”的身份也被高级干部的身份掩盖了。

但人们却似乎忽略了“官”与“字”关系的另一方面：如果胡长清不是大贪官，而是人如其名，是一个大白天打着灯笼都难找的“长”年累月两袖“清”风的好干部，那么他是否就应该免费到处题字、题词，以获取一个“书法家省长”的雅号呢？

“官”与“字”的关系，相当于领导与风雅之间的关系。风雅有两种：一种是伪风雅，即附庸风雅，以为自己一旦为官，歪七扭八的字迹便成了“狂草”，公鸭嗓子也能吼出美妙动人的咏叹调；一种是真风雅，即“学而优则仕”，既熟读过《国风》、《大雅》、《小雅》，又学成了经世济民之才，不用附庸而自风雅，如唐朝的柳宗元、宋代的王安石等人即是。然而，无论着眼于古代治国安邦的需要，还是按照现代行政理念的标准，要衡量一个干部的优劣高下，最关键还是要看其领导才干，有无风雅已经无关紧要——一个领导干部如果卓有才干，能够造福一方，老百姓就已经心满意足了，他有风雅固然不错，无风雅其实也无伤大“雅”，大可不必引以为憾，妄自菲薄，自寻烦恼。

春秋时，卫懿公的风雅是养鹤，外出时连鹤也要乘轩，士兵对此十分反感，集体罢战，要他让鹤去打仗，“使鹤，鹤享有禄位，余焉能战？”南唐后主李煜的风雅是诗文、音乐、书画，宋徽宗的风雅是集古、书画，两人都没能免于亡国奴的命运。明熹宗的风雅是做木工活，其在位期间魏忠贤专权，农民起义此起彼伏，后金进迫关外，明朝濒临溃灭。清高宗的风雅是写诗，据说他是中国历史上最高产的诗人，其在位期间政治腐败，内忧外患，清朝开始由盛而衰……可见风雅非但于政事无直接裨益，相反，为官执事者若一味沉溺于风雅，鲜有不误大事、倒大霉的。

今日之中国，风雅官又何止胡长清一人？君不见某些官人，正经八百的事没干成几件，文人雅士的臭毛病倒学会了不少。他们唯恐被人小看，觉得领导不但不应该只是领导，而且还不是凡人，而是“高人”、“超人”，别人会的他要会，别人不会的他也要会，否则如何让人信服、令人敬畏、受人崇拜？于是他们一会儿在某个工地题词，一会儿又去大学给青年学生讲历史、背唐诗，上午刚刚在美术馆为老干部书画展题字、剪彩，下午又在会见外宾时用蹩脚的英语朗诵培根的名言，晚上还要精神抖擞前往体育馆即兴指挥万人大合唱……

他们日复一日不知疲倦地表演着，只是为了让人们大开眼界，大长见识：乖乖，怪不得人家能当官当大官，原来他天文地理经史子集无所不知，琴棋书画吹拉弹唱无所不能，简直比大百科全书还要博学强记，比现代五项全能冠军还要多才多艺，真是千古圣人，旷世罕有！

要言之，领导之热衷于风雅，其危害有三：

一是误导了公众对政治人物的正常期望，使人误以为风雅乃领导才干的题中应有之意，而木讷敦厚、崇尚实干的干部反倒黯然无光。

二是干扰了社会对政治人物的正常评价，因为领导干部风雅成性之时，往往正是其不务正业、玩物丧志之日，故而他尤其需要大加张扬，哗众取宠，用轰轰烈烈的巡回表演来巧妙地掩盖其政事的乏善可陈。

三是为别有用心者向政治人物施放“糖衣炮弹”大开了方便之门。南昌的商家、店铺出钱请胡长清过“书法家瘾”，伪科学组织曾搬出与某些个“思想开明”的领导的“关系”大肆招摇撞骗，等等，无不是拉大旗作虎皮，将领导的风雅当枪使。毫不夸张地讲，领导干部特别是高级领导干部迷恋于风雅而不能自拔，不但是他个人的悲剧，同时更可能是社会的祸患。

领导就是领导，领导如欲风雅，可以在家中自赏，也可以在退休后全力为之，总之在任时当严格自律，洁身自好。湖南一名老教师曾给他的中学同学、时任国务院总理朱镕基写信，恳请他为自己新盖的楼房题字，朱总理回信婉言谢绝，说我有“五诫”，其中一诫就是不题字。朱总理的字我曾经见过一次，那是一家文艺类报纸从别处“挖”过来印上去的，笔法洗练，刚劲有力，堪称上品。可敬的是，他坚决不以“书法家”自居，相较之下，某些“平易近人”、有求必应的风雅官就要潇洒和风光得多了。

原载《学习月刊》2000年第8期

暴力崇拜的必然恶果

这段时间，人们谈论最多的话题之一，是接二连三的几起警察杀人恶性案件：8 月 22 日，云南省森林公安局北郊森林派出所民警房建云，因妻子与一个街头小贩发生口角，即开枪打死 1 人，打伤 4 人；7 月 4 日，河南省禹州市公安局交警大队民警刘德周，因区区十块钱的水电费纠纷，开枪打死 3 人，并将一名劝架人枪击成重伤；6 月 4 日，河北省霸州市康仙庄乡派出所副所长杜书贵，与其妻子、儿子驾公车外出办私事，因另一辆车未能及时给他让道，就开枪打死车上 1 人。

虽然也听说过有的警察在制止暴力事件或追捕犯罪嫌疑人的时候，因担心伤及周围无辜群众而不愿贸然开枪，但现在看到荷枪实弹的警察竟然杀害手无寸铁的老百姓，而且这三起事件远非“孤证”，每一个人都有理由提出质问：这一切到底是怎样造成的？

作为一个曾经受到不良警察暴力威胁的良民兼顺民，我一开始也和周围不少朋友一样，把房建云、刘德周、杜书贵等人的暴行归罪于他们的特权意识太强、文化素质太差，以及公安部门在枪支管理方面还存在漏洞、针对警察的思想政治工作有待加强等原因。但随着反思的深入，我发现这些其实都是表面现象，最本质的原因还在于，在中国，警察和普通公民之间的一个明显区别，就是前者有枪而后者无枪（普通公民不能像有的国家的公民那样合法地拥有枪支。但这里必须声明，我并非主张中国公民拥有枪支合法化），这同时又导致了另一个明显区别，即警察除了在职权范围之内可以合法地使用某种程度的暴力手段（不含滥施刑罚、刑讯逼供），还存在着大量的利用职务之便而使用暴力手段的可能（合法与否姑且不论），而普通公民别说动用枪支击毙他人，就是拿出枪支象征性地威胁一下对方，就至少涉嫌违反了《治安管理处罚条例》。退而言之，即便都不使用枪支，而仅仅凭借拳脚上的功夫，与大多数普通公民相比，警察也占有绝对的优势，所以在正常执行公务之外，他们仍然可以有时是轻而易举地使用非器械性暴力手段，将与他们有点儿过节，甚至仅仅是他们看着不那么顺眼的普通公民一举制服。

警察与暴力的这种关系应该说是顺理成章的，因为按照经典作家的定义，警察是国家机器的一个组成部分，而“国家是一定阶级的统治机关”（列宁语），它为了维持一定的统治秩序，必然要储备相当数量的暴力资源作为最后的也是最原始的一道屏障，当其他非暴力的更文明的统治手段都无济于事的时候，尤其如此。但这并不意味着在一个国家之内可以人为制造暴力崇拜，在作为一种职业的警察身上可以无限制地培养暴力意识，否则，在原本有着多种非暴力手段可供选择的情况下，大到牢牢控制着局势的强权人物，小到派出所的一个不过遇到点儿小麻烦、受了点儿小委屈的民警，都可能会下意识地想到要采取果断手段“强化治安”、“平息暴乱”，动不动就习惯成自然地一扣扳机，一梭子弹将“阶级敌人”消灭得干干净净。

暴力崇拜者大多是强者，这种强大或者表现为体格健壮，或者表现为“老子有人”，或者表现为“我是流氓我怕谁”。像我这样弱不禁风的人，除非忍无可忍时的自卫还击，一般都要尽量避免和别人动手；而那些三天不打架就手痒得难受的人，多半都是至少会几手三脚猫功夫的。我的一个同事对此深有感触，他上大学时发现：食堂里买饭从不排队的，校园里喝得醉醺醺见人就打的，十有八九是体育系的男生。这倒不是说大学体育系的男生有多“恶”，但和其他系的男生相比，他们似乎具有与生俱来的“拳头意识”，似乎格外迷信并醉心于用拳头打出来的“辉煌”成就。象牙塔里体育系的男生尚且如此，遑论有着广泛社会关系和丰富社会经验的警察？

还有一种情形，即一个起初在体力、武装上处于劣势的人，一方面亲身饱受了兵强马壮者的暴力侵害，另一方面又亲眼目睹了兵强马壮者的八面威风，于是冬练三九，夏练三伏，到处招兵买马，扩充实力，很快就使自己从弱者变成强者，从弱势走向强势，翻过身来得心应手地对弱者和弱势群体实施暴力恐吓和暴力打击。我们常在电影里看到这样的镜头：一个形象猥琐甚至肢体上有残疾的黑社会头目，或者身怀绝技，三招两招就致人于死命，或者一呼百应，一声令下，一帮人半小时之内就将另一个码头扫荡得落花流水。黑社会是暴力崇拜发展到极致的产物，而暴力崇拜无论在何时何地，其生成机制与发展方向大同小异，几可一概而论。

有哲学家说过：“一时胜负在于力，千古成败在于理”，用一个很难当场兑现、只好寄希望于“经得起历史考验”的“千古成败”，来消解自身体力、武装的不足，被迫在武功高强、装备精良的暴力分子面前处于绝对劣势而带来的心理紧张与情绪焦虑，一向是手无缚鸡之力的文弱书生的精神胜利法。在暴力分子们看来，老子凭的就是拳头硬，管你有理没理，管你是博士还是人大代表，先打你个鼻青脸肿头破血流再说，看你还老实不老实！暴力分子事后也可能受到惩罚，比如房建云、刘德周、杜书贵必将受到法律制裁，但人家要的就是先饱揍你一顿、羞辱你一通、杀你个鸡犬不留的“一时胜负”，图的就是这种“不打白不打”、“过把瘾就死”的快感，反正“二十年后又是一条好汉”……所谓“秀才遇到兵”后的尴尬与无奈，大约正在于此。

是到了清算暴力崇拜的时候了。因为只要存在着暴力崇拜，就必然会有房建云、刘德周、杜书贵式的暴力分子层出不穷；因为我们不但要追求千古之成败，更要追究关乎我们的权利、尊严与生命的一时之胜负。

原载《法制日报》2000 年 9 月 10 日

慕绥新的形象设计

现在流行形象设计，领导干部也不例外。同一个领导，到贫困山区“送温暖”时，电视上就常见他穿一件普普通通的军大衣，显得平易近人和蔼可亲。但下一条新闻是领导接见外宾，马上就看见他穿着笔挺光鲜的高档西服，显得衣冠楚楚道貌岸然（此处无贬义）。设想一下，假如上述两个场合领导的形象设计恰好弄颠倒了，该是多么尴尬和丢脸的事。

已被查处的东北巨贪、沈阳市原市长慕绥新，在形象设计上是一个高手，但或许是艺高人胆大，聪明过了头，最后也在形象设计上栽了跟头。和其他一些贪官一样，在走马上任之初，慕绥新也颇有一番披肝沥胆、揽辔澄清的豪情壮志，不但立下了“依法行政、廉洁奉公、牢记宗旨、报效人民”的铿锵誓言，而且立即着手大搞城市基础设施建设，修建了百里环城公路、百里环城水上带状公园，相继完成了包括交通主干道、立交桥、广场、草坪在内的一大批项目，为城市形象增添了不少亮点。一时间，慕绥新成了舆论关注的焦点，并于1998年荣获联合国颁发的“人居奖”，其形象可谓高大伟岸、光彩照人。

几乎与此同时，同样是这个慕绥新，却渐渐暴露出了与“依法行政、廉洁奉公、牢记宗旨、报效人民”的誓言格格不入的另一种形象：缺乏修养，骄横跋扈，经常在公开场合以“你他妈的”、“撤你的职”等口头禅训斥、威胁部下；极度讲究排场，崇尚奢华，每次外出都要下榻五星级宾馆，住豪华总统套房，稍不如意就破口大骂，耍“大佬”脾气。有人多次在首都国际机场看到，每逢慕绥新下飞机，总有一辆豪华奔驰轿车径直开到银白色机翼下，恭候这位身披黑风衣、戴着墨镜和黑手套的市长，因为“老慕”要的就是这种“黑老大”气派。

大约是在1998年，一批香港记者应邀到沈阳采访，一名记者敏感地发现，慕绥新从领带、衬衫、西服到皮带、皮鞋全是世界名牌货，一身“行头”少说也值几万港币。该记者随后在香港媒体上撰文提出疑问：月收入不过一两千元人民币的慕绥新如何置办得起这么贵重的“行头”？至于慕的女儿开办的某广告公司、慕的前妻所在的某上市公司均借慕的声威大赚钞票，在社会上也几乎成了公开的秘密。

这就让人有些奇怪了：一个曾经刻意要把自己打扮成一副“廉洁奉公”、“报效人民”（亏他还算有点儿自知之明，没敢用“鞠躬尽瘁，死而后已”之类的最高级形容词）的人民公仆形象的领导干部，为何要改变最初的形象设计目标，开始在各种场合展示自己的另一种张狂形象？难道他不怕露出狐狸的尾巴，不怕老百姓对他的名牌“行头”、“黑老大”做派议论纷纷？不怕自己在大规模城市建设中与开发商的暧昧关系、利用职务之便给予女儿和前妻的特殊关照、与沈阳乃至境外黑道人物的密切交往等等会引起有关部门的注意？如果他有所顾忌，就应当有所收敛，而他长期放纵恣睢，肆意妄为，说明他一定早已权令智昏无所顾忌，认为做官做到他那个级别，就理当如胡长清所言“好像小猫关进牛圈里，天马行空，来去自由”，坚信在自己那一亩三分地上再怎么折腾胡闹都准保没事。

我以前没有特别留意过辽宁和沈阳的电视新闻，不知道慕绥新是否去贫困山区送过“温暖”，但我相信，依他后来在形象设计上的作风，他一定不忌讳穿着名牌西服跑到穷山沟去和衣衫褴褛的父老乡亲握手。因为他很清楚，没有一个乡亲敢当面对他的“行头”流露一丝不悦之色（更别说向那些不知天高地厚的外国人学习，动不动就朝领导同志扔臭鸡蛋），也没有一个幕僚敢直言如此形象设计与“送温暖”气氛不协调。他就是这样一个市长，大概已经不屑于“虚伪”地穿一回军大衣，哪怕只是装装样子糊弄一下记者收买一点儿人心了。

朱德解放后对一些领导干部的官僚派头非常反感，批评他们“一旦外出，就要有人前呼后拥，层层保卫，把自己同人民隔离开，使群众望而生畏，不敢接近。旧社会与人民为敌的军阀这样做，是可以理解的。但在新中国，共产党员也这样做，令人不可思议”。陈毅当年也曾告诫那些“一出场就把手背在身后，说话装腔作势，总是端着个架子，只会板起面孔训人”，“没有感情，不通人情”的干部说：“共产党的领导干部总像这样还了得，打起仗来谁来掩护你，不打你冷枪才怪呢！”今天的慕绥新们食有珍馐玉盘，出有警车开道，小小一个镇长、局长一两年内就可以富比王侯，又是建豪宅又是修活墓，他们在肆无忌惮有滋有味地做秀显派的同时，却好像并不怎么在乎被人看成“旧社会与人民为敌的军阀”，也不担心打起仗来被人放冷枪，这种自信与狂悖，才是最令人惊惧不安的。

原载《新民周刊》2001 年 6 月 25 日

一切独裁者都是纸老虎

自3月20日伊拉克战争爆发，到5月1日美国总统布什宣布伊拉克境内的主要战斗结束，前后不过四十来天。

战争一开始，美英联军进展缓慢，一帮中国学者禁不住喜形于色，纷纷在报纸上写文章，在电视上发表点评，认定美英将陷入伊拉克“人民战争的汪洋大海”。不料战争局势很快急转直下，美英联军长驱直入，几乎没有遇到什么像样的抵抗，就一阵风似的迅速攻占了伊拉克首都巴格达，以及巴士拉、摩苏尔等重要城市。

傻了眼的中国学者仍然不死心，他们在电视上一边嘟囔，“怎么会这样呢”，一边强打着精神继续误导观众，说什么“那么多共和国卫队哪里去了？啊？我相信萨达姆是通过一条秘密的地下高速公路，把精锐部队转移到了他的老家提克里特，他将在那里与美英联军展开殊死决战”，“伊拉克不会就这样完了吧，萨达姆肯定还有奇兵”……

要求这帮中国学者对伊拉克战争的进展进行客观分析，对战争的结果做出准确预测，实在是太难为他们了。在他们的思维中，萨达姆政府有强大的军事能力和动员能力，加之实行全民皆兵战术，普通老百姓也可能出其不意地向敌人放冷枪，或者发动自杀式攻击，而美英未经联合国授权即对一个主权国家发动侵略战争，可谓“失道寡助”，防不胜防，要想取得战争胜利，必将付出惨重的代价。可是学者们万万没有预料到，不但伊拉克老百姓没有自发组织起来开展大规模的游击战、麻雀战、骚扰战，而且共和国卫队也没有在巴格达和提克里特与美英联军展开殊死决战；相反，在伊拉克军队一批高级将领被美国中央情报局暗中收买的同时，大部分士兵也逃回家中，脱掉军装，扔下武器，消失在平民当中，因为“他们不愿意为以萨达姆为代表的国家卖命”（《新民周刊》2003 年第 15 期）。

中国学者对伊拉克战争的分析让人大跌眼镜，既不能怪美英联军的攻势太勇猛，也不能怪伊拉克军队的抵抗太乏力，而只能怪某些学者的眼力有问题。

其实，早在伊战爆发之前，一些有见地的中国学者就警告说，萨达姆一而再、再而三地发表措辞强硬的讲话，声称“我们已经决意而且制定好了击败入侵者的计划……那些入侵者将在巴格达市门前被消灭”，不过反映了他在权力幻觉中对国内“安定团结的政治局面”的一种错误估计——他执掌伊拉克权柄 30 年，形成了对自己权力无所不能的过分迷恋，他看到的、听到的都是支撑权力的正面信息，负面的信息都作为错误的信息被清洗过滤掉了，因此他相信在他的正确而坚强的领导下，伊拉克军民一定能将侵略者就地消灭。

全世界（包括那些眼力有问题的中国学者）都认为伊拉克打不过美国，但他萨达姆却坚信伊拉克必胜，官方也宣传伊拉克必胜，军队和普通老百姓也就被要求必须坚信伊拉克必胜，正如对于1991年的海湾战争，全世界都认为是以美国为首的多国部队获得了胜利，但在由萨达姆提供、由伊拉克官方发布的“标准答案”中，却是以美国为首的多国部队遭到了失败（参见张剑荆《“倒萨战争”与萨达姆的结局》，《南风窗》2003年2月〈上〉）。这些错误信息不但误导了萨达姆自己，误导了伊拉克军民，也误导了一些中国学者，使他们相信战争一旦爆发，等待美英联军的将是一个“人民战争的汪洋大海”，虽然他们还没有愚蠢到坚信伊拉克必胜的地步。

在此基础上，还有一种假设是，在伊拉克，独裁者萨达姆和在他残暴统治之下被迫作“紧跟”状的广大军民，其实也都并不怎么相信伊拉克必胜，但他们却都必须装出一副坚信不疑的样子，目的就是要相互欺骗——萨达姆利用对军民的欺骗维持独裁统治，军民利用对萨达姆的欺骗苟且偷生。在相互欺骗的过程中，萨达姆早就做好了鞋底抹油溜之大吉的准备，所以当美英联军向巴格达大举挺进的时候，他老人家已经携带着伊拉克人民的十多亿美元逃之夭夭；而除了一小撮愚忠透顶的心腹和死党尚在负隅顽抗，包括头一天还在记者招待会上一如既往地打肿脸硬充英雄，信誓旦旦地宣称伊拉克军队将把美英联军包围在巴格达“瓮中捉鳖”的伊新闻部长萨哈夫在内的大批伊军政要员，以及那些无数次表示要誓死保卫“伟大的萨达姆总统”的士兵和老百姓，此时也都用实际行动表达了他们的真实意愿——停止抵抗，拒绝继续为独裁政权卖命。

看到这里我们终于明白，在萨达姆与他的臣民相互欺骗的游戏即将结束的日子里，他根本就没有什么“共和国卫队”，根本就没有能力发动一场“人民战争”，他的独裁政权长期以来对人民实行恐怖统治，其虚假不堪的自信与摇摇欲坠的合法性至此暴露无遗。

“反动的、落后的、腐朽的阶级，在面临人民的决死斗争的时候……一面，(是) 真老虎，吃人，成百万人成千万人地吃……你看，这不是活老虎，铁老虎，真老虎吗？但是，它们终究转化成了纸老虎，死老虎，豆腐老虎。这是历史的事实。”（毛泽东《关于帝国主义和一切反动派是不是真老虎的问题》，1958 年 12 月 1 日）是的，一切反动派都是纸老虎，一切独裁者也都是纸老虎。萨达姆独裁政权在国内杀人、吃人，是活老虎、铁老虎、真老虎，但在全球化时代，在一个国家的国内事务与国际事务、国内政治问题与国际政治问题再也无法截然分开的全球化治理背景中，国际社会怎么可能容忍一只真老虎在某个国家长期杀人、吃人？怎么能不担心一只在某个国家嗜血成性的真老虎有朝一日跑到国外来杀人、吃人？

联合国主持对伊拉克实施制裁，美英发动伊拉克战争，也许会让一些人看着不舒服，但至少可以起到一个作用——制止萨达姆政权这只真老虎的暴行，以儆效尤。现在，伊战基本结束，伊国重建开始，真老虎终究转化成纸老虎，即将成为“历史的事实”。

善哉。

原载《中国经济时报》2003 年 5 月 16 日

对官员要实行“有罪推定”

笔者写过一篇文章，分析在西部大开发中，作为投资环境之一的政府廉洁度：如果地方政府部门贪鄙成风，一帮人沆瀣一气，大搞暗箱操作，上下其手中饱私囊，将使得国有资产如黄河壶口瀑布一般白白流失；如果他们对各种社会投资者巧立名目大胆设租，不放过每一个吃拿卡要、敲诈勒索的机会，人为加重投资者的隐性成本，令其不堪重负，乃至血本无归，投资者为了生存和发展，将不得不向他们重金“投资”，以求获得特殊关照……

文章最初推荐给北京一家大报，被编辑婉言谢绝，其理由是：在没有确凿证据之前，不能对西部地区的官员实行“有罪推定”，先入为主地假设他们会“贪鄙成风”。

“有罪推定”一语，一下子把我唬住了。是啊，西部大开发战略刚刚拍板，兵马未动，粮草未行，你就跳将出来大放厥词，煞有介事地说什么人家的官员将“沆瀣一气”、“中饱私囊”，危言耸听地推测社会投资者将被敲诈得“不堪重负”，被盘剥得“血本无归”，是什么意思？是何居心？

当时我也有些不服气。我不过是根据一些地方经济起飞，特别是中东部地区开发过程中曾经有过、现在仍在继续发生的大量事实，并综合前人已经总结出的一些经验教训，对西部大开发提出一点儿前瞻性的“注意事项”而已，怎么就是“有罪推定”了呢？咱们不是一直强调要“惩前毖后，治病救人”，希望被批评、被警告的对象“有则改之，无则加勉”吗？我这里事先给西部的官员打打预防针，况且并未针对某个具体人物与事件，同时也提醒社会投资者要有足够的心理准备，有什么不妥呢？但毕竟那名编辑是我一向比较佩服的业内高手，我也就没有再争辩什么。

细考“有罪推定”，指刑事被告人在未经法院判决为有罪的情况下，即被作为有罪论处。在这一原则之下，被告人无论事实上是否有罪，只要不乖乖供认，就会受到诱导和拷打，凡不能证明自己无罪，都将被当成罪犯受到惩处。“有罪推定”的实施，无疑正是刑讯逼供司空见惯、冤假错案堆积如山的根本原因。与“有罪推定”截然相反的是“无罪推定”，规定刑事被告人在未经法院终审判决确定其有罪时，应当被认为无罪。

该原则最早见于1789年法国《人权宣言》第九条：“任何人在其未被宣告为有罪之前，应被推定为无罪。”1966年联合国大会通过、1976年生效、中国于1998年10月5日正式签署加入的《公民权利和政治权利国际公约》第十四条也规定：“凡受刑事控告者，在未依法证实有罪之前，应有权被视为无罪。”新中国法律既否定有罪推定，也没有明确规定无罪推定，而是一般性地强调要以事实为依据、以法律为准绳，但在具体的侦查、审判过程中，办案人员往往会自觉不自觉倾向于有罪推定，即“一看你就不是好人”、“坦白从宽，抗拒从严”、“老子说你有罪你就有罪”。直到 1996 年 3 月 17 日，经八届全国人大第四次会议通过修正的《中华人民共和国刑事诉讼法》第十二条才正式明确：“未经人民法院依法判决，对任何人都不得确定有罪。”到现在，无罪推定的原则已经广为人知，人们一改过去动不动就说某人是“罪犯”的表述习惯，而小心翼翼地指称其为“犯罪嫌疑人”，就是一个典型的表现。

然而在弄清了“有罪推定”及对应的“无罪推定”概念之后，我反而愈加坚定了自己的看法，认为应当理直气壮地对官员实行“有罪推定”原则。只不过这里是从政治学与管理学的意义上进行界定，而与原本是法律学（刑事司法）意义上的“有罪推定”有所区别。在法律学意义上，每个官员都与普通公民一样，拥有在未被依法证实有罪之前，应被视为无罪即无罪推定的权利，但在政治学与管理学意义上，官员的身份有别于普通公民，他们通常被要求是社会的精英分子，在德识和才能上都高人一筹，被遴选出来担任社会组织、动员、调控、管理工作，对引导社会潮流、醇化社会风俗负有重大责任。特别地，由于他们掌握着调配相当一部分社会资源，主持制定并维护社会游戏规则的权力，同时也就难免要享有种种能够以权谋私的“职务之便”，在他们身上便近乎天然性地存在着招权纳贿、腐化堕落的可能性。

权力是一柄双刃剑，一个人手中的权力越大，他将权力用来为人民服务或“为人民币服务”的便利条件也同时增多，故而西哲有言：缺乏监督的权力导致腐败，绝对的权力必然导致绝对的腐败。和普通公民相比，官员既享受着更多的荣誉尊崇，足以使他们“忘乎所以”，同时又拥有更多的“变坏”的机会，足以使他们中的意志薄弱者、欲令智昏者“忍无可忍”地走向腐败。所以，对官员理所应当提出比普通公民更多、更高、更严厉、更苛刻的要求，除了在严格的刑事司法意义上对他们实行与普通公民同等的无罪推定之外，还应该在更普遍的意义上特别对他们实行“有罪推定”。

对官员实行“有罪推定”，并不是要一声令下将他们悉数逮捕，二话不说就统统打入死牢，而是要在逻辑上和制度上给他们提供证明自己“无罪”的机会，是为了更好、更可靠地保护他们。鉴于他们被赋予了“有罪”的条件，鉴于他们中一些人利用了这些条件并被证明有罪，鉴于不少人对他们“可能有罪”的怀疑久久挥之不去，为了整个官员队伍的形象、稳定和前途，也为了整个社会的正常运作和健康发展，我们迫切需要给官员们这样一个证明自己“无罪”的机会。这就需要将他们的财产、收入、纳税、亲属等情况公诸于众，便于接受公众的监督，需要建立完善而强大的独立财产审计和金融监管机制，让官员经常性地接受公务开支的审查，特别是在离任的时候，必须将在任期间的开销一分一厘都交代清楚。

这些制度设计仿佛一个“法庭”，既可以还那些真正“无罪”的官员一个清白的“处女身”，也足以让那些不那么清白的官员的狐狸尾巴原形毕露于众目睽睽之下。以前我们对贪官污吏“发现一个，查处一个”，其实不过是“暴露一个，查处一个”，现在我们如果对官员实行“有罪推定”，对他们进行“地毯式”的排查，实际上是在把监督和“挽救”的关口向前移。这与官员的巨额财产凡不能说明来历的——不能证明其来路“无罪”，均将被视为赃款赃物是一样的道理。

北京大学法学院刘守芬、最高人民检察院反贪总局许道敏在《制度反腐败论》（载《北京大学学报》2000 年第 1 期）一文中说：据韩国一位搜查部检察官介绍，他们平时的主要工作便是主动分析哪一名官员可能贪污受贿，然后千方百计试图找到其犯罪证据。难怪韩国的反腐倡廉工作这些年如此富有成效，原来人家反贪部门的工作人员整天没干别的，就在一门心思变着花样对官员进行“有罪推定”。我同意刘、许两位作者对这条洋经验的意见：“这是值得我们参考的。”

原载《法律与生活》2003 年第 8 期

政府的“有偿新闻”

为了规范重大工程发包和建设行为，预防工程建设领域的腐败，广东佛山市最近出台《关于加强重大工程建设监督工作的意见》和《关于对财政性投资重大工程建设项目实施新闻舆论监督的工作意见（试行）》。《工作意见（试行）》提出：“市政府每年预算中安排一定的专项经费，解决新闻媒体在开展舆论监督中涉及的版面费、资料费、拍摄费、奖励费等专项开支。”在市政府专项经费的资助下，市直新闻媒体将获准对重大工程进行全程跟踪报道，建立现场监督制度、跟进调查制度和“群众监督员”网络。

此举被视为“政府花钱买舆论监督”，堪称政府推动舆论监督的一大创新，但也受到了一些非议。舆论监督属于新闻的范畴，政府花钱请媒体进行舆论监督，也就相当于花钱请媒体进行新闻报道，所以严格说来，这也是一种有偿新闻。明确了它的性质，对它的分析就可以多一些审慎与警惕。

《中国青年报》刊发的一篇文章说："政府出钱请舆论监督，实质上是对舆论监督的误读，忽视了媒体真正需要的并不是金钱，而是信息公开和政府部门减少对舆论监督的排斥和抵制"，"政府既然可以用钱请来舆论监督，那是不是也可以用钱让舆论监督走开？"不过依我看，佛山市政府对待市直媒体的态度，要比其他一些地方政府好得多。他们至少考虑到，媒体介入对重大工程的监督需要一定的成本，政府为此安排专项经费，正是为了帮助媒体降低成本；而凭政府的权力，无论是请媒体进行舆论监督，还是"让舆论监督走开"，原本都是可以不花一分钱的。

所以，佛山市政府花钱请媒体监督，至少显示了一种诚意。假如他们能更进一步，不仅仅请市直媒体对重大工程进行舆论监督，而且放手让市内外所有媒体对市政府及各部门工作的各个环节、各个领域进行舆论监督，那么他们即便没花一分钱，也表现出了更大的诚意和雅量。现在一些地方比较注重舆论监督，强调为媒体的舆论监督提供方便、创造条件，比如成立政府新闻中心，建立新闻发言人制度，但是应该看到，他们在提供方便、创造条件的同时，其实也强化了对媒体的干预，从欢迎舆论监督走向了"监督舆论"。在这个格局下，如果有人为媒体的舆论监督提供了专项经费，只会有利于他们更加理直气壮地"监督舆论"。对媒体而言，正像自由主义经济学大师哈耶克说的那样，"普遍追求保障，不但不能增加自由的机会，反而构成了对自由的最严重的威胁"（《通往奴役之路》，中国社会科学出版社 1997 年，第 116 页），获得了政府在政策、经费等方面的保障，有时反而不利于真正的舆论监督。

花钱请媒体监督、挑刺也好，请媒体抬轿子、吹喇叭也罢，只要是花了钱，就不能保证媒体报道的客观公正。“拿人手短，吃人嘴软”，媒体得了被报道对象的好处，包括他们提供的方便、保障，创造的条件和机会，就不能保证不会成为人家的工具。媒体如此，媒体记者也是如此。前段时间某地官员向记者道歉，说在一次采访中“现场的一些记者连水都喝不上，这怎么行”，他的道歉其实是不必要的，因为让前去采访的记者有饭吃有水喝，并不是一件天大地大的事情。别说那些拒绝批评、害怕曝光、志在“防火防盗防记者”的单位不大可能好吃好喝伺候记者，就是那些欢迎记者进行正面宣传报道的单位，他们也没有义务必须给记者提供包括吃饭、住宿、交通在内的一条龙服务。记者受单位指派外出采访，或者完成新闻主管部门统一布置的先进典型报道任务，所需费用都应该由记者所在单位负担，否则，记者既可能因为没有吃好喝好而对被采访单位加大贬损力度，也可能在一番吃喝玩乐甚至拿了人家的好处后，一不留神就把被采访单位吹捧得跟一朵花儿似的。

当美国《华尔街日报》记者联系北京的一家公司希望采访时，这家公司开门见山地问：“你们来报道我们公司，需要多少钱？”普利策新闻奖获得者、《华尔街日报》大中国区分社社长高赋文对此非常不解。在他看来，“新闻报道中保持媒体和记者的独立性至关重要”，媒体绝不能接受报道对象的金钱，甚至媒体记者和编辑也不能持有报道对象（企业）的股票，就连家人也不可以买。媒体要树立自己的威信和公信力，就必须有意识地拒绝被报道对象给予的好处，哪怕这种好处不过是请记者吃一顿饭。尽管媒体收入最主要的来源是广告，但广告是广告，新闻是新闻，二者泾渭分明，广告客户并不应该享有被批评和监督的豁免权。

另一个例子是，抗日战争期间，国民党高官孔祥熙的女儿孔二小姐带着巴儿狗从香港乘飞机回重庆，全国舆论哗然，连孔祥熙自己出钱办的报纸，也加入到抨击孔二小姐的行列。在传媒业成熟的国家，广告客户在媒体投放广告，不是为了“请”该媒体对广告客户进行吹捧或监督；当年孔祥熙自己出钱办的报纸对孔二小姐进行抨击，也不能说是孔祥熙自己花钱“请”来了报纸对女儿的舆论监督。虽然孔祥熙没有“花钱买监督”的诚意，但在这件事上他却避免了做有偿新闻的嫌疑。著名老报人冯英子对此有过精彩的总结：“有人说，那时报纸上对孔二小姐的抨击，就是资产阶级假民主的缩影……但是因为有了这么一点假民主，有了这么一点舆论，终究使老百姓明白了豪门过着怎样的生活，也终究使孔二小姐之流不能不有所顾忌，不敢再大模大样地让她的巴儿狗乘飞机了。”假民主下也可能有真监督，而真监督一定不能是有偿的。

无论是正面宣传，还是舆论监督，只要落入有偿新闻的俗套，就有些变味了。

原载《中国商报》2004 年 8 月 31 日

李真凭什么

原河北省国税局局长、人称“河北第一秘”的贪官李真被执行死刑不久，一部“以独家内幕材料，以细致的笔触叙述了李真怎样从一个平民家庭出身的好孩子、好学生，经历了科场、情场、官场的风云颠簸，到贪欲膨胀、折戟沉沙，最后走向灭亡”的《河北第一秘——李真盛衰记》便闪亮登场，作者据说是一个集李真的同学、同乡、同事于一身的写手，“对李真的经历、为人处世深为了解”。

经验告诉我，这类书可看可不看。我简单看了看报纸上摘编自该书的一篇文章，不料竟有所发现。文章介绍说，1986 年，张家口地区怀安县盛情邀请历史上曾经在当地战斗工作过的党政军各界要人故地重游，并开始修市志、党史志。一名地位颇高的老领导也在受邀之列。李真的父亲当年是该领导的部下，在张家口战役中，与老领导同生死共患难，结下了深厚的友谊。

由于李真的父亲与这位老领导曾经的战友、同事之谊，在这次活动中，原本只是张家口市计经委一名普通干部的李真，以其精明能干的表现，迅速给这位老领导留下了深刻印象。此后，李父在临终前，将李真托付给老领导，李真成了他的养子，命运从此发生“巨变”——先是到北京由“老领导伯伯”安排到一名老将军家当生活秘书，“结识了许多在职的党政军界高级领导干部以及他们的子女和秘书”，“为他今后在北京和河北政界的发展打下了良好的基础”，接着在“老领导伯伯”的推荐下，“获得了从张家口调往石家庄的资格”，并很快由河北省计委的建设投资公司正式调入河北省政府办公厅工作，任一名副省长的专职秘书……

李真的堕落与毁灭，一直被认为是“秘书乱政”的典型。其实仔细分析，就会发现也不尽然。须知李真在1994年12月任省委办公厅副主任以后，主要已不再从事秘书工作，而是担任了一名级别颇高的领导干部。他利用职务之便大肆收受贿赂，侵吞钱财，与其说是一名领导干部身边的秘书的腐化堕落，不如说是一名领导干部的腐化堕落。如果说原河北省委书记程维高与李真之间的领导与秘书的关系一开始多少还带有某种“主奴关系”的色彩，那么，当李真从秘书岗位调任领导职务之后，这种“主奴关系”就逐渐转化成了某种“共荣关系”……现在读到《河北第一秘——李真盛衰记》披露的李真发迹史，才知道原来早在他当上省政府、省委领导秘书之前，他就已经借助与“老领导伯伯”的特殊关系，由一个“平民家庭出身的好孩子”，被吸收进一个由“许多在职的党政军界高级领导干部以及他们的子女和秘书”等非常人物组成的“俱乐部”，成了其中的一分子。或者可以这样说，李真尽管是平民家庭出身，但由于他的父亲与一位老领导有着鲜血凝成的战斗友谊，他的出身已经变得与官宦人家没什么两样了。

李真腐败案公之于众之后，很多人对他的狂妄恣睢、野心勃勃感到不可思议。是啊，你尽管当过“河北第一秘”，33 岁就爬上了厅局级领导的高位，但也不至于狂妄到当面训斥其他干部“你信不信我一句话就罢你的官”的地步啊，不至于开口“我做封疆大吏易如反掌”、闭口“将来当了副总理如何如何”啊。你作为一个青年得志、官运亨通、自视不凡、志向远大的少壮派，即便学习、政治、正气一个都不讲，先进文化、先进生产力、人民群众利益一个都不代表，而只是为了实现自己当大官、发大财、出人头地的个人理想，而且哪怕仅仅是出于纯粹技术性的伪装、隐忍的需要，也应该把脾气和野心多少收敛一些，而不应该把自己混同于那些目光短浅、胸无大志、没当几天官就吃喝嫖赌无所不能、没过几年官瘾就马失前蹄彻底完蛋的政治侏儒和官场低能儿啊。

文人恃才放旷，商人财大气粗，他李真凭什么这么牛？逐步披露的事实告诉人们，李真这么牛、这么自信，不凭别的，主要就凭有“老领导伯伯”这棵参天大树做后台（刚刚与“老领导伯伯”攀上亲不久，“李真说话的口气和为人处世渐渐发生了高人一头的变化，他的做派引起了同事们的不满和领导的反感，人际关系紧张的势头使他再也无法在计经委工作下去了”，接下来才有他到北京发展的故事），凭他以“河北第一秘”的身份在官场上的纵横捭阖与经营积累。我愿意相信，“老领导伯伯”不是程维高一类的人物，或许他在举荐李真的时候，李真还真是一个“平民家庭出身的好孩子”，但平民家庭出身的好孩子多了去了，为什么他就单单举荐李真一人？假如没有他施加的特殊影响，他李真就是把脑袋磨成绣花针，也不可能轻而易举就钻进那个“非常人物俱乐部”，更不可能发展成在河北政坛上权倾一时的重量级人物。

从表面上看，程维高对李真的提携作用远远大于“老领导伯伯”对李真的举荐作用，但从根源上看，后者的作用却是原生性的、第一位的。正是由于一个又一个“老领导父亲”、“老领导叔叔”、“老领导伯伯”的“举贤不避亲”，一批又一批李真、张真、王真才得以顺利走上工作岗位和领导岗位，并往往能继续得到形形色色的程维高、马维高、赵维高的关照。这些“少壮派”中肯定也有李真那样有恃无恐的狂妄分子和野心家，但一般比他做人更“成熟”，做事更有把握，因而不会像他那样轻易翻船；对于他们的肯定比李真美妙得多的前途，我实在不敢去妄加推测……

原载《江南时报》2004 年 11 月 19 日

社会心理失衡的警钟

6月26日下午，一名外地老板驾驶一辆江苏牌照的本田轿车，在安徽池州市城区与当地青年刘亮相撞并发生争执，两名保镖在老板指使下对刘亮大打出手，致使其鼻、眼等器官流血不止，引起部分过往市民的强烈不满。此后，一些群众冲击派出所，烧、砸车辆，殴打民警，哄抢超市，局面几至不可收拾。

一起较为普通的交通摩擦，却在短短数小时内演变成一场大规模的暴力行为，发生在安徽池州的这起群体性事件，不禁让人联想去年10月18日的重庆“万州事件”：某水果批发市场临时工胡权宗，因一件琐事野蛮殴打搬运工余继奎，并冒充公务员身份，声称“出了什么事花钱可以摆平”。胡的暴行引起了周围群众的愤慨，由此造成数百人围观，继而发生少数人趁机打、砸、抢等现象。

在池州事件中，警察赶到现场，并未立即对肇事者采取强制措施，其中一个民警还坐进了肇事者的车子；肇事者被带到派出所后，“不听派出所人员的处理，且态度极为不好”，“保镖当着民警的面拿出管制刀具来，可是警察还是没把他们铐起来”。如此种种，自然很容易让围观群众产生如下猜想：这人开着高档轿车，在外地也敢这么横行霸道牛气冲天，连警察也对他们礼让三分，可见他们一定有了不起的背景和能量，咱们如果不给派出所施加压力，不把事情闹大，说不定咱们前脚刚走，人家后脚跟着就被放出来了……同样，在万州事件中，肇事者态度蛮横，口口声声“我是某某局长，出了什么事花钱可以摆平”，无疑也是一剂猛烈的催化药，极大地激发了周围群众的义愤，致使矛盾迅速激化，事态急剧扩大。

就这样，在强势人物的倨傲言行的刺激下，在对强势人物的非凡背景及能量的臆测中，加之彼时彼地人群间交相感染、呼应的特殊作用，普通群众原本就比较脆弱的心理产生剧烈波动，群体性事件几乎不可避免地发生了。

按说在法治社会，法律面前人人平等，一个临时工打了人，与一个公务员打了人没什么不同，一辆奥拓车撞了人，与一辆宝马车或本田车撞了人也没什么不同，只要打人、撞人造成的后果相同，肇事者分别承担的法律后果就应该大致相同。但是，为什么一个临时工打了人后会条件反射般地想到要假冒公务员？是他突发奇想的“脑筋急转弯”，还是一些公务员“出了什么事花钱可以摆平”的既往事实俱在，对他形成了不小的示范效应？为什么一些普通群众愿意相信，一个公务员打了人，一定会比一个临时工打了人更容易把事情摆平？为什么一些普通群众会担心，警察“上了他们（指肇事者——作者注）的车子，就是和他们一伙的”，如果不把事情闹大，某些开宝马车、本田车的人就一定能够撞了人白撞、打了人白打？你可以指责假冒公务员作恶的人“居心险恶”，也可以指责一些群众“观念落后”、“不相信法律”、“对社会缺乏正确认识”，但更重要的是，你无法回避群众的这些“偏见”，无法回避这些“偏见”的成因。

存在决定意识。事实上，随着社会转型对人们利益关系的调整，对旧有利益格局的改变，由于历史的和现实的、合理的与不合理的、合法的与不合法的因素搅和在一起，造成了不同利益主体受益或受损程度的差异，特别是像贫富差距加大、暗箱操作、执法不公、司法腐败、官员贪鄙等并非远在天边的现象，已经使一些普通群众的心理出现了严重失衡，而在某些特殊情境下，群体的失衡心理一旦失控，很容易发展成为群体性事件。

继重庆万州事件之后，安徽池州事件再次为中国的社会心理失衡敲了一计警钟。如国务院总理温家宝在今年的《政府工作报告》中所言，要“积极预防和妥善处理群体事件”，“正确处理人民内部矛盾，及时合理地解决群众反映的问题，坚决依法纠正各种损害群众利益的行为”。为建立和完善处理群体性事件的工作机制，依法积极妥善处置群体性事件，应当理性认识和分析群众情绪和社会心态，高度重视当前社会心理失衡的问题。而要进一步化解群众情绪，平衡社会心态，有效避免池州事件之类的群体性事件发生，从根本上看，将有赖于社会综合改革的稳步推进。

原载《南方周末》2005 年 7 月 10 日

谁“绑架”了县委书记

近段时间，贵州省威宁县委书记王炳荣被绑架一案在社会上传得沸沸扬扬，贵州省公安厅分管刑侦的副厅长赵翔日前向新华社记者透露，该案已侦查终结，案情已真相大白。

所谓已经“大白”的真相，自然与此前社会上传得沸沸扬扬的各种小道消息有很大的不同。按照贵州省公安厅的说法，犯罪嫌疑人吴胜利做矿石生意失败，想快速搞一笔巨款到云南开矿，于是对县委书记王炳荣实施绑架，以此向县财政勒索 2100 万元。由于其作案手段“技术含量”太低（赵翔语），犯罪嫌疑人很快被抓获，王炳荣受伤住院治疗。而此前流传的小道消息称，王炳荣整顿当地无证煤窑，整顿吏治（如坚决执行“男 53 女 50”的转非标准，超过年龄的领导干部都要转为非领导干部），断了一些人的财路和官路，此次被绑架乃报复所致，云云。

与常见的情形一样，经过权威人士的说明和解释，真相肯定要比小道消息显得更“正面”，也更令人信服。然而，社会上之所以小道消息漫天飞舞，不正是因为人们迟迟听不到权威部门的声音、看不到早就应当“大白”的真相吗？新华社的报道证实：“案件发生后，当地政府和有关部门未通过主流、权威媒体及时公开事实真相，致使社会上一时流言骤起，猜测丛生。”那么，有关方面为何不主动、及时公开事实真相呢？他们难道有什么特殊考虑吗？

或许有人认为，警方考虑到此案被勒索金额巨大，案情可能比较复杂，如果过早披露消息，会对案件侦破造成负面影响。在有的情况下，警方这样考虑确有其道理，但对于此案却并不合适。事实上，这是一起“技术含量”很低的刑事案件，案情并不复杂，犯罪嫌疑人从被抓获、被刑事拘留到被批捕、被提起公诉，一系列程序都进行得很顺利，警方如果随着这些程序逐步如实地公开披露案情，并不会对案件的侦破和依法处置造成任何负面影响。犹记得，2004年云南发生大学生马加爵杀人案，去年陕西发生农民邱兴华杀人案，两起案件都比威宁县的这起绑架案复杂得多，但警方都及时向社会通报案件的进展，也没见有什么妨碍或副作用。所以，在威宁县委书记被绑架案中，真正让警方顾虑重重的并不是案情本身，而是被绑架者的特殊身份——县委书记。有关方面会本能地认为，县委书记被绑架案事关重大，应属于国家机密，岂能随便“瞎说”？

接下来的另一种可能是，在警方及有关方面看来，尽管社会上关于县委书记被绑架一事出现了各种流言、谣言，而且有的已经造成了很不好的影响，包括对县委书记本人的名声和形象造成了一定的损毁，但是，与某种官场惯性之下严格遵守“纪律”、严格保守“国家机密”的要求相比，这些都是次要的。由此推断，有关方面或许并不认为，对一个县的老百姓而言，县委书记的许多情况不应当是个人机密或国家秘密，他不幸被绑架了，老百姓应当享有最起码的知情权，像县委书记的健康状况如何、绑架案侦破得怎么样、绑匪的目的何在，等等，都是老百姓可以知晓的内容。看来，在有关方面眼里，县委书记和老百姓并没有什么内在的、密不可分的联系，无论他遇到什么情况，甚至无论谁当县委书记，都与老百姓无关，老百姓对此没有知情权可言。可是我想问，这样的观念和逻辑，符合中央一再强调的政务公开、政府信息公开的原则，符合现代民主法治理念吗?

我分明看到，除了已经归案的犯罪嫌疑人吴胜利，“绑架”威宁县委书记王炳荣的其实还另有其人——从 4 月 14 日吴胜利被抓获，到 5 月 18 日贵州省公安厅披露事实真相，在这一个多月的时间里，县委书记王炳荣从威宁县的社会政治生活中消失了，也从威宁县人民的视野中消失了；更形象地说，他在脱离犯罪嫌疑人吴胜利的绑架后，紧接着又被有关方面“绑架”了。

如果不从这起案件中汲取教训，不认真转变行政观念和工作作风，此类无视群众权利、不公开官员信息的“绑架”案还可能继续发生。

原载《杂文报》2007 年 6 月 1 日

“特权联盟”能怕点儿什么吗

3月28日《人民日报》有一个罕见的舆论监督大动作，披露了广西柳州市在区位优越、环境幽雅的黄金地段，为市委、市政府、市人大、市政协四大班子领导“量身定做”、“定向销售”高档住宅小区的情况。这个名叫河东苑的小区共有26幢别墅级楼房，正厅级每套建筑面积340平方米，副厅级320平方米，售价只有周边商品房价的一半。凡是读到这篇报道的读者，相信都会对柳州市为四大班子领导提供优厚“特权住房保障”的魄力和能力惊怒不已。

许多读者、网民和时评家也许会像控方律师那样，逐条逐项对柳州市四大班子购买“特权豪宅”提出质疑，甚至提出强烈的抗议。其实这些都只能算是《人民日报》报道的“跟帖”，因为该报道已经抓住了问题的要害，分析得非常清楚。比如，柳州市辩称，他们的做法有《广西壮族自治区市场运作方式建设住房暂行办法》作为政策依据，而实际情况是，《办法》规定“以解决单位职工住房困难为前提，无房户和未达标户优先购买”，四大班子领导都不是无房或住房未达标的困难户，却将河东苑豪宅悉数占用独享其成。又如，《办法》要求以“市场运作方式建设住房”，实际上河东苑完全是“权力化运作”的产物。毫无疑问，柳州修建“特权豪宅”不但不符合《办法》的规定，反而是对《办法》的绝妙讽刺。

这起公权机关利用特殊权力过度攫取住房资源的事件，其严重性主要不在于专供四大班子的“特权豪宅”如何高档豪华，以及四大班子领导以何等低廉的价格将豪宅“买”下，而在于地方公权机关在一番“权力化运作”之下，组成了一个十分牢固的“特权联盟”，从而使地方权力结构呈现出某种“集体性沦丧”的特征。柳州市委、市政府、市人大、市政协四大班子领导都分享到了相应的“特权福利”自不必说，市检察院检察长、市中级法院院长也“一个都不能少”被纳入彀中；同时，“为安抚离退休的四大班子老领导，在市委大院内以同样方式为他们建房”。在这个“特权联盟”中，方方面面的利益照顾得很到位，各种关系协调得很周全，党委对政府的政治监督，人大对政府的宪法监督，以及政协的民主监督和检察院、法院的司法监督，仿佛一夜之间统统失效，甚至有理由怀疑，它们或许从来就没有真正发挥过作用。

有作者发出质问：柳州四大班子买特权房何以心安理得？这倒是一个有意思的问题。他们的确是心安理得，看起来，他们从拍板建房到象征性掏钱“买”房，几乎都是明目张胆毫无顾忌的。

首先，他们不用担心当地人大、政协、司法机关会依法履行监督职能，因为监督者与被监督者已经组成“特权联盟”，监督自然就被取消了。其次，他们不用担心当地媒体的舆论监督，因为按照有关规定，当地媒体是不可能监督四大班子领导的。再次，他们不用担心当地的群众监督，因为群众不过是一盘散沙、“一袋马铃薯”（马克思），除了发发牢骚或上访、上告，在当地不可能折腾出什么像样的名堂来。

当然，经过当地群众向《人民日报》投诉，事情被党中央机关报曝光了，四大班子该有所畏惧了。然而，既然他们有魄力和能力大张旗鼓为自己提供“特权豪宅”，就不能排除他们也有魄力和能力将《人民日报》报道带来的“负面影响”一举摆平——毕竟，地方政府出动强大的“攻关”力量，成功摆平《人民日报》、新华社、中央电视台等中央级媒体报道的“负面影响”，这样的先例并不少见。

所以，我已经懒得去向四大班子买“特权豪宅”提出什么质疑了，我感兴趣的是，在被《人民日报》曝光之前，四大班子无疑是无所畏惧的，假如在被曝光之后，他们仍然能够如愿以偿摆平“负面影响”，他们同样也将无所畏惧。“民不畏死，奈何以死惧之”（老子），若官无所畏惧，则民将何以裁之？

不禁想起了陈毅同志说过的一句话，以及美国前总统尼克松在《领袖们》一书中转述的一个关于前苏共领导人勃列日涅夫的笑话（也可能是真事）。陈毅同志当年曾告诫那些装腔作势、脱离群众、“没有感情，不通人情”的干部说：“共产党的领导干部总像这样还了得，打起仗来谁来掩护你，不打你冷枪才怪呢！”我的感觉是，某些官人表现得实在过于贪婪、霸道与张狂，别说打起仗来没人掩护他们，就是在如今和平年代，恐怕也有不少人巴不得他们挨冷枪——想想近年来发生的多起官员被害事件吧，无论被害官员是否无辜，他们遭遇不测被害身亡，终归都是人间悲剧，但网络和坊间为何罕见有对他们表示同情的言论呢？

关于勃列日涅夫的笑话是：勃带着他的老母亲去参观他在郊外的超豪华别墅，老母亲看完后又高兴又害怕，说：“儿子啊，这别墅好是好，可要是哪天共产党打回来了，你怎么办啊？”之所以说这个笑话可能是真事，是因为它是苏联官僚体系法定特权的真实写照。据俄罗斯学者雅科夫征引的史料：从20世纪30年代起，斯大林建立了苏联特色的官僚特权体系，“政治局委员、候补委员、中央书记、中央委员、人民委员（后改称部长）、总局首长，等等，每一级都有一套专门的特权。从斯大林本人到集体农庄主席，按照级别享受这些特权：黄金地段的高级住房，免费占用别墅，专用汽车（领导人和妻子、儿女都有，有时甚至一人几辆供选择），专职司机，免费早餐与午餐，假日去修养所，往返修养所、疗养所的大量路费、补助、医疗费，阔气的狩猎、不用排队就在特供商店里购买紧缺的商品和进口奢侈品（仅在莫斯科就存在数百家这样的商店），以及其他一些形形色色的特殊供应。”如此高度完备的特权保障，比沙皇时代官僚的待遇有过之而无不及，以至于让勃列日涅夫的老母亲产生了错觉，以为勃列日涅夫所在的党组织已经不是共产党了……

不禁想小心翼翼地问一句：集体购买“特权豪宅”的四大班子，你们想过没有，假如再要打起仗来，谁来掩护你们？假如“共产党打回来”，你们怎么办？你们真的就不需要“怕”点儿什么吗？

原载《北京律师》2008年第3期

张平是个中专生

这里说的张平，不是那个毕业于山西师范大学中文系，写过《天网》、《法撼汾西》、《十面埋伏》等力作，曾获“茅盾文学奖”，现任全国政协常委、山西省副省长的张平，而是曾任安徽省副省长、国务院副秘书长，在十一届全国人大一次会议上被任命为国家发展和改革委员会主任的张平。两个张平都是官员，也是名人，但后者近段时间之所以特别有名，还有一个重要原因，就是全国人大公布的国务院各部门负责人简历显示，身为堂堂发改委主任的张平竟然只有中专学历——别说硕士、博士与他无缘，连大专和本科他都没有念过。

张平的“低学历”在官员群体中十分显眼，甚至颇有点儿“鸡立鹤群”的感觉——前段时间，各地在换届选举和领导干部调整、提拔、转任的过程中，对部分干部的学历情况进行了公示，大部分官员都通过在职研究生的学习，取得了硕士、博士学位。不难想见，在领导干部“攻读”学位成风的背景下，张平若要到大学拿一个硕士、博士学位并不难，但他始终以“中专学历”出场，并以出色的工作业绩为自己的“低学历”出身做出了最好的证明，因此尤为难能可贵。

研究生教育是为了培养高级研究型、学术型人才，而不是为了培养应用型、就业型人才，也不是为了培养公务员和高官，所以严格说来，除少数官员为了工作的确需要到大学研修、提高（比如攻读工商管理硕士〈MBA〉和公共管理硕士〈MPA〉)，少数官员拿到硕士、博士学位后的确对工作有实际的帮助，大多数官员到大学读硕士、博士研究生其实是没有必要的，毕竟从政做官和搞研究、做学问是两码事儿。但现实就是这样生动而荒谬：许多官员在官场过够了“官瘾”犹嫌不足，偏偏要把手伸到大学里来，美滋滋地体验一下当“官员学者”的感觉，以证明自己不但可以在官场纵横捭阖，还可以在学界游刃有余，是一个“吃嘛嘛香，干嘛嘛能”的全才、通才。这是一种典型的“赢者通吃”心理，某些官员的虚荣、浮躁与贪婪由此暴露无遗。

官员热衷于到大学读硕士、博士，也助长了权学交易的不正之风和腐败现象。全国政协委员陶化成曾猛烈抨击一些官员与大学的“互惠互利”：这些官员工作太忙，没有时间上课，大学就给开绿灯(如派教师到官员办公室“面授”，甚至有些官员实在太忙，只能让秘书代自己“面受”)，没有时间写论文，大学就找人代写，论文质量不行，再找学术期刊编辑部开绿灯，学校和官员“一方手握博士学位，一方手握公共资源，你投我以桃，我报之以李，满足的是双方私利，败坏的是公平正义”。权学交易腐败将官场腐败和学术腐败结合在一起，对社会风气和社会道德的危害之大，实在难以估量。

官员纷纷“攻读”硕士、博士，大学给官员派发学位如散发小广告，无形中稀释和降低了硕士、博士学位的“含学量”，影响了硕士、博士群体的社会形象，也影响了一些十年苦读货真价实的硕士、博士在社会上的竞争力。近些年来，一些地方陆续出现了“考研热”降温的局面，今年“考研热”降温更是扩大到了全国范围；与之形成鲜明对比的是，包括大学毕业生在内的社会成员报考公务员，却呈现出持续升温“高烧不退”之势。笔者相信，在那些报考公务员的考生中，一定有人怀有如下想法：反正现在读研究生也没大多意思，拿到硕士、博士学位也没多大实际用处，还不如直接考公务员，等有个一官半职，再到大学轻轻松松拿个硕士、博士玩儿，岂不美哉……

在居高不下的官员“学位热”中，中专生出身的张平是清醒的，他不赶时髦，找准了自己的位置，谁也不会因为他只有中专学历而看不起他。相反，某些官员威风凛凛地戴着一顶博士帽，却只会让人看出他内心更多的“小”来。这些个“博士官”的学位尽管拿得很容易，但很快也就面临着大幅度贬值的危险，难道说，以他们的高明、聪明与精明，当初竟没有预料到这一天么？

原载《民主》2008 年第 7 期

我不相信“百官共廉”

南京市中级法院日前以挪用公款罪、受贿罪一审判处江苏苏州市原副市长姜人杰死刑。经查明，2001 年至 2004 年间，姜人杰先后收受苏州鼎立物产有限公司总经理顾某等人贿赂共计人民币 1.0867 亿元、港币 5 万元、美元 4000 元。有消息称，其中一笔贿赂款高达 8000 万元，成为大陆迄今被曝光贪官单笔受贿之最。

姜人杰不愧为“人杰”，不但创下了大陆迄今被曝光贪官单笔受贿额之新高，也可能创下了大陆贪官贪贿金额之新高，而且还用自己丧心病狂的腐败行为，一举打破了苏州市一度引为自豪的“百官共廉”神话。据知情人士透露，姜人杰已经检举揭发多名官员，涉及财政、交通、城建、工业、房产等多个部门，其中包括今年 8 月前后已被双规的曾担任苏州市财政局局长 14 年之久的苏州市政协原副主席赵文娟。

所谓“百官共廉”，按照几年前苏州市纪委一名负责人的说法，是指过去 20 年以来，苏州历任市（地）委书记、市长、人大常委会主任、政协主席及下属各县级市领导无一人腐败。而之所以能够实现“百官共廉”，是因为苏州抓住了产生腐败的根本原因，建立起了一系列廉政制度，包括横向分权（削减个人权力，进行制约和分解）、纵向断层（把原来有可能一个人控制的操作，变成阳光下的程序、制度运行），等等。但是，由姜人杰牵出的涉及财政、交通、城建等多个部门官员的腐败窝案，不但彻底粉碎了所谓“百官共廉”的神话，反而很可能创下一个“百官共贪”的新纪录。这样说并非无妄之猜测与夸张——黑龙江省绥化市原市委书记马德卖官受贿案涉案官员多达 265 人，由安徽省原副省长王怀忠、阜阳市原市长肖作新以及阜阳中院三任院长尚军、刘家义、张自民等人编织的卖官受贿窝案，共涉及官员八九百人，其中副处级以上官员 200 多人，“百官共贪”在其他地方已有先例，为什么苏州就一定能够“免俗”呢？

“百官共廉”神话不再，“百官共贪”更是一种现实的危险。制度有程序与实体之分，有形式与内容之分，有的制度在形式上很完备，在程序上无可挑剔，但在实体上却完全被人控制，在内容上彻底沦为“暗箱操作”。比如在 2002 年，苏州工业园区附近一块 150 亩的土地招标，姜人杰告诉鼎立物产公司总经理顾某：“这个生意我只给你介绍了。”顾某当即表示：“事成后利润我们平分。”于是通过表面上看起来很正常、很规范的竞标程序，顾某顺利拿到了这块地，很快脱手转让给他人，净赚了1.9亿元，姜人杰从中分到了8250万元。这就是那个“单笔受贿之最”的由来。工程招投标如此，买官卖官也是如此，私底下所有的环节都打点好了，通过“制度”不过是补一道组织程序，以强化买官卖官结果的合法性。这样的制度不但很不可靠，而且还相当危险。姜人杰在苏州就是玩儿的这一套，什么“横向分权”、“纵向断层”，全都被他通过高明的政治运作技巧给“分”而“断”之。此为教训者一。

另一个教训是：任何地方和部门都不要轻易标榜自己的清廉。不要认为自己这里长期没有发现腐败分子，没有查出大案要案，就能够证明党风廉政建设搞得好，从源头上预防和治理腐败的制度建设抓出了成效。必须知道，腐败分子都是善于隐藏的，也是抱有侥幸心理的，他们都懂得“被捉者一定伸了手，伸手未必一定被捉”的道理，因此大行腐败的技巧和胆量都超出了一般人的想象。说不定某个在台上慷慨激昂地大作廉政报告的官员，其实就是彻头彻尾的贪官。

实际上，由于没有建立官员财产申报制度和信息披露制度，每一个官员都很难证明自己的清廉，而由于缺乏畅通可靠的知情渠道，公众即便没有掌握官员贪污受贿的证据，也很难相信他们的清廉。姜人杰一案再次告诉我们，在当前的国情条件下，“百官共廉”的神话远不可信，“百官共贪”的危险则十足堪忧。

原载《三晋都市报》2008年10月29日

官场讲真话难不难

今年全国“两会”上，全国政协常委张维庆批评“官场讲真话越来越难”的犀利言论，在网上坊间引发了广泛热议。一家媒体就此话题采访了近20名全国人大代表，发现人大代表的意见与张维庆截然相反：绝大多数代表认为讲真话并不难，有代表认为根本不存在讲真话难不难的问题。

在官场讲真话到底是难，还是不难？看来确如“哈姆雷特之问”，这是一个问题。不过，这家媒体通过采访20名人大代表，高调宣布“多名人大代表否认官场讲真话越来越难”，这种手法让人感觉有点儿怪怪的——哪怕其中有一两名代表支持或理解张维庆的意见，最后的结论也会显得更可信一些。现在这个高度统一的结果，只会令人生疑：这会不会是一个“主题先行”的新闻策划，其目的就是为了要否定张维庆的言论呢？

笔者仔细研读了张维庆的原话，他所谓“讲真话难”主要有两个意思，一个是说，“一些领导干部检查、视察、考察方式存在很多弊端。首先是行政成本极高，其次是实际效果不佳，又是踩点、又是发言稿送审这一套，这样能听到多少真话呢？”另一个是说会风不正，一般是领导先讲话，大家再讨论，还能说什么呢？说不好就会造成政治风险，“有些人不敢讲心里话，只能选择一些过得去的话”，“要不就不讲，要不就不痛不痒说一说”。张维庆认为，在上述两种情况下讲真话都有风险，所以讲真话越来越难。他能够产生这种判断，说明他对什么是真话、讲真话需要什么样的环境等问题，与多数人的看法是相同的。

那些异口同声否认“讲真话难”的人大代表，他们并不否认领导干部检查、视察、考察有那样一套方式，也不否认开会存在“领导先讲话，大家再讨论”的程序，但他们认为，这两种情况并不妨碍人们讲真话，而且人们讲的也是真话（有代表还以自己的亲身经历证明这一点）。张维庆则认为在这两种情况下人们难以讲真话，顶多是“选择一些过得去的话”、“不痛不痒说一说”。进而言之，在同样情况下同样的人讲的同样的话，这些人大代表认为是真话，张维庆认为不是真话，两者的区别主要就在这里。

这个微妙而重要的区别，让我想起了央视《实话实说》节目第一任主持人崔永元对“什么是实话”的一个解释。他说，有些人的话你听上去像官话、套话，但他就是这样想的，是他内心真实的表述，这应该算是实话。在中文语境中，实话大体等同于真话，崔永元的这个解释，可以借用来解释一些人大代表否认“讲真话难”的问题——领导干部考察工作和开会时听到下面讲的那些话，张维庆和许多人听起来是官话、套话，而不是真话；一些人大代表听后则认为，好啊，我也是这样想的啊，这些都是我内心真实的表述啊，这就是真话啊，“说真话有什么难的？不难！”

某些人大代表对什么是真话、讲真话需要什么环境的问题，与多数人的看法大相径庭，所以，当别人大讲特讲假话之时，他们都会视之为讲真话，并坚信这样讲真话根本不难。一个人如果在官场上习惯了听假话和讲假话，久而久之，他把别人和自己讲的假话都当成真话，而且矢口否认“官场讲真话越来越难”，也就不足为怪了。

前面说的是全国人大代表，不妨看看全国政协委员的情况。一名“明星委员”声称，出于“对国家的热爱”、“不给国家添乱”的考虑，“在大的会议上举手表决时，我从来没有反对过或弃权过”，引起了公众对其参政议政能力的质疑。“明星委员”进而辩解说，自己按“赞同键”是“思考的结果”，因为“不觉得自己能比这（政府）更高妙”，同时，并不意味着以后放弃投否决票或弃权，“我脑子又没进水”。

呵呵，任何人的任何行为都是“思考的结果”，包括装疯卖傻、得便宜卖乖、大智若愚或大愚若智，包括选择说假话而不说真话，一定都是“思考的结果”，“思考”有什么了不起呢？那些从不投反对票或弃权票的人，那些一有机会就大讲假话套话的人，不但不会认为自己没有思考或不会思考，而且只会认为自己比别人更会思考、更聪明伶俐、更会做人做事……

这么多人大代表都矢口否认“官场讲真话越来越难”，我对这个问题真是越来越拿不准了。不过可以肯定的是，正如没有一个醉鬼会承认自己喝醉了酒，没有一个说假话的人会承认自己说的是假话，也没有一个脑子进了水的人会承认自己脑子进水了。

原载《群言》2010 年第 4 期

我为什么“嫉妒”周森锋

两年前，29 岁的周森锋担任湖北宜城市委副书记、市长；而今，一份周森锋“拟交流提拔任职”的任前公示，又将这名“最年轻市长”置于舆论关注的焦点。湖北省委组织部有关负责人近日就此做出回应，称周森锋属于破格提拔，这既是湖北省“年轻干部成长工程”的具体措施之一，也是不断解放思想、深化干部人事制度改革的积极成果。

对引起公众关注和质疑的公共事件做出回应，是有关部门履行职责的题中之义。与答记者问一样，做出回应也是一门很有技巧的学问，最常见的技巧要数避实就虚、避重就轻。遇到那种刁钻、敏感的提问，答记者问者不会正面回答，而是要避其锋芒，转移话题，甚而偷换概念。关于周森锋任市长不足两年又要提拔任职，舆论的质疑集中在两点：其一，如此快速提拔是否违反规定？周有何德何能以至受到如此重用？其二，两年前有人指控周在清华大学就读时撰写的几篇论文涉嫌抄袭，周本人、清华大学及湖北有关方面对此一直三缄其口，现在，周即将在仕途上再上层楼，能否对这个问题做出澄清？

对于第一个问题，湖北有关方面做出了详尽的解释。既说周思想政治素质好、得到多数群众认可、有一定的发展潜质、符合破格提拔的任职资格条件，又说周在宜城市任职期间“扎实推进经济建设和社会发展”，使宜城在全省考核排序前进 17 位，还说对周的选拔经过了严格的推荐考察程序，完全能够保证提拔公平公正，如此这般，不一而足。而对于第二个问题，有关方面仍旧采用沉默战术，三缄其口而不着一字，仿佛舆论就此问题提出质疑纯属无理取闹，根本不值得理睬，不屑于回应。

其实，上述第一个问题并非舆论质疑的重点，因为周是否思想政治素质好，任职期间是否政绩突出，对他的选拔是否程序公平、实体公正，公众都很难看得见摸得着，好赖主要都是有关方面说了算。舆论质疑的重点其实是第二个问题，因为公众要对这个问题行使知情权、监督权，既容易入手，也容易发力。你说周森锋没有抄袭，可质疑者拿出了白纸黑字的证据，你若要否认，必须拿出更充分过硬的证据来，谈何容易？都过去两年了，人们也看得很清楚了，周森锋本人也好，清华大学也好，湖北有关方面也罢，其实都拿不出否认周森锋抄袭的像样的证据来。面对这个棘手的问题，他们只好继续回避加拖延，以为只要咬咬牙挨过这个关口，走完任前公示的程序，达到提拔任职的目的，“笑骂由你笑骂，好官我自为之”，就万事大吉了。

或许是由于沉默产生压抑，压抑导致心有不忿，有关方面尽管不敢正面回应第二个问题，却不忘在回应第一个问题时对质疑者大加嘲讽，说什么“破格提拔周森锋，有利于破除一些人在改革开放的新形势下仍然用老眼光看人、用旧尺子量人和对年轻干部求全责备、嫉贤妒能等陈旧观念”（《让更多优秀年轻干部脱颖而出》，载《湖北日报》2011年4月14日）。言下之意，那些质疑周森锋涉嫌抄袭的人，那些批评周森锋不正视外界质疑、不正确对待舆论监督的人，那些希望周森锋尽快弥补诚信道德上的不足的人，都是一些“用老眼光看人、用旧尺子量人”的人，是一些“对年轻干部求全责备、嫉贤妒能”的人。按照有关方面的新眼光、新尺子，按照他们“不断解放思想”形成的新标准，对于一个涉嫌抄袭、学术诚信疑似有污点的人，外界是不能提出任何质疑的，也是无权要求他澄清问题、自证清白的，否则，就要干扰“年轻干部成长工程”的顺利实施，就要影响“干部人事制度改革的积极成果”，那罪过大了去了，谁担当得起？

说到这里，我突然觉得自己真有些“嫉妒”周森锋了——我既不“嫉”他之“贤”，也不“妒”他之“能”，我唯一“嫉妒”的是，他生活在一个公众人物不需要对自己的诚信道德做出交代，也就是不需要对自己的诚信道德真正负责的环境中，他自己诚信道德有亏却始终“我自岿然不动”不说，还有那么多人下决心拔擢他，倾全力庇护他，不把他树立为“年轻干部成长工程”的模范标兵决不罢休。

鸣呼，要是换了一个对公众人物的诚信道德有着最起码要求的正常环境，一个官员如果胆敢拒绝澄清自己涉嫌抄袭的质疑，早就该灰溜溜卷铺盖回家了，哪里还好意思继续为官做宰并一路升迁？

原载《西安晚报》2011 年 4 月 25 日

善待国民是最好的国家形象

安赫尔特·捷孚凯·罗伯国家形象指数调查机构新近推出的2011年度全球形象指数报告显示，中国国家形象从2008年的第26名提高到第22名。专家指出，良好的国家形象不但能够赢得好名声，还能带来一些实质性的利益，比如经济往来合作等，中国为此要做出更持久和切实的努力。

正如每个人都有个人形象，每个国家也有自己的国家形象，一个国家的形象如何，取决于给世人留下了什么印象——首先是给其他国家的人留下了什么印象。安赫尔特·捷孚凯·罗伯国家形象指数调查机构从2008年起每年都对50个国家的形象进行民意测评，今年的民意调查在包括11个发展中国家在内的20个国家进行，测评标准分为出口、政府职能管理、文化、国民素质、旅游与移民、投资环境6个板块。不知这11个发展中国家是否包括中国，即便包括，中国人对自己国家的评价，在中国国家形象的得分构成中也只占一小部分，大部分得分还是来自于其他国家居民对中国的评价。

具体到测评标准涉及的6个板块，一个国家的出口、文化（包括文化遗产）、旅游与移民比较容易为外国人了解，政府职能管理、国民素质、投资环境则不大容易为外国人了解，不少国家对外进行国家形象宣传，也大多侧重于前面三项。在今年的国家形象测评中，中国的文化遗产板块在50个国家中名列第三位，在中国国家形象的6个板块中得分最高，同时，中国的政府职能管理板块得分较低。这大致说明，虽然政府职能管理不像文化遗产那样容易为外国人了解，但政府职能管理的水平如何，总会通过其他一些途径和渠道表现出来，以直接或间接的方式给外国人留下印象，最终在国家形象测评得分上呈现出来。

个人的形象首先表现为外在形象，但一个人最为本质的形象，还是表现为内在形象——内在的素质、修养、见识、情趣等。国家的形象也是如此。如果说出口、文化、旅游与移民等主要反映一个国家的外在形象，主要与对外交往的因素有关，那么，政府职能管理、国民素质、投资环境、法治环境等主要反映了一个国家的内在形象，主要关系到政府的治理水平，以及政府与百姓的互动关系，等等。一方面，国家的内在形象建设需要长期修炼“内功”，特别是政府要深入推进自身改革，提高依法行政和规范权力运行的水平，通过体制改革强化权力的相互制衡和权利对权力的监督，依法保障公民的选举权、知情权、参与权、表达权和监督权，使广大民众切实分享到社会经济发展的成果。这些“内功”有助于提高政府公共服务和社会保障水平，提高国家对公民权利的保障水平，从而有助于提高政府的公信力和社会评价，改善国家的内在形象。

另一方面，一个国家的“内功”如何，内在地决定了其在出口、文化、旅游与移民等外在形象上的表现。如果一个国家的政府职能管理水平低下，投资环境恶化，法治不彰，公民权利缺乏保障，无论下多大力气在对外形象推广上做文章，也难以产生强大、持久的宣示力和说服力。同时，在信息高度发达的现代社会，一个国家的国民如何感受、评价自己的国家，必然会形成集中而强劲的舆论，影响到外国人对这个国家的感受和评价。如果一个国家在自己的国民当中没有多少正面的评价，很难想象她在国际上能获得普遍的好评，建立起良好的国家形象。

今年1月17日，中国国务院新闻办公室主持拍摄的《中国国家形象片——人物篇》在美国纽约时报广场大型电子显示屏上播出，至2月14日共计播放8400次。这是继2008年国家形象片《幸福篇》在CNN、BBC等世界主流媒体播出后，中国第二次进行大规模的国家形象推广。与此同时，有媒体将1月19日起正式启动的全国铁路春运称为另一部规模宏大的“中国国家形象片”，认为如果解决春运“一票难求”的时间表被一次次推迟，普通乘客为了回家过年，不得不长期忍受难以想象的困苦，中国的国家形象不免就要打折扣。这种比较是很有见地的。办好奥运会、世博会事关中国国家形象，搞好春运、解决“看病难”这样的民生大事，对中国的国家形象建设具有更直接而重要的意义。

一个国家的形象不能只是用来对外展示，而更应当用于对内的关怀——关怀普通人的命运，关怀民生的疾苦，关怀社会公平，关怀权利保障。对所有国家而言，尊重、善待自己的每一个国民，无疑都是最好的国家形象。

原载《北京青年报》2011 年 10 月 27 日

“裸官”之忧

“裸官”是一个形象的说法，指那些配偶或子女拥有外国国籍或外国永久居留权的公职人员。在近年来媒体的报道中，最著名的“裸官”当数2007年1月被查处的陕西省原政协副主席庞家钰，早在2002年他担任宝鸡市委书记时，他的妻儿就已经移民加拿大，留下他一人在国内做官。另如福建省工商局原局长周金伙、浙江温州市鹿城区原区委书记杨湘洪等官员，先把老婆孩子送到国外定居，自己在国内以权谋私捞够了钱，瞅准时机潜逃出国。“裸官”之成为一个特定的称谓，一种引起警惕的现象，绝非偶然。

中国社会科学院日前发布的《“裸官”监管调研报告》（以下简称《报告》）显示，有38.9%的受调查公职人员认同配偶拥有外国国籍或外国永久居留权，认同这一做法的公众占比为34.2%。《报告》发布的几组调查数据，凸显了人们对“裸官”的一些带有规律性的认知特点。其一，公职人员对“裸官”的认同高于普通公众，说明公职人员或者与“裸官”的距离更近，或者对“裸官”的切身感受更深，所以对“裸官”的认同度更高。其二，在受调查的公职人员中，职务和地位越高的人，对“裸官”的认同度也越高（省部级、司局级、县处级、科级人员认为其子女可以拥有外国国籍或者外国永久居留权的比例，分别为53.3%、53.4%、51.7%、49.6%），似乎可以说明，公职人员的职务和地位越高，对“裸官”的切身感受越深，因而对“裸官”的认同度越高。无论是认同“裸官”现象，还是身体力行做“裸官”，部分公职人员与“裸官”之间的微妙而密切的关系，表明“裸官”问题已经成为加强干部管理和推进反腐倡廉必须严肃对待的重大课题。

公职人员是国家公权力的执掌者，对捍卫国家利益、提供公共服务、维护社会和谐稳定负有不可替代的重要责任。在绝大多数国家和地区，法律都明文规定，公职人员不得拥有外国国籍或外国永久居住权，因为公职人员与斯土斯民同呼吸共命运，是最自然的政治伦理和最基本的政治道德。一般情况下，法律虽然不对公职人员的配偶、子女作此限制，但配偶之间、父母与子女之间有着最亲近的关联，如果配偶、子女移居国（境）外，只留下公职人员在国内做“裸官”，其对斯土斯民的政治忠诚多少都会受到影响或损害。这样说并非是对“裸官”进行有罪推定，而是因为他们身为公职人员，法律需要对他们的个人权利进行必要的限制，社会也需要对他们的政治忠诚施加更高的要求。

中央纪委、中央组织部负责人指出，在配偶、子女已经移居国

（境）外的国家工作人员中，多数人能够遵守法律和纪律，安心工作，但也有人身在国内心在外，通过为配偶子女移居的国家谋取利益而获得私利；有的人由于配偶、子女已在国外，自己非法敛财时更加肆无忌惮；有的人将大量非法财产逐步转移出境，一遇合适机会便抽身外逃。实际上，“裸官”如果不能遵守法纪，安心工作，成天只想着利用职权谋取非法利益，其结果无非两种可能，要么像庞家钰那样，丧心病狂地招权纳贿损公肥私，要么像周金伙、杨湘洪等人那样，早已对国内社会政治环境和国家的未来失去信心，随时准备溜之大吉。而那些对“裸官”持认同态度的公职人员，显然对“裸官”身在国内心在外、毫无后顾之忧的状态十分艳羡，他们的政治忠诚度多少也是值得怀疑的。

《报告》显示，公众对“裸官”的态度与被调查者的文化程度有关，学历为小学及以下、初中、高中、大学专科、大学本科、研究生及以上的受调查者（非公职人员），认为公职人员的配偶不得拥有外国国籍或者外国居留权的比例，分别为33.3%、33.9%、34.1%、44.2%、42.8%、52%，说明普通公众对“裸官”的态度与文化程度有关。总体上看，公众对“裸官”的认同度尽管低于公职人员，但平均34.2%的认同率仍然表明，公众对“裸官”的认识是很不够的，对“裸官”的危害性缺乏应有的警惕。这在一定程度上势必制约公众监督“裸官”现象的力度，影响公众参与治理“裸官”的主动性和积极性。

当前，亟须大力完善并严格执行有关党纪政纪和法律法规，加强公职人员配偶子女移居国（境）外的审查制度，适时将公职人员个人事项报告制度升级为个人事项公开制度，将公职人员配偶子女出国（境）的事由及费用的数额、来源、用途等公开晾晒，以财产公开和任职限制（如广东省规定“裸官”不得担任正职）形成对“裸官”的双重约束，推动公职人员政治忠诚度不断提高。

原载《今晚报》2012 年 3 月 12 日

“良民证”思维要不得

兰州石化职业技术学院有学生向媒体和网络反映，学校要给学生办理用来证明诚信的“诚信证”，每证收取 5 元工本费。该校学生处处长称，颁发“诚心证”从 2006 年就开始搞了，这是学校道德教育的新探索，“诚信不仅需要引导式教育，还需要能够量化的评价体系。”

如鲁迅所说，“历来都竭力表彰‘五世同堂’，便足见实际上同居的为难；拼命的劝孝，也足见事实上孝子的缺少”，兰州石化学院 6 年前开始对学生诚信进行量化评价，至今“诚信证”仍大行不衰，似乎足见校园中诚信之缺失，而诚信越是缺失，又越要以非常手段“狠抓”诚信教育，由此俨然已成恶性循环，如之奈何？

细看兰州石化学院颁发的“诚信证”，最直接的感觉是多此一举。该校诚信证等级评定参照《学生诚信守则》，学生出现迟到早退、吸烟、打架、作弊等行为一次，被记上一个失信点，在校期间无失信点，诚信等级评定为A级；有一个到三个失信点，诚信等级评定为B级；有三个以上失信点，诚信等级评定为C级，不发给“诚信证”。既然已有《学生诚信守则》，该守则已经规定了对迟到早退、吸烟、打架、作弊等行为的罚则，学生如果出现了这些行为，按照守则进行处理就够了，干嘛要节外生枝搞什么“诚信证”？

“诚信证”被曝光后，舆论对此多有批评质疑。有人说，校方设定的诚信评价标准不科学，考试作弊当然是不诚信，迟到早退、吸烟、打架则与诚信未必有多大关系；即便这些都与诚信有关，为何有三个失信点尚可评为诚信B级，超过三个失信点就不给颁证？有人说，学生在校时间只有短短三四年，他们的诚信品质远未定型，给他们的诚信评分定级，对得分低的学生而言太过沉重，不利于他们今后的发展。这些意见都自有其道理，但主要着眼于诚信评定的操作问题，并未切中问题的关键。

一个学生在校期间的诚信表现如何，即便能够通过量化手段进行科学评价，并能全面反映学生诚信品质的发展动态，校方也是没有权力以此为依据，给学生颁发什么“诚信证”的。在法治发达的国家，警察、司法、社保等公权部门与金融、保险、电信等社会机构联网，建立了覆盖全体社会成员的综合征信系统，但是，居民的征信信息受法律保护，未经法定程序不能供他人查询，更不能随便公开。这些信息都分散在不同的部门或机构，并没有一个高高在上的组织对居民征信状况评分定级，然后煞有介事发放“诚信证”。

建设公民社会，核心是要保障公民的个人自由，对公民的诚信品质和道德状况，政府特别要多尊重、少猜疑，多放手、少干预。政府和社会机构建立社会征信系统，居民如果在金融、电信等消费领域有不良记录，或者在警察、司法机关那里有犯罪记录，那么他在办理有关事项、参与社会政治生活时，可能要受到一些影响，这是他为自己的不良行为付出的代价。包括那些有不良行为并付出了代价的人，所有公民的诚信和道德的发展空间都应当是自由的、开放的，任何人、任何机构都没有权力要求公民必须怀揣“诚信证”，必须随时掏出来展示自己的诚信等级。如果每个学生都必须办理“诚信证”，以证明自己在校期间诚信表现良好，进而每个公民都必须办理“诚信证”，以证明自己在生活、工作中没有或少有不良记录，这种向公民施加自证清白纯良责任的“诚信证”，只会让人联想到当年日伪政权为控制区内百姓颁发的“良民证”。

兰州石化学院的“诚信证”发了6年，今年才有学生提出质疑和投诉，可知对“良民证”思维的警惕是很不够的。两年前，江苏睢宁县启用“大众信用管理系统”，对公民生活、工作等方面内容打分，将公民评定为ABCD四个等级，获评C级、D级者，政审类考察、资格审查、执照审核、社会救助将受限或不予考虑。在今年全国政协会议上，有政协委员更是提出给每个公民建立道德档案，以此约束大家“知耻”。习以为常的权力滥用和权力自负，让权力者产生了某种幻觉，他们坚信可以通过数量化、科学化手段，把公民的诚信、道德、思想、信仰统统管起来，进而把公民塑造成知耻明理、安分守己的“良民”。如此根深蒂固的“良民证”思维，令人顿生今夕何夕之感。

深入推进各项体制改革，强化对公权力的规范、监督和制约，切实遏制权力滥用，破除权力自负和权力者的幻觉，充分保障公民权利的实现与救济，任重道远而未有穷期。

原载《经济观察报》2012 年 4 月 30 日

第二辑　宁可信其有

赤子归来兮

近来读到几则动物伤人的报道。河南西峡县农民范某，全副武装从山上摘下一个大如竹篮的葫芦包蜂窝，正要抱走，群蜂包围了他的全身，从他脖子上围巾的松动之处钻进他的皮夹克和帽盔内，狠命地蜇他，有二三十只蜂甚至钻进他的嘴里，被他情急之中吞进肚子。最后，范某头部、面部、背部及腹部被蜇100多处，惨不忍睹，幸亏抢救及时，总算没有丢掉性命。

湖南湘潭县一名男青年，捉到一条一米多长的毒蛇，准备烹而食之。他砍下蛇头，打开腹腔，在分离其内脏器官时，手指不慎触及已被砍断的蛇头，被蛇头张嘴咬住，再也取不出来。该青年乃中剧毒，经抢救无效死亡。

江苏南通青年季某，随意在路边小便时，看见不远处一只狼狗正瞅着自己，便乘兴一边唤狗过来，一边将小便浇向它。狼狗不甘心受辱，猛地扑上前去，一口叼住季某的生殖器，将其咬伤……

人是万物之灵，也被称为“高等动物”。所谓“高等”，无非是指人具有动物望尘莫及的思维和智慧；也正因为如此，人便免不了自高自大，总以为自己是自然界的主人，可以随心所欲地主宰和支配所有的动物。高兴时，可以观赏笼中困兽，可以和宠猫宠狗亲嘴；烦恼时，可以突然向正摇尾谄媚的忠实的看家狗猛踢一脚，可以抓起猎枪朝着正“双双入我庐”的“翩翩新来燕”胡乱扫射一气；战乱年代，可以把一个活生生的世界扫荡得鸡犬不留；和平时期，却又是斗牛、斗鸡、斗鸟、斗鹅、斗骆驼、斗蟋蟀、斗鱼狂斗不止，又是从鹿茸到蛇胆、从蚂蚁到猴头、从蝎子到苍蝇什么都要吃！

看看自从人类产生以来，地球上的动物种类减少了多少，以及今天的珍稀动物们又是如何的处境困难，你就可以知道在人类高高在上的视野中，那些“低人一等”的动物处于一个什么样的可怜地位了。

上述那三起动物伤人事件，因其结果都是人遭惨败，故人们读来颇有“兔死狐悲、物伤其类”之感。不过在人兽大战中还是人大获全胜的时候居多，倒也大长人类志气，大灭动物威风。我也经常看到下面这种“大快人心”的消息。浙江农民周某，在山上干活时发现一个蕲蛇窝，他将 15 条幼蛇打死，将母蕲蛇活捉。次日，他又在蛇窝边干活时，遭到一条公蕲蛇的袭击，“周眼疾脚快，迅速跳上一块一米多高的岩石躲避。公蕲蛇一时未能冲上，伏在岩石下伺机报复。幸亏周手上握有一把一米多长的扑山刀，经过一番较量，将公蕲蛇打死。回家一称，重达 1.4 公斤”。

山东梁山县一群牧童屡次掏拆鸟巢，与鸟结下宿怨。一天傍晚，一名牧童突然遭到几只黑卷尾鸟的攻击，开始他还能勉强招架，无奈黑卷尾鸟越聚越多，越战越凶，一些灰喜鹊和其他飞鸟也上前助战，形势万分危急，幸亏“十几个牧童闻讯赶来解围，人们鞭抽石掷，呐喊反击，再后来有人从家中扛来鸟枪助战，方才将那些鸟追打到树林深处”。

广西灵山县佛子镇龙渊村一带，山林浓密，珍禽异兽很多。一天，三名小学生在村外发现一头重约50公斤的山猪，立即合力攻击，山猪慌不择路，最后陷在烂泥塘内。在大人的帮助下，三名小学生终于擒住了这头凶恶的山猪。

浙江那个农民，山东那群牧童，广西那三名小学生，在我们很多人看来，几乎就是武松那样的虎胆英雄了。记者在报道他们的英雄事迹时，肯定、赞许之词溢于笔端，很有点孔子当年感叹“微管仲，吾其被发左衽”的味道。可我还是有些不明白，蕲蛇也好，黑卷尾鸟也好，山猪（不知是不是“珍禽异兽”）也罢，碍着你什么事了，使得你一出手就擒其妻灭其子捣其巢穴，非得把“人”家逼上绝路？你好好地干你的活，放你的羊，念你的书，井水不犯河水，大家彼此相安无事，该有多好？

在动物当中，狼是公认的最危险的“人类的大敌”了吧，可瑞典生物学家埃利克·齐门孤身一人深入意大利波河平原狼群多年，通过深入细致的观察、试验和研究（他甚至当上了狼群的首领），得出的结论却是：狼除非饿极或受到惊吓，一般是不会伤害人的；而且正是因为它们怕人、回避人，才得以生存下来；所以，人与狼之间本来是可以和平相处的。狼尚且如此，何况其他比狼软弱得多的动物？人兽大战的消息读多了，我有时便从根本上怀疑起来：到底是蕲蛇“毒”，还是人更毒？到底是黑卷尾鸟“恶”，还是人更恶？到底是山猪“凶”，还是人更凶？

我小时候，也和伙伴们玩过一种极其残酷的游戏：用剪刀将青蛙的腿剪了，这时它还不会断气，于是再用一根细麦秆从它的屁股捅进去，然后用嘴使劲吹气，直到它全身被吹得像馒头一样鼓胀，才渐渐死去。今天的小孩（特别是城市的孩子）大概很难有条件从事这种高难度的“艺术创作”了，于是便有过来人用自己“儿时的回忆”来吊他们的胃口。一张名为《家庭教育报》的报纸曾刊登一篇奇文，作者回忆小时候“最喜欢干”也“最能体现我们男孩子的勇敢和坚强”的行为——捅马蜂窝，不但详述细节，而且还大发“现在的马蜂比它们的前辈可幸运多啦”的感慨。真不知作者要向孩子们进行何等先进的关于人与动物的“家庭教育”！

老子说：“含德之厚，比于赤子。蜂虿虺蛇不螫，猛兽不据，攫鸟不搏”，王弼注：“赤子无求无欲，不犯众物，故毒虫之物无犯之人也”（《老子》第55章）。而今天，“赤子”们打飞鸟，追山猪，虐待青蛙，侵略马蜂，且有大人示范，鼓励，献计献策，何惧它区区一两只不成气候的“毒虫”？

噫，古来赤子之心，而今安在哉！

选自《即席发言》，中国华侨出版社 1998 年

毒品是一面镜子

19世纪德国哲学家尼采在《扎拉图斯特拉如是说》中写道："偶尔服用微量毒品，能使人做出香甜的美梦，剂量太大则易致死。"大约因为是唯意志论者，认为人能把握好服用毒品的频度（"偶尔"）和量度（"微量"），尼采对毒品危害的估计显然失之于过轻。今天，毒品泛滥已成为一大国际公害，恐怕再也不会有人像他那样相信毒品吸食者的"理性"了。如果说真有所谓"理性"，那也只能是千千万万毒品受害者用健康、血泪和生命的代价换回的一句话：接近毒品，等于接近死亡。

有调查显示，在吸毒者染上毒瘾的最初动因中，"好奇"、"寻求刺激"、"他人教唆引诱"、"受挫折"、"精神空虚"、"追求享受"、"受亲友影响"分别占84.4%、26.0%、18.8%、8.3%、17.7%、10.4%、5.2%。也许除此之外，还有其他一些因素，但细细分析，所有原因都可以归结为两个字：诱惑。或者明知吸毒有害，但想感受一下那种“飘飘欲仙”、“要什么有什么”的巅峰境界，或者稀里糊涂碰上毒品，马上被那种“妙不可言”的体验所俘虏，总之是一失“口”成千古恨，一发而不可收，欲罢不能了。

毒品的危害之所以最终引起了世界各国的高度警惕，是因为它对人类社会造成了结构性摧毁的危险。从摧残人的肉体，到毒化人的灵魂，一个人、一个群体一旦被缴械，接下来毒品必然会在更广泛的人群中蔓延开来，这意味着更多的软弱、腐朽、残忍和犯罪在更大范围内横冲直闯——这种趋势如果得不到及时有效的遏制，整个人类文明的大厦完全可能在一夜之间轰然倒地。一边是关于“好玩”、“刺激”的“小”诱惑，另一边是人类社会大家庭的存亡绝续，看起来两者似乎风马牛不相及，事实上却无时无刻不息息相关。能够充分认识到这层关系并采取断然行动，是人类有史以来最为明智的一个举措。但是，我还想由此引出另一个问题：那些目前看来比毒品稍逊一筹的东西，比如吸烟，为什么没有引起我们足够的重视？

今年年初，瑞士和意大利的科学家发现，烟草中所含尼古丁与毒品可卡因在人脑中刺激的区域几乎完全相同，都集中在产生神经传输介质多巴胺并与快感有关的区域。专家评论说，这项研究表明，尼古丁和可卡因在一定程度上是非常相似的毒品，也就是说，烟瘾和毒瘾是两种非常相似的“关于快感的诱惑”。近一二十年来，国际上禁烟呼声日渐高涨，禁烟行动此起彼伏，取得了一些进展，但总的来说不尽如人意，特别是在发展中国家。6月20日，美国烟草公司代表被迫与密西西比州司法部长达成协议，首次承认吸烟能上瘾，并答应在今后 25 年内，向与吸烟有关的病人赔偿 3100 亿美元。不过明眼人一看就清楚，美国大烟草公司绝不会白白“放血”，他们的这笔“损失”，肯定要通过向包括中国在内的发展中国家市场大举进攻予以弥补。这一事件，是当今世界禁烟现状的一个典型反映。

与禁毒的理由一样，禁烟的理由也十分简单，简单到香烟制造者、经销者和烟民几乎无人不晓的地步：吸烟有害健康。但反对禁烟者振振有词：烟草行业是利税大户，禁烟有可能导致一个地方经济的萎缩。禁烟者如果提醒他：因吸烟造成的经济损失远远大于烟草行业带来的利润。反对禁烟者会立马反驳道：那是一个长期的过程，我只关心眼前的经济利益……这样，与烟民屈服于烟瘾的诱惑相对应，将烟草行业确立为“支柱产业”的地方政府（及烟草商），则是在巨额利润的诱惑下放弃了起码的责任和原则。试问，如果用烟草业收入的一部分建起更多的医院，为更多的因吸烟致病的患者治病，这与西方某些国家的毒枭为了洗钱，捐出毒资赞助社会慈善事业有什么两样？……

毒品是一面镜子，它以极端的形式暴露了人类社会在诸多诱惑面前的病态；它警告我们，等到其他诱惑（香烟、贪欲、投机等等）也发展到像毒品那样极端的程度时，恐怕就真的不可救药了。

选自《即席发言》，中国华侨出版社 1998 年

可怕的“无神论者”

去年 12 月 18 日，在北京车公庄四道口，一辆黑色“皇冠”在非机动车道上逆行，险些撞着行人沈某；司机破口大骂沈某“活腻了”，后者回敬了几句。司机当即跳下车来，挥拳将沈某活活打死。

又是一起令人触目惊心的街头暴力行为，这种暴力有别于黑社会的集团暴力，也有别于那种由“深仇大恨”引发的报复性暴力，它们大都起由于鸡毛蒜皮，一触即发，“干脆利落”，受害者毫无准备，甚至根本就没有反应过来，就已被打倒在血泊中，非死即伤。这些年来，在我非常有限的见闻里，类似这样的暴力事件已不止一起两起了。它们像梦魇一般纠缠着我，使我时时不得安然：凶手如此狠毒，如此残忍，哪里还有最最起码的人性？他们究竟是不是人？

一个道德高尚的人，一个宽容、克制、富有同情心的人，一个有着人道主义信念，有着某种高尚信仰的人，在车上被人踩了一脚，在街上被人撞了一下，他会怎么处理？会不会以牙还牙，由破口大骂发展至拳脚相加？有一次，我的一个同学在国外的公共汽车上不小心踩了一名基督徒，没想到后者反而向他道歉：对不起，我使您没有立足的地方了！这就是道德的作用，这就是信仰的力量。从这个意义上讲，我只能说，像四道口那个司机那样的恶人，是绝对谈不上“道德”，更遑论“信仰”的。

英国人类学家、民俗学家J.G.弗雷泽（1854—1941年）的研究表明：在原始文化中，杀人者对被杀者的鬼魂充满了畏惧，而杀人者所在的群体也害怕受到受害者鬼魂的推而广之的报复，因此，正是这种表现为个人和群体对鬼魂的恐惧和迷信，“一方面，它使得每个个人为了他自己的利益而更加不愿意去杀害同胞；另一方面，它又唤起整个群体去惩罚杀人者。它将每个人的生命都置于道德和法律的双重保护圈之内。鲁莽的和冷酷的人都有了双重的动机以避免走最后那致命的一步：一方面他们不能不害怕受害者的幽灵，另一方面则害怕法律的惩罚。”迷信是一种特殊的信仰，它曾经制造过不少罪恶，但在弗雷泽看来，至少在对鬼魂的畏惧这一点上，迷信却极大地保护了人类生命，因此不乏积极意义。而今天的中国人中，迷信者大有人在，但是不幸得很，恶人们却十有八九都是彻底的“无神论者”。他们一方面不相信被害者鬼魂的存在，不相信自己会受到报复；另一方面，他们又感到法网恢恢，疏而且漏，打伤一个人，杀死一个人，既不负罪于道德，又有望逃脱法律的制裁，于是他们乃敢于像去年 8 月广东中山市的几个歹徒那样，以迅雷不及掩耳之势将一个四川籍民工打晕在地，并双脚凌空跳起，重重践踏在后者身上了。

我也是一个无神论者，并且一向以中国人大多“不屑于”真正意义上的宗教信仰为荣。然而现在，我倒希望中国人个个都是反向踩着了自己的人道歉的基督徒，或者是“扫地恐伤蝼蚁命，爱惜飞蛾纱罩灯”的佛教徒了。但是我很清楚，宗教信仰是无法强加于人的，坚定的“无神论者”们对被害者的“鬼魂”大概永远也不会有丝毫畏惧之感。在道德和信仰的退却中，所幸还有弗雷泽所称的另一重保护圈，即法律的保护圈，正如他所总结的：“随着思想的进步，鬼魂的幻影消失以后，绞架那冷酷无情的身影无需迷信恐惧的帮助依旧在保护着社会。”于是，那高耸的冷酷无情的绞架，那张大的、日渐严密的法网，便成了我们这个“无神论者”充斥其中的现代社会的最大希望。

选自《英俊的丑角》，黄河出版社 1999 年

“幽默批示”中的中国国情

作为一种语言艺术形式，幽默是对现实生活的变形、夸张、放大，最后高于生活，超越于生活。但幽默又是建立在现实生活的基础之上，因而它又能很好地反映生活的某些实际情况。缺乏生活基础、不能反映生活实情的幽默，不过供人们一笑了之而已，其生命力并不长久；而源于生活，真实地表现了生活中的种种尴尬、无奈、荒唐与丑恶的幽默，往往具有强烈的感染力，令人回味、深思、感慨万分。

近来多家媒体都报道了一起姑且也算“幽默”的事件：农民刘福民因妻女被拐卖，找到派出所要求惩治罪犯，不料却屡遭毒打，刘为此上访十多年，大小官员无一人为他做主。其所在县的政法委书记、公安局局长、法院院长，分别在刘的上访材料上作了“到银河系找外星人解决”、“到月球找秘书长处理”等批示……

正如有作者在针对此事发表的文章中指出的，该县政法委书记、公安局局长、法院院长等一干“人民公仆”，显然是向来缺乏幽默感的中国人中的异数，他们在百忙之中，还不忘跟上访的农民开个玩笑，幽他一默，以活跃气氛，放松神经，“笑一笑，十年少”。不过，我发现这名作者也够有“幽默感”的，居然会一本正经地对这些个“一点正经都没有”的“人民公仆”大讲特讲“共产党的干部应是‘三个代表’的实践者，是全心全意为人民服务的实行者，是花纳税人钱的公仆，是替老百姓跑腿办事的公务员……”的道理，如果不是在装模作样地对牛弹琴，也是在傻乎乎地把一束中看不中用的鲜花插到一堆臭气熏天的牛粪上了。

老实巴交的农民刘福民，妻子和女儿都被拐卖，对他无疑是一个天大的打击。在万分悲痛之中，他没有一味仇视社会，没有自己苦练武功或借高利贷出高价请黑社会杀手帮忙以报仇雪恨，而是循着合理合法的渠道，找到代表党和政府履行维护一方治安职责的派出所寻求帮助。这充分体现了普通老百姓对党和政府的高度信任，派出所哪怕还有一丁点儿良心，也应该在一种被信任的感激中给刘福民提供力所能及的帮助——而他们竟然屡次对他大打出手，真是应验了两千年前孟老夫子说的那句话：“无恻隐之心，非人也！”既然下面有这样的被派出者，那么上面的原派出者——县政法委书记、公安局局长、法院院长等人，在一个身遭惨痛不幸与万般冤屈、苦苦抗争十余年、被逼迫到了生存边缘的农民的上访材料上批示，要求他去找银河系的外星人、月球上的秘书长解决问题，也就完全在"惯看秋月春风"、"古今多少事，皆付笑谈中"的中国人的意料之中，实在算不上什么"幽默"了。

从派出所到县政法委，从县公安局到县法院，对一个孤立无助、备受摧残的农民如此冷漠无情，这说明在一些地方，在衙门与民居之间，在领导干部与普通老百姓之间，已经被人为筑起了一道比城墙拐弯处还要厚重的隔离带，在这道隔离带的严密保护之下，某些为官者不但衣食丰足，长年高枕无忧，而且还可以轻而易举地将小老百姓的干扰拒之门外，以便眼不见心不烦，哥儿几个吃香的喝辣的拉臭的怎么快活就怎么折腾准保没事儿。如果有小老百姓像农民刘福民那样对他们执信不悟，先是以为派出所真能惩治罪犯，遭到毒打后又以为到上级那里准能讨来个"说法"，于是十几年如一时、几十年如一日地坚持上访、告状，从县公安局找到市法院，从省城晚报告到央视《焦点访谈》，那么这隔离带两边"安定团结"的大好局面就大有被破坏的危险了，官僚们日理万机爱民如子的光辉形象就要被严重影响了，他们官官相护利益共享的秘密就要彻底暴露了，他们能不恼羞成怒气急败坏吗？一些地方官员之所以认定"上访无好人"，不惜动用警力对上访者围追堵截，更有心中有鬼的官员将上访者杀人灭口，其原因正在于此。

然而县政法委书记等人的"幽默"批示尚有更深层的含义：他们其实并不怎么害怕刘福民的继续上访，所以他们没有采取断然措施控制他的人身自由，相反，出于对某种中国国情的判断，他们坚信，一介草民刘福民即便告到市公安局、省政法委，告到党中央、国务院也是白搭，怎么去的还得怎么回来；至于银河系的外星人、月球上的秘书长，则是子虚乌有的瞎扯淡，根本不可能为他说上半句话，更不值一提了……这些尸位素餐、草菅人命的官僚“幽默”感十足，智商、情商都不低，怎么看都不像是“错误估计了形势”；他们对小民刘福民的命运做出的安排，如果不出现像“月球上的秘书长突然发话”那样的意外情况，几乎也就是一种必然了。

在如此这般坚硬无比的中国国情面前，我等命若蝼蚁者尽管暂时还没有遭遇到刘福民式的厄运，却仍然感觉到了一阵阵天崩地裂一样的恐惧。

原载《法制日报》2001 年 2 月 5 日

对豪华活墓的处理建议

前些天，由重庆媒体打头阵，各地媒体纷纷加盟，掀起了一场针对原重庆黔江县烟草专卖局局长、党组书记、黔江县烟草分公司经理，现重庆市烟草公司副总经理、党组成员冯文超的口诛笔伐。事情起因于冯大官人在作为国家级贫困区县的黔江县石家区渗坝乡修建了一座堪称“极品”的豪华活墓。

据报道，该活墓分为两处，山上山下相距约 50 米，占地约 1 亩。山上是男墓，山下是女墓，每个墓地有两个墓穴，右边墓穴已埋有尸体，分别是冯大官人已故的父母，紧挨着的是留给冯大官人及其夫人的活墓。墓地由朝门、墓穴、天井坝、围墙、海坝、绿化带、堡坎、专设电线、地下管网和公路等组成，其中墓碑高约 2 米，大青石制作，平整如镜，碑冠刻满麒麟、蝙蝠、龙凤等图案，双面碑文清透遒劲，文法精美。整个墓穴修建历时 3 年多，光石匠工钱就花了十多万元。

豪华活墓新闻一经媒体披露并作追踪报道，立即在社会上产生强烈反响。到笔者写作本文时为止，又传出两条最新消息：一是冯大官人除豪华活墓之外，还在当地建有一座造价达 200 万元的豪宅；二是重庆市民政局副局长王永武表示，他们将派专人前往黔江，将冯文超的活墓一举捣毁，同时勒令将其父母坟墓超出规定面积的部分立即退耕还林。

和大多数普通群众一样，对于冯大官人几近丧心病狂的穷奢极欲之举，我也是瞠目切齿痛恨不已，但因为对世纪之交我中华大地的官场贪鄙现状耳闻目睹日多，我早已超越了“不骂白不骂，骂了也白骂，白骂还要骂”的初级阶段，而上升到了冷眼旁观乃至麻木不仁的理性水平。所以，得知重庆市民政局要将冯氏豪华活墓就地捣毁，我的理智很快战胜了感情，觉得这样处理大为不妥，在此特将我对豪华活墓的处理建议贡献出来，供重庆市民政局等部门参酌。

建议一：将冯氏豪华活墓开辟为博物馆。一切历史都是当代史，一切当代史也都是历史。一个副厅级领导干部，竟然在年人均收入只有 1000 余元的国家级贫困县斥巨资修建富丽堂皇的豪华活墓，说它是权令智昏的腐败分子“最后的疯狂”也好，是“朱门酒肉臭，路有冻死骨”式的绝妙反讽也好，无疑算得上中国当代史上的“精彩一笔”，是一部活生生的教材，是可以传之后世的不可多得的文物。中国是文明古国、文物大国，从阿房宫到颐和园，从秦始皇兵马俑到明十三陵，从当年恶霸地主的“收租院”到

“五七一工程”的地下军备库，哪一项工程花费的不是民脂民膏，不是体现了剥削阶级的腐朽思想？但现在怎么样，保存下来的要保护，没保存下来的要重修，一个个都成了省市级、国家级重点文物保护单位，成了带动一方经济发展、造福子孙后代的旅游资源。如果说冯大官人修豪华活墓的钱不清白，那么他修豪宅的钱也未必清白，如果豪华活墓要捣毁，那么豪宅是否也要捣毁？冯氏活墓和豪宅都有相当的文物价值和审“美”价值，如果像销毁假烟假酒那样一毁了之，实在是太可惜、太简单化了。

建议二：将冯氏豪华活墓改建成经济适用房或廉租房。这是有“他山之石”在先的。几年前《光明日报》有篇报道说：在菲律宾首都马尼拉北郊有一片墓地，墓内安葬的死者多属富家，因此并非一般的坟墓，而是由墓屋组成，有的一层，有的二层。大的墓屋长达40英尺，宽达30英尺，屋内有客厅、卧室、厨房和洗手间。令人惊讶的是，这些墓屋里同时还住着5000多个活人——绝大多数是无处安身的穷人。大的墓屋一般住好几个人，甚至是一家三代人住在里面，小的墓屋也能住一两个人。死人的棺材有的放在地下室，有的就摆放在大厅中央。由于死者的尸体早已腐烂，屋内并无异味。这些活人认为，他们和死人一起住在这儿，至少有四大好处：一、免交房租；二、治安状况良好；三、悠闲清静，环境优美；四、邻里之间平等友爱。反观重庆的冯氏豪华活墓，其环境之优雅、设施之完备丝毫不亚于马尼拉北郊的这片实际上相当于居民区的墓地，只要稍加改建，完全可以缓解无房户、住房困难户的燃眉之急。

以上两条建议，第一条着眼于精神文明，第二条着眼于物质文明，自信都是用心良苦、利国利民的好点子，还望有关部门明鉴。

原载《中国青年报》2001 年 6 月 10 日

宁可信其有

大千世界，无奇不有，对于某些荒诞离奇诡秘莫测的传闻，或言之凿凿但一时虚实难辨的事件，信，还是不信，就成了对一个人的判断力、意志力乃至“立场、观点和方法”的考验。善良的中国人一向被教育要“不信谣，不传谣”，然而许多“谣言”尽管当初被人严正澄清，后来却一再被证明为不易之事实，久而久之，中国人变得聪明起来，学会了“正面文章反面读”、“宁可信其有，不可信其无”的技巧，对于一些正在被辟谣、被封杀的小道消息，往往愈加津津乐道坚信不疑。

新华社记者从陕西省富平县采写的“‘舞女’当法官，流氓提（法院）院长”、“白吃白拿白嫖白赌白书记，抢权夺权贪权揽权白兵权”的新闻公开刊播后，自然在读者中引起巨大反响。北京有个年轻记者，读完这条新闻后“疑窦丛生”，于是不远千里跑到陕西富平县采访了“舞女法官”王爱茹、“流氓院长”加森有，回来后写了满满两大版报道，称新华社记者的报道与事实“有出入”，王爱茹并未当过舞女，加森有似乎也并无劣迹，云云。

然而没过两天，陕西省政法委正式决定：对“舞女法官”王爱茹立即予以辞退；原富平县县委副书记、现渭南市移民办主任白兵权，富平县人民法院院长加森有停职检查，待查清责任后再做处理。这名年轻记者顿时傻眼了，明白由于缺乏采访“流氓”、“舞女”的经验，自己多半是被加森有、王爱茹等人给涮了。我颇有点儿幸灾乐祸地对她说：你还记得湖北荆门市三陪女当宣传部长、山西绛县“三盲人员”（文盲、法盲、流氓）当法院院长的事吗？现在陕西出了个“舞女法官”、“流氓院长”，有什么奇怪的呢？对这种事就得“宁可信其有”，你的“疑窦丛生”从一开始就不应该，更不应该抱着辟谣的目的去做什么“核实报道”……

我并非比这名年轻记者高明，而只不过比她多吃几年有中国特色的米饭，从而多一些对中国国情的了解，也就多了一些“宁可信其有”的世故。不过我想过不了几年，她肯定也会被坚硬的现实锻炼得和我一样自信的。

我在某市有个朋友，曾给我讲过这样一件事：该市街头巷尾盛传市委书记夫妇可能有麻烦，而且那段时间市委书记的确很少在报纸、电视新闻上露面了；不料春节期间，报纸、电视上突然出现了市委书记容光焕发地偕妻子与民同乐的感人场面，善良而聪明的人们于是明白，市委书记终于渡过难关了。果然，有知情人从与市委书记同住一个高干大院的某领导那里探出小道消息：市委书记家停放在院子里的奔驰、宝马级轿车少了几辆，看来是交出部分东西之后就既往不咎了。

朋友感慨说：别说他贪了几辆奔驰、宝马，就是说他把咱这半个城市都贪了我也信，对这种恶心事必须宁可信其有，而且越恶心越可信，谁不信谁是傻瓜！我附和道：这就像云南省原省长李嘉廷因收受巨额贿赂被查处后，昆明市一名出租车司机说的那样，“现在我们的情况是这样的，只要有领导被抓了，我们都很高兴，因为都不会抓错”；你没听人开玩笑说吗，现在把某某级别以上的干部拉出来站成一排，要全都枪毙可能有冤死鬼，可是隔一个枪毙一个肯定有漏网之鱼……

那天看报，说德国不来梅大学历史学教授洛塔·马赫坦宣布找到了确凿证据，证明纳粹元首希特勒是一个同性恋者，这一性取向使得他浑身散发着“难以名状的性吸引力”，“正是这种色情和性感的混合作用使得希特勒喜怒无常的多重人格在许多人眼中竟成了领袖人物的‘超凡魅力’，多少高智商的人都中了他的蛊惑”，“然而具有讽刺意味的是，从各种渠道得来的结论表明，这名有着同性偏好的元首却极有可能是个性无能者，尽管他身边的男人或女人走马灯一般连续不断，而他与他们之间的关系却没有一桩能有个圆满的结尾。”

有人认为马赫坦的发现太邪乎，我却愿意无条件地视之为铁证——因为我相信，像希特勒那样的独裁者、暴君，无论在古代还是现代，无论在西方还是东方，他们身上有再多再怪的癖好和恶习，比如不洗澡不刷牙，比如专门摧残少女、村妇，比如梦中杀人后醒来必杀人，比如喝人血吃人肉，我都不会觉得不可思议，不会感到难以置信。道理很简单，独裁者、暴君的本性决定了，他们如此放纵、暴虐、变态其实是那样的“合乎情理”。

那天参加一个聚会，有个号称已经读书破三万卷的漫画家透露说，他最近看了一本回忆录，其中介绍“文革”时的酷刑除了灌辣椒水、坐老虎凳、剜目、割喉等以外，还有一种是把人的舌头拉出来用铁钉钉在桌子上。席上有个娇滴滴的年轻美眉听了尖叫一声，惊呼“太残忍了，绝不可能”。我们只好像哄受了惊吓的小孩一样开导她：姑娘，“文化大革命”是人类历史上罕见的集体性大灾难，被“革命”后的“文化”使得那时人性的残忍与酷烈超出了后人的想象，对于“钉舌头”那样的酷刑，我们希望你有勇气相信它并非虚构。

为了证明“宁可信其有”逻辑之可靠，我还给这个美眉举例说：法院副院长因小学三年级学生戏言了一句“你不行”（说他不会游泳），就将该生扔进河里活活淹死；女副市长开枪打死情人后自杀，在遗嘱中要求市里为她召开一个“最隆重的追悼会”；男副市长的车队在小桥边将女中学生挤落下桥，一帮人眼睁睁看着她在河中淹死，副市长却在电视上辩称“关键是小孩没有自救能力”；46 岁的男副市长为自己年仅 16 岁的中学生情人买车而向人索贿 10 万元；以演唱革命歌曲著称的女主旋律歌唱家与走私大亨欢娱数夜后，获得了上千万元“感情费”……这样的事现在我们算是见怪不怪不信也得信了吧，可是几十年几百年之后，有人恐怕也会觉得它们“太荒唐了，绝不可能”的。

年轻人相对见识不多，思虑单纯，对人对事总爱往好的方面想。上世纪二三十年代青年小说家柔石，一向“相信人们是好的”，鲁迅“有时谈到人会怎样的骗人，怎样的卖友，怎样的吮血，他就前额亮晶晶的，惊疑地睁圆了近视的眼睛，抗议道：‘会这样的么？——不至于此罢？’”稍后柔石对于鲁迅的“人心惟危”说的怀疑减少了，“有时也叹息道，‘真会这样的么？……’但是，他仍然相信人们是好的。”（鲁迅《南腔北调集·为了忘却的记念》）就是这个柔石，1931 年 2 月 7 日被国民党政府杀害于上海龙华。

从鲁迅在 1926 年“三一八惨案”后的态度“我向来是不惮以最坏的恶意，来推测中国人的……”（《华盖集续编·记念刘和珍君》）看，他对柔石的“相信人们是好的”而最后被一个无论用多坏的恶意去推测也不为过的政府杀害，一定是深为叹惜的。中国老百姓其实谁都巴望风调雨顺天下太平国家从今走向繁荣富强，可是到头来往往连“暂时做稳奴隶”的理想也无法实现，一不小心就堕入一个万劫不复的“想做奴隶而不得的时代”（鲁迅《坟·灯下漫笔》）。在这等文化背景下，对某些国人抱着“最坏的恶意”去推测，至少能提高警惕，谨防上当受骗。最后的结果无非两种：一种是比用“最坏的恶意”推测的情形还要险恶，但因为原本就没抱任何希望，也就不会在绝望中彻底崩溃；一种是如柔石所说的“不至于此”，某人尚有良知存焉，某事尚有回旋余地，则多少算是一个“意外的惊喜”。

人性之初始本无善恶之分，同理，一个人对他人的推测最初也当无善意恶意之分，最终是发展成“最好的善意”还是“最坏的恶意”，对“舞女当法官”、“市委书记家举办‘名车博览会’”、“副市长诱奸女中学生”之类的小道消息，是宁可信其有还是“打死我也不信”，归根到底，无不取决于现实环境与世事人情之本来面目，岂有他哉？

原载《南风窗》2002年第2期

见义勇为怎么了

这段时间，关于见义勇为的议论多了起来。除了媒体时不时披露一两起见义勇为者挺身而出制止犯罪的事迹，或者为有些见义勇为者“流血又流泪”的遭遇大声疾呼，维持着公众对见义勇为的关注的“常温”状态，新近修改并公布的《北京市中小学生守则》，将原有“遇到坏人坏事要主动报告，敢于斗争”中的“敢于斗争”删除，也引发了人们对见义勇为的一些深层次思考。

新版《北京市中小学生守则》删去了“敢于斗争”的规定，与这些年来政府和社会上对赖宁式少年英雄的低调宣传，与一些地方出台的严禁动员中小学生参加救灾、救火的规定是一脉相承的。中华见义勇为基金会有关负责人说，青少年年龄小、模仿力强、缺乏对事物潜在危险的判断能力、缺乏在紧急情况下自我保护的能力，因此取消“敢于斗争”的规定，是一种社会进步，符合《未成年人保护法》的规定，也是我国在教育制度方面以人为本、尊重生命这一主题的具体体现，不仅不会弱化青少年的见义勇为精神，反而会使它更加科学、理性地发扬光大。

这种解释，切合了当今保护未成年人权益、为未成年人健康成长创造良好环境的社会观念，相信能得到多数人的认同。

然而，有人在这方面走得更远。他们认为，不但不应当在未成年人中提倡见义勇为，而且也不应当在成年人中提倡见义勇为。未成年人“年龄小、模仿力强、缺乏对事物潜在危险的判断能力、缺乏在紧急情况下自我保护的能力”，成年人虽然年龄大一些，人生和社会经验成熟一些，具备了一定的对事物潜在危险的判断能力和在紧急情况下自我保护的能力，但谁也不能保证他们见义勇为时不会出现危险或意外，不会受到严重伤害、损害甚至付出生命的代价。

有人认为，作为未经专门训练的一般百姓，任何见义勇为都隐含着生命损伤或消亡的可能性，因此，为了保全生命而见义不为、见死不救不应当受到斥责；西方一些国家明令禁止非消防人员救火，一般百姓的救火义举非但得不到表扬，反而往往会受到呵斥，在这种我们匪夷所思的逻辑的背后，是对生命之高贵的尊崇与呵护。一篇题为《见义勇为，不是随便就能干的活儿》的文章这样写道：“二十年前，第四军医大学的二年级学生张华为了救一个掉下粪坑的老农而献出自己才二十岁的生命，不仅葬送了自己的大好前途和美好人生，也葬送了远在黑龙江农村的父母的希望。见义勇为的结果是给自己的家人带来灭顶之灾，值得吗？不仅不值得，而且非常愚蠢。”“一个普通人在干‘见义勇为’这个活儿之前，最好能先掂量一下可能的后果。如果觉得自己无法承担这个后果，那就打消这个念头……只有在自己的安全有充分保障的前提下，才可以去‘见义勇为’。”

不提倡成年人的见义勇为，等于是把救灾、救火、与违法犯罪行为做斗争的责任一股脑儿推到受过专门训练的“正规军”如军人、消防队员、警察等身上，因为由他们出面救灾、救火、打击违法犯罪，不但名正言顺，而且也应该更加有力、有效。这种理想化的思路在理论上是成立的，但在某些情况下，或者客观上受到人力、交通、通讯等条件的限制，或者主观上由于有关人员渎职、失职造成了特殊困难，局面万分紧迫，危在旦夕，这个时候，未经专门训练的一般百姓“见义勇发，不计祸福，必极其志而后已”，即便最终功败垂成于事无补，旁人怎么能忍心怀疑他们行为的必要性，甚至指责他们“不仅不值得，而且非常愚蠢”？

所谓“一个普通人在干‘见义勇为’这个活儿之前，最好能先掂量一下可能的后果”，其实是一种非常幼稚的想法，因为在千钧一发的危难时刻，一个人根本没有时间“先掂量一下可能的后果”，甚至没有时间去“狠斗私字一闪念”。见义勇为者事后也可能后怕，可能对“以后遇到这样的事还管不管”产生动摇，但他当时什么都没想，一咬牙一跺脚就冲上去了，就足以证明他胸怀浩然正气，有大无畏的英雄品格。

相反，如果他是在确信自己的安全有百分之百的保障，也即危险已经过去、街市归于太平的前提下，才慢慢腾腾地动身去“见义勇为”，请问这种比请客吃饭、做文章、绘画绣花还要雅致、从容不迫、文质彬彬、温良恭俭让的“见义勇为”，与见义不为、见死不救又有什么区别？

的确，见义勇为并不是每个人随随便便就能干的活儿。这主要还不是就专业技术而言，而是就精神境界而言。从专业技术的角度看，军人、消防队员、警察投身救灾、救火、打击犯罪是在履行职务行为，不属于见义勇为，普通公民无法也无需与他们相提并论。正因为不具有专业技术方面的优势，也没有被赋予“该出手时就出手”的职务责任，普通公民在救灾、救火、与违法犯罪行为做斗争的现场临危不惧，英勇顽强，以至舍生取义，慷慨赴死，才显示出非同一般的勇气与胆识，并升华成一种令芸芸众生无比崇敬、无限景仰的精神境界。

正如世界上没有无缘无故的惩罚，世界上也没有无缘无故的褒奖；正如受到法律惩罚的犯罪分子只是人群中的少数，受到道德褒奖的见义勇为者也只能是人群中的少数。如果社会上大多数人都违法犯罪，那么法律即便“格杀勿论”也将应对不暇，同样，如果社会上大多数人都见义勇为蔚然成风，那么，见义勇为就成了一种再寻常不过的道德，也就不必专门对见义勇为者进行褒奖了。正如我们不必担心社会上大多数人都堕落成罪犯，我们也不必“担心”社会上大多数人都培养起见义勇为的道德，以至于让见义勇为基金会都统计和奖励不过来。

一个人可以选择见义不为，而且无需对此承担法律责任，但一个人也无权嘲笑他人的见义勇为，无权矮化见义勇为的道德价值。我们不鼓励青少年“敢于斗争”，但对于那些在非常条件下敢于斗争（有的付出了非常代价）的少年英雄，我们还是应当大张旗鼓地予以褒奖，虽然同时也要告知青少年，暂时不要学习少年英雄的具体做法。社会提倡见义勇为，奖励见义勇为者，并非要鼓励所有人都争当“重赏”之下的“勇夫”（事实上也做不到），而更多的是对他们的牺牲做出必要的补偿，对他们超凡脱俗的精神境界给予充分的肯定。

孔子说“见义不为，无勇也”，又说“以不教民战，是谓弃之”。加强社会治安综合治理，强化有关职能部门的法定责任与义务，最大限度地发挥“正规军”扶危济困、除暴安良的作用，将使见义勇为者一试身手的机会越来越少，这当然是天大的好事。但是，只要我们一天没有能够在每时每刻每条街道每个角落都配备足够的武装、消防、警备资源，“非正规军”的见义勇为就永远不会过时。好比我们不能指望每个人都成为谭嗣同、秋瑾，但谁也不能抹杀谭嗣同、秋瑾的英雄人格，我们承认见义勇为总是少数“勇敢者的游戏”，因此不能把这种“游戏”从道德义务上升到法律责任，但我们永远也不能放弃对这些人间英雄的推崇与褒奖，更不能容许个别不愿做英雄也做不了英雄的人任意曲解英雄的意义。

原载《每日商报》2003 年 2 月 26 日

中国人的心理承受能力有多强

不知从什么时候起，特别能吃苦、特别能忍受被当成了中国人的一种传统美德。台湾歌手苏芮在《沉默的母亲》中这样唱道："为什么你从不愤怒，当别人都不能忍受？为什么你从不抬头，一双手握不成拳头？多少年风雨默默承受，多少年付出不问收获，多少年苦难你都经过，多少年辛酸你都尝过……"歌中的这位脸上皱纹密布、心底积累着无限伤痛的母亲，就是亿万普通中国人的一个典型。然而值得注意的是，在中国由传统社会向现代社会转型的过程中，中国人的忍辱负重的美德正在发生深刻的变化。

7月15日下午，北京市西城区居民、低保户鲁英学在家自缢。据报道，鲁英学没多少文化，干什么都不顺，已失业四年，至今未婚。最近他刚得到了一份运送冰箱的工作，可偏偏再次发生车祸，并被警方怀疑酒后驾驶，遂倍感委屈、绝望，"遭受打击的承受力已经降到最低"。鲁英学之死，很容易让人想到前不久湖南衡阳的

“残疾人火烧副区长”事件：因不满自己的载客三轮车多次被收缴，残疾人罗贤汉冲进主持收缴行动的副区长办公室纵火泄愤，罗本人和副区长事后都不治身亡。

有作者撰文指出，不能高估弱势群体的心理承受力，鲁英学、罗贤汉这样的悲剧一再发生，一个重要原因是，在公共政策及社会制度的安排中，有关部门没有认真考虑弱势人群的心理承受问题，真正的社会公平尚未实现；如果说鲁英学之死只是一种“提请”关注的极端方式，那么罗贤汉纵火事件则表明，缺乏必要而充分的社会保障，无视弱势人群心理承受极限，很可能导致这一群体对社会的逆反或报复心理。

过高估计社会弱势群体的心理承受力，想当然地以为他们或出身贫贱，或穷困潦倒，对生活对未来的期望值已经降到最低，无论多脏多累的活儿都会抢着干，无论多么恶劣屈辱的待遇都会求之不得，即便生存环境极端恶化，超过了他们的心理承受力，也顶多不过是以一种卑微的方式自我了断，从自生走向自灭……事实上，持这种看法的社会主流人群、公共政策的制定者和执行者不在少数，弱势人群的存在、利益和感情，在这些精英人群的眼里是不值一提的。精英人群相信，弱势者都是一群“特殊材料制成的人”，有着非凡的心理承受力，让他们好死不如赖活着，就是天大的恩惠了。相反，如果让土地被征用的农民拿到一笔可观的补偿款过上小康生活，让建筑工地的民工告别大通铺住上带空调的标准间，让吃低保的城市特困户通过职业技能培训找到月薪两三千元的工作，让乞丐通过在大城市里沿街乞讨也能衣食无忧乐不思蜀，精英人群就会觉得这是让他们“一步登天”了，甚至该担心他们心理上承受不了这种“巨变”了。

如果倒退二三十前，鲁英学和罗贤汉或许是不会走上绝路的，因为他们即使在那样的困境中，也还能够找到继续活下去的理由，至少他们可以宽慰自己说，像我这样孤苦无助的人还有很多，人家能活，我为什么不能活？我不怀疑中国人特别是中国的弱势人群一向具有很强的心理承受力，但社会在变化，人的观念在变化，人的心理承受力也在变化。鲁英学、罗贤汉们昨天可以咬紧牙关默默忍受，今天他们的境况或许比昨天有所改善，但却仍然可能变得“一双手握成拳头”忍无可忍。因为他们不单单关心像他们那样孤苦无助的人还有多少，他们更关心的是，社会上境况比他们好何止十倍百倍的人为什么越来越多？他们尤其不能理解的是，为什么在精英人群主导的利益分配格局中，他们作为弱势人群非但不能分享到多少社会进步的成果，反而却总是一再为社会发展分担巨大的成本？

不但鲁英学、罗贤汉这样的弱势者，大多数普通中国人的心理承受力也在变得越来越弱。湖南嘉禾县政府为了推动重点商业项目建设，专门出台“株连政策”，要求公职人员负责各自亲属的拆迁工作，全县先后有160多名公职人员受到牵连，一些群众因抵制拆迁而被警方拘捕。此事先是激起公愤，然后引起舆论大哗，直至引起国务院高度重视，县委书记、县长、政法委书记等一干责任人受到严肃处理。县委书记等人的错误，不只是在发展经济的同时违反了依法行政的原则，违背并侵害了至高无上的群众利益，以及未能正确估计新形势下舆论监督的作用，而且还在于过高地估计了公职人员和普通群众的心理承受力。他们错误地以为，政府过去长期都是这样做的，没见产生什么负面影响，现在一些地方政府还在这样做，也没见闹出什么事端，所以我们在嘉禾县继续这样做，一定也不会有问题。即使有少数公职人员和群众一开始不配合，做做工作，威慑一下，他们也就听话了，如果还不听话，谁都知道公安、检察院、法院是干什么吃的！他们哪里知道，中国人正在变得越来越脆弱，越来越不好对付，以前行之有效的一些办法，用在今天要么将大打折扣，要么只会南辕北辙适得其反。

中国人的心理承受力越来越弱，似乎离忍辱负重的传统美德越来越远，这是一件好事而不是坏事。它说明中国人的权利意识正在变得越来越强，越来越多的中国人开始敢于并善于和各种侵权行为做斗争，虽然不可避免地要付出有时是十分惨烈的代价，但中国社会一定会因此变得更加均衡，更有生气，更加富有希望。

原载《潇湘晨报》2004 年 7 月 20 日

卖月饼还是拉皮条

年年中秋佳节，年年月饼大战。如今这年头，无论多么纯洁神圣的东西，一旦拿到唯利是图的商场上拼杀，就很可能被侮辱、摧残，导致走样、异化、堕落变质。月饼，美好的祝愿，团圆的期盼，从远古农业时代沿袭至今的民俗传统象征物，这些年来正遭受着一场残忍无道的暴行。

你一定猜到了，我说的是某些商家炮制所谓“天价月饼”的行径。

前两年的天价月饼，不过是在此前形式大于内容的高级包装月饼的基础上更进了一步，在美轮美奂的包装盒里同时“附”有珍稀土特产、高档洋酒、名贵钻戒之类与月饼根本不搭界的物品，售价一般也就一两千,五六千、七八千顶天了。不料今年的天价月饼突飞猛进，精明奸诈的商家倾巢出动，以繁荣假日经济为名，行挂羊头卖狗肉之实，把拿月饼说事儿、借中秋节大发横财的生意做到了极致——

河南郑州展出了一个标价6900元的什么“纯银月饼”，重1公斤，直径96厘米，上镶56颗宝石；

天津某公司制作了一批价格分别为38888元、66666元、88888元和99999元的月饼，盒内有一块重500克的纯钛金“月饼”，价格99999元那款还附赠白金项链一条、钛金制成的中国象棋棋盘一副，棋子由金箔粉压制而成；

广西南宁打造了一款标价99999元的月饼，盒里有钻石项链、钻石戒指、钻石耳环三件，欧米茄情侣表一对；

云南昆明的一盒价值31.8888万元的超天价月饼紧接着闪亮登场，除了配有一般天价月饼常有的贵重物品之外，另外赠送一套面积为114.75平方米的住房，仅这套豪宅的价值就近30万元……

俗话说，从南京到北京，买的没有卖的精，天价月饼的制造者都是精明到家的商人，他们绝不会只是花钱图热闹，赔本赚吆喝。他们不一定都做过精确的市场调查，但他们一定知道，即便在现有天价月饼的价格后面再加一个零（无非就是在所配送“赠品”的花样上再费些心思），也不愁没有买主，不用担心中秋节一过，天价月饼就要像普通月饼那样臭大街，就要被装上大卡车拉到饲养场去喂猪。

“豪宅月饼”、“名车月饼”、“纯钛金月饼”等，是早些时候价值一两千元的高价月饼的逻辑延伸；而价值一两千元的高价月饼，又是更早些时候高级包装月饼的逻辑延伸。可见，从当初的卖包装“搭售”实物，到今天卖月饼“搭售”名车、豪宅，其中的每个过程，都不失时机地适应了一部分先富起来的中国人日益增长的消费需求。当初的高级包装月饼不愁没有销路，今天的“豪宅月饼”、“名车月饼”、“纯钛金月饼”自然也不愁没有销路。

天价月饼的买主都是些什么人？一种是买来自己享用的，一种是买来馈赠他人的。前一种买主，无疑是那种钱多到必欲暴殄天物而后快的富人；后一种买主，则既可能是像前一种买主那样的富人，送人一筐天价月饼如同送一袋水果不过是小意思（被馈赠者当然也不会是等闲之辈），也可能是并不怎么富裕的常人，由于有求于人，忍痛买来天价月饼充作敲门砖。要言之，天价月饼最终的拥有者，必然是一些富比王侯的猛人，或者权倾朝野的大人，他们，正是他们，只有他们，形成了天价月饼的最稳定、最忠实的消费群。

自古以来，中国社会阶层间流动频繁，各色人等命运变幻无常，金钱或权力的暴发户与破落户却比比皆是，不像欧美国家那样多有延续上百年的贵族世家。暴发户要张扬，于是要摆阔；破落户要面子，于是要装阔。无论摆阔还是装阔都需要道具，为暴发户和破落户供应道具，在每个时代都会成为经济增长点。李国文先生在一篇文章中形容说，民国年间，“有钱摆阔的暴发户，娶姨太太，认干女儿，捧女戏子，狎交际花。盖不中不西的房子，买不古不今的玩意。当绅董，打桌球，结名流，吃大菜，酸文假醋，附庸风雅，恨不能扯住所有人的耳朵，告诉说：‘我有钱，我是富翁！’”正如姨太太、干女儿、女戏子、交际花、不中不西的房子、不古不今的玩意……都是民国年间暴发户摆阔的道具，“豪宅月饼”、“名车月饼”、“纯钛金月饼”之类天价月饼，也堂而皇之成了今天的猛人、大人们引导消费新潮流、实现人生价值的道具。

某些缺乏想象力的可怜的同胞也许要问：不良月饼商大搞超范围经营，把名车、豪宅都加到月饼的成分中，可以说是黔驴技穷无以复加了，到了明年的中秋节，他们的生意还能继续做下去吗？可怜的同胞有所不知，既然民国年间的姨太太、干女儿、女戏子、交际花可以成为阔人们的道具，那么，当今改革开放的新时代，二奶、三陪、女明星、交际花何尝不能成为猛人、大人们的道具？记得在报纸上读到过报道，某些夜总会和洗浴中心举行抽奖活动，特等奖得主当场携“花魁”进入包间共度良宵。更有名噪一时的走私大王叔侄俩，一个与唱革命歌曲的女歌唱家“欢娱数夜”，付给后者1000多万元的“感情费”，一个与唱甜歌的女明星签订三年“婚约”，“为她购买价值200多万元的德国保时捷新款红色跑车”。对于猛人、大人们的这类消费新动向，睡觉做梦都打着算盘睁着眼睛的月饼商岂能无动于衷？

这里，笔者大胆预言，明年中秋节前，将有大气魄大手笔的月饼商隆重推出天价月饼之新品兼极品——除了配有一般天价月饼常有的贵重物品之外，另外赠送一名有着演员脸蛋、模特身材和学生纯情的妙龄女子……

乖乖，天价月饼发展到这个地步，除了工商局应该查处月饼商的超范围经营之外，我看公安局也应该过问一下他们卖月饼拉皮条的勾当了……

原载《江南时报》2004 年 9 月 27 日

“模仿秀”无损毛泽东形象

在北京昌平区的一家饭庄，一名长相近似毛泽东的孙姓男子，模仿毛泽东的语言举止表演节目，向游客提供“与毛主席合影”服务，每次收费 20 元。有游客觉得孙某的言行非常不严肃，有损伟人形象。有法学界人士指出，形象是一种权利，扮演者利用毛泽东的形象谋取利益，或者扮演者个人素质不高，言行举止丑化了毛泽东，使毛泽东在人们心目中的地位下降，都构成了对毛泽东形象和名誉的侵权，毛泽东的后代可以直接站出来维护权利。

从媒体的报道看，孙某的行为只是一种“模仿秀”，而并非在刻意假冒、丑化毛泽东。去年北京警方破获一起诈骗案，嫌疑人朱某自称是孙中山，隐姓埋名 80 余年，现在 130 多岁，正在筹集资金去解冻一笔存在外国银行中的巨款，投资者可获得丰厚回报。孙某模仿毛泽东尽管也有谋利的目的，但与朱某冒充孙中山诈骗钱财性质不同，也并不比朱某的行为更不道德。

无论是作为一种电视节目形式，还是一种艺术表演手段，“模仿秀”本身是无可厚非的，判断“模仿秀”在内容上的高下优劣，标准只有一个，即模仿得像不像，是否形似而且神似。但与此同时，“模仿秀”在程序上是否合法也是不能回避的。具体到孙某的“毛泽东模仿秀”，如果他只是出于个人喜好，或表演行为艺术，无谋利的目的，应该说就没有违法之嫌；现已知他有明确的谋利目的，那么还要看他的表演及向游客提供的合影服务，是否在饭庄的营业执照上核定的经营范围之内，若是，则属合法经营；若不是，则属超范围经营，工商部门有权予以查处。

孙某在扮演毛泽东时无诈骗嫌疑，但按照饭庄的介绍和孙某的自述，孙是老中戏毕业的国家一级演员、八一电影制片厂著名特型演员，曾在《大决战》等多部影视剧中扮演过毛泽东，现正在拍摄《伟人韬略》……这些信息据调查大都子虚乌有，饭庄和孙某因此仍然难逃诈骗之嫌疑。孙某没有冒充毛泽东，避免了“假冒伟人”的指控，这是他比“假孙中山”朱某高明的地方；但他却炮制了老中戏毕业的假学历、国家一级演员的假职称、八一电影制片厂毛泽东特型演员的假身份，同样属于“假货”，这说明他并不比“假孙中山”朱某高明多少。

对孙某“毛泽东模仿秀”中的程序缺陷和诈骗嫌疑不怎么在意，却条件反射般高度警惕于他是否损害了毛泽东的形象，反映了某些人内心深处的某种特殊敏感。毛泽东是对中国和世界产生了重要影响的政治人物，也是与中国民众的公共利益息息相关的公众人物，随着社会的开放和民主化程度的提高，人们对政治人物的日常生活、音容笑貌不再讳莫如深，对事关社会公共利益的公众人物的一举一动更是倍加关注，对这些 VIP（重要人物）的报道、评论渐渐成了常态，普通人议论、模仿 VIP，或者有时拿 VIP 开玩笑，都应该是很自然的事情。在西方国家，老百姓在公开场合专门拿总统、首相的相貌或隐私开涮，大众传媒将在任政治人物列为候选人，发动广大读者、观众参与诸如“白宫四大丑”、“英国十大笨蛋”之类的评选，如美国前总统克林顿连续两年在“愚人节”期间当选“全国最大笨蛋”，克林顿的夫人希拉里也在第二年的评选中榜上有名，居第 6 位，没听说有哪个总统、首相龙颜震怒，要求法院对侵犯其“名誉权”的公民和媒体依法严惩，也没听说有谁批评这类评选损害了总统、首相的形象。中国和美国虽然国情不同，但中国和美国都处于同一个时代。在我们这里，有人反感孙某模仿毛泽东，或许更多的是反感他以此谋利（其谋利行为是否合法，法律上可以做出判断），而其行为是否谋利，并不能成为判断其是否影响毛泽东形象的标准，否则，特型演员古月扮演毛泽东挣钱海了去了，他岂不也要面临“损害毛泽东形象”的指控？

进而言之，要判断模仿者是否“个人素质不高，言行举止丑化了毛泽东”，损害了作为公众人物的被模仿者的形象，是一个难度很大的问题，不但专业人士和权威人士难以做出公正的判断，被模仿者的后代严格说来也并不比其他人享有更多发言权，有时就连被模仿者本人也难免“当局者迷”。毛泽东在很多中国人心中已经形成了一种标准的形象，但并不是说他的形象就是百分之百绝对静止的、凝固的。新近出版的《一代报人王芸生》披露：1945 年重庆谈判，10 月 10 日国共两党签订《国共双方代表会谈纪要》（《双十协定》），10 月 9 日晚，国民政府军委会政治部长张治中宴请毛泽东、周恩来等人，席间毛泽东发表演说，最后高呼“新中国万岁！”“蒋委员长万岁！”毛泽东身为共产党的最高领导人，竟然高喊国民党的“一个口号”，这在我们很多人看来是绝对不可思议的，所以后来出版的现代史、党史、新闻史，以及以重庆谈判为题材的电影、电视剧，都对此只字未提。然而如果认为现在披露此事会损害毛泽东的形象，就未免贻笑大方了，因为在《双十协定》中，共产党表示承认蒋介石的领导地位，毛泽东高喊“蒋委员长万岁！”，在彼时此刻就显得合情合理，今天人们了解到这一细节，只会更加深切地体会到当时共产党争取和平、避免内战的诚意。

想想三十年前中国人心中的毛泽东形象，看看今天中国人心中的毛泽东形象，有理由相信，随着对毛泽东了解的加深，今后中国人心中的毛泽东形象一定会更加全面、真实、丰满。普通的“模仿秀”无损于毛泽东的形象，他的形象不至于如此脆弱。

原载《济南时报》2005 年 5 月 2 日

反腐败的七个“未必”

原湖北省委委员、襄樊市委书记孙楚寅，被控收受贿赂共计折合人民币 102.8 万余元，另对其折合人民币 211.7 万元的财产不能说明合法来源。湖北省委常委会近日决定，给予孙楚寅开除党籍、开除公职处分。此前，武汉市中级人民法院以受贿罪和巨额财产来源不明罪一审判处孙楚寅有期徒刑 17 年。

孙楚寅受贿案是一起典型的串案、窝案，三年前孙楚寅受到查处之后不久，该案就以带出厅级干部 7 人、县处级干部 15 人、其中担任单位“一把手”的干部 11 人，在襄樊政界引发一场空前“大地震”而闻名全国。尽管人们此前已经见识过广东湛江走私受贿案、福建厦门远华走私受贿案、辽宁沈阳“慕（绥新）马（向东）”腐败案、安徽阜阳“王（怀忠）肖（作新）”腐败案、黑龙江“韩（桂芝）马（德）”腐败案等大案、窝案，而今面对这起规模相对较小的“孙楚寅受贿窝案”，人们仍然万般惊愕、痛心疾首。

串案、窝案犬牙交织错综复杂，是这几年中央和各地反腐败斗争中遇到的一个新问题。如两年前广州市反贪工作会议曾公布一个数字：该市2002年立案侦查的腐败串案、窝案达219件，占立案总数的71%。腐败串案、窝案频频发生，说明在一些地方、一些单位，腐败现象早已不是腐败分子单枪匹马式的个人行为，也不是腐败分子顺手牵羊式的偶尔为之，而正在朝着规模化、群体化的方向发展，腐败分子由于共同的利益追求和利害关系而相互勾结，沆瀣一气，形成了一个根深蒂固的利益集团。这个腐败利益集团内部实行“专业化”的分工合作，对外则步调一致互相庇护，并在关键时刻组成高度严密的攻守同盟，令纪检监察部门难以下手。

不仅如此，在规模化、群体化腐败网络的支撑下，一些腐败分子招权纳贿贪赃枉法几乎到了丧心病狂的地步。他们仗着人多势众，以为收别人十万八万不过是小菜一碟，一个县长、区长职位卖个三五十万纯属小事一桩，别说在一般情况下只有“天知地知你知我知”，就算万一不慎露出了马脚，也自有某些“大佬”、“贵人”出手救助，最终必定化险为夷平安无事。腐败分子的这种自信与狂悖发展到极端，表现为在同一个地方或单位，一个腐败分子刚刚倒下去，其继任者就如飞蛾扑火般跟上来重蹈覆辙，最典型者当数贵州省国际信托公司的三任老总阎健宏、向明序、唐荣光，在前后三四年的时间里相继沦为贪官。这些贪官没有一个是傻瓜蛋，假如不是出于对所谓腐败“潜规则”以及腐败网络安全性的高度信任，他们就是吃了豹子胆，也绝不会把“个别”腐败分子被查处归结为“倒霉”、“运气不好”，绝不会拿自己的政治前途和身家性命开玩笑。

有一种分析认为，很多贪官都有一种侥幸心理，认为自己贪污受贿了未必会被发现，发现了未必会立案，立案了未必能查清，查清了未必就起诉，起诉了未必能判刑，判刑的未必判实刑，判了实刑的未必真正执行。这七个“未必”未必准确，但除了第一个“未必”属于技术层面，后面六个“未必”应该说多少反映了一些实情。所以，从某种意义上讲，反腐败斗争能否取得胜利，主要取决于能否以铁腕打破腐败利益集团的权势格局，能否把每一起串案、窝案都一查到底，把其中大大小小的贪官污吏一网打尽，能否把上述七个“未必”变成七个“必须”。

只有切实加强制度建设，从源头上预防和遏制腐败，真正做到“手莫伸，伸手必被捉”，反腐败斗争才能取得决定性的胜利。

原载《北京青年报》2005 年 9 月 8 日

欣闻贪官异国受审

中国银行新闻发言人最近表示，中国银行支持美国司法部对中国银行开平支行特大贪污挪用公款案主要涉案嫌犯提起诉讼，并将予以积极配合。此前，美国司法部宣布，将以涉嫌诈骗、洗钱、护照和签证欺诈等十五项罪名，对潜逃美国被拘押的前开平支行两任行长许超凡、许国俊及其亲属提起诉讼。

以前只是看到过《独裁者皮诺切特异国受审》、《阿富汗旧军阀英国受审》之类报道，现在读到中国贪官在美国受审的新闻，不禁耳目为之一新。对许超凡、许国俊这两个名字和另一个名字余振东，不少中国人是很熟悉的，该三人在先后担任中国银行广东开平支行三任行长期间，制造了盗窃、贪污、挪用七亿多美元的金融界惊天大案，事发后都潜逃到美国。美国方面除了于去年 4 月将余振东移交中国警方，现在又对许超凡、许国俊及其亲属提起诉讼。这是中国全国人大常委会 2003 年 8 月正式批准加入《联合国打击跨国有组织犯罪公约》，以及 2005 年 11 月正式批准加入《联合国反腐败公约》以来，中国借助国际合作机制有效打击腐败犯罪的一个典型案例。进而言之，这也可以视为中国反腐败寻求“全球治理”的一个典型案例。

反腐败原本是一国之内政。正如监察部负责人去年就全国人大审议批准《联合国反腐败公约》发表谈话所言，中国开展反腐败工作，是由执政党和政府的性质、宗旨所决定的，是在执政党领导下依靠群众支持而积极、主动开展的事业，而《公约》所确立的防治腐败机制，是市场经济条件下各国反腐败经验的总结，加入《公约》对于中国借鉴国外好的做法和成功经验，建立健全惩治和预防腐败体系，具有重要的促进作用。应该说，中国开展反腐败工作的积极性、主动性，同样表现在参与《联合国打击跨国有组织犯罪公约》和《联合国反腐败公约》等国际条约的审议、谈判，及对条约的签署、批准加入和履行责任上，这也表明中国在反腐败问题上逐渐认可了这些国际条约中贯穿的“全球治理”的理念——《公约》开宗明义指出：“本公约缔约国关注腐败对社会稳定与安全所造成的问题和构成的威胁的严重性，它破坏民主体制和价值观、道德观和正义并危害着可持续发展和法治”，“预防和根除腐败是所有各国的责任，而且各国应当相互合作，同时应当有公共部门以外的个人和团体的支持和参与，例如民间社会、非政府组织和社区组织的支持和参与”——中国的反腐败有望在对外开放形势下越来越具有全球眼光。

“全球治理”是传统民族国家国内治理在国际范围中的延伸，它旨在通过一些具有约束力的国际规制，通过各国政府、国际组织、各国公民的民主协商与参与，在解决国家或地区冲突、生态、人权、移民、毒品、走私、传染病、反腐败等问题上加强国际合作，以维护正常的国家政治经济秩序。由于地区冲突、生态、人权、反腐败等问题超出了国界，对这些问题的治理也必然超出国界。在许超凡、许国俊及其亲属受到的指控中，既包括他们在潜逃美国过程中犯下的罪行，也包括他们在制造开平支行特大贪污挪用公款案过程中犯下的罪行，所以，美国司法部对这两名前中国银行官员提起诉讼，看上去就颇有一种“美国人在美国替中国审贪官”的味道。

在反腐败“全球治理”的格局中，中国贪官逃到了美国，对中国贪官的追缉和审判，就不再只是中国的事，同时也是美国的事，美国在自己的国土上对中国贪官进行追缉和审判，以及此后可能将中国贪官移交给中国警方（待中美两国缔结双边引渡条约后，移交将转为引渡），就不只是在维护美国法律的尊严，一定意义上也是在履行反腐败的国际道义责任。美国人这样做并不说明他们有多么高尚，但他们一定是希望中国也这样做的，说不定用不了多久，我们就将读到“中国人在中国替美国审嫌犯”的精彩故事也未可知。

沿着“全球治理”的思路，我们还可以期待，随着更多更广泛的国际规制的逐步建立和完善，今后不但中国的贪官逃到国外，可能在异国受到追缉和审判，其他类型的中国犯罪分子逃到国外，同样也可能受到追缉和审判，不但一些犯罪分子逃到国外可能受到追缉和审判，一些犯罪分子就是待在国内官照当钱照捞马照跑舞照跳，他们也可能被人一纸诉状告到国外的法院甚至受到缺席审判。

那些以为只要想办法携巨额赃款潜逃到异国他乡，中国就拿他没有办法，他就可以一辈子在国外吃香的喝辣的高枕无忧的腐败分子，那些以为只要在国内没有人起诉他，或虽有人起诉但并未获得法院支持，他就可以此生永无诉讼之忧永享太平安康的不义之人，看了外逃贪官们或在异国受审或被移交或被引渡回国的下场，想必应当有所警醒了……

原载《今晚报》2006 年 3 月 15 日

致告示“要官别来找我”的县委书记

熊晖先生：

你好！

在报纸上读到你的事迹，深受感动。身为中共陕西宜君县委书记，你在宿舍大门上张贴告示，要求“凡推荐或自荐要求变动职务者，一律到县委组织部向部领导面谈”，“凡携带财物的来访者，请自行带回”，“县级领导推荐干部，也应先填写好《干部推荐表》”……在跑官要官、买官卖官几成官场顽症的今天，你以这种方式给了跑官要官者当头一棒，堪称一个大胆而新颖的创意。在此，我首先要为你叫一声好！

“跑官要官，别来找我”，这是报社编辑为报道你事迹的那条新闻拟的标题，尽管不是你告示中的原话，我以为还是十分贴切的。从新闻中得知，你的做法在宜君县政坛“掀起不小的波澜”，也得到了省委巡视组的肯定，从眼下的效果看，可以说你获得了不小的成功，对此或许你自己也始料未及罢。

但是，实话实说，我对你的做法并不敢有乐观的估计，反而怀有深切的忧虑。

仔细品读你的“安官告示”，请问哪一项不是现行干部管理制度的题中应有之义？哪一项不是有关部门一而再、再而三强调复强调、重申复重申的规矩？现在你通过告示再宣讲一遍，尽管形式上有所创新，但却并没有提出新的更高的要求，没有把干部管理制度和干部组织工作提升到一个新的高度。所以，恕我说得难听点儿，你的告示不过是说了几句“正确的废话”，岂有他哉？而几句“正确的废话”竟然引起这么大的动静，真不知应该算是一件难得的好事，还是一个沉重的悲哀。

你发布“安官告示”，要求跑官要官者别来找你，但是你应该知道，中国大地上跑官要官歪风由来已久长盛不衰，并非因为县委书记、市委书记等“一把手”没有像你那样，在自家大门上贴出“安官告示”。也就是说，只要跑官要官的生成机制没有改变，只要“一把手”主导官员选任的传统格局没有改变，只要大小官位的“含金量”始终居高不下，只要有人坚信为跑一个镇长、县长花上十万八万几十万也物有所值，那么，你就是把“安官告示”贴遍了全县大街小巷每一个角落，那些削尖了脑袋想当官的人，那些当了官还要想当大官的人，仍然会找到跑官要官的办法和门路。我敢断言，在贵县无论是干部还是普通群众，谁也不会天真到相信你的告示能刹住跑官要官歪风的地步，当然，作为县委书记你更不可能那样天真。

如何根治跑官要官、买官卖官顽症，当前学界、实务界比较一致的看法是，一要限制官员的权力，特别要限制上级官员利用个人影响干预和决定下级干部任免的权力；二要降低官员权力的含金量；三要在“官本位”之外建立多元化的评价体系，使那些在政界之外的其他领域建功立业的人，也能享受到足够的荣誉，树立起崇高的尊严和成就感。熊晖先生对这些意见想必不会陌生，但你“人在江湖，身不由己”，至少在现有条件下，在你治下的宜君县，你几乎不可能在上述三个方面有所建树。于是，为防止跑官要官，你能够做的大约就只有发布一纸告示了。在这个问题上，你陷入了一个深刻的悖论——正因为你是宜君县的“一把手”，你手中掌握的权力越大，找你跑官要官的人就越多，所以你在防止跑官要官方面注定了很难有所作为，你的“安官告示”也很难起到像样的作用。

熊晖先生，你还应该知道，你的“安官告示”事实上破坏了官场的潜规则，所以接下来你很可能受到孤立、排斥，成为一个人人敬而远之甚至群起鸣鼓而攻之的异类。如果你做好了“我不下地狱，谁下地狱”的准备，倒是“求仁而得仁”，可以无憾矣；但如果你原本希望在仕途上继续发展，那么这样的结果对你未免太残酷、太不公平了。这是我所担心者一。

所担心者二，想当初，广西壮族自治区主席成克杰说：“想到广西还有100多万人没有脱贫，我这个当主席的是觉也睡不好呀！”河南省交通厅厅长张昆桐说：“要让廉政建设在河南省的所有公路上，向着四面八方，不停地延伸，不停地飞驰……”四川成都市委常委、宣传部部长高勇说：“领导干部一定要用好‘三盆水’：一盆用来洗头，保持清醒和与时俱进的思想；一盆用来洗手，拒腐蚀永不沾；一盆用来洗脚，坚持深入基层、深入群众。”成克杰、张昆桐、高勇们一个个说的比唱的好听，却并未妨碍他们堕落成为大贪官。而今跑官要官者都是见多识广绝顶聪明之人，他们一定深谙“正面文章反面读”的道理，所以，你声明“跑官要官别来找我”，他们却完全可能从反面理解为“跑官要官请来找我”，因为他们认定，跑官要官只有找你县委书记才能管用，只要他们想找你，就一定能找到你。我当然不认为你是在反话正说、欲擒故纵，不认为你会步成克杰之流的后尘，但你原本是要禁绝跑官要官者的非分之想，没想到反而可能对他们形成别样的“暗示”，使他们更加坚定了到“一把手”那里跑官要官的决心和信心。你不觉得这也太滑稽了吗？……

草草命笔，言不及义，还望海涵。

原载《三晋都市报》2006年8月16日

假冒的书记签字与“制度之恶”

这是一出令人啼笑皆非的悲喜剧，看似荒诞不经的故事情节中包含着无比沉重的现实隐喻：山东省齐河县一个只有小学文化的无业游民，雇用他人仿冒县委书记的签字，不仅把自己和妻子安排进了县审计局和劳动局，还收取他人钱财将30多人安排至党政机关。

一般说来，骗子之所以要采取某种手法行骗，首先在于这种运作过程具有一定的“普遍性”和可操作性。在这个案件中，骗子拿着假冒的县委书记的签字，要将一批社会上的人“安排”进党政机关，同时“按照单位的好坏，每人收取3万到8万不等”，这说明那些找到骗子希望给安排工作的人，或多或少都相信以下两个“普遍性”（骗子则充分利用了这一点）：第一，有了县委书记的签字，人事部门就可以安排工作；第二，县委书记的签字不能白签，或者能够搞到县委书记签字的人也不能白忙乎，总之需要被“安排”工作的人出点儿血，意思意思。这些人为什么会相信这样的

“普遍性”呢？难道他们都陷入了无知的偏见或盲目的迷信吗？

记得今年7月，新华社披露了发生在甘肃省甘谷县的一起“搭车调动案”：甘谷县县长杨永晖在即将离任之前，突击进行了115人的人事调动，短短10天之内，县里一批领导干部和退休干部的亲属吃上了财政饭，一批农村的教师和医务人员圆了进城工作梦。此案由于没有骗子的“干扰”，显然对于前述第一个“普遍性”具有更强的说服力。那么，接下来的另一个问题是：一个只有小学文化的无业游民，仅凭一纸县委书记的签字，就可以堂而皇之进入审计局工作，一批领导干部和退休干部的亲属，在即将离任的县长的一手安排下，一夜之间就吃上了财政饭，这是不是意味着，在一些地方，一个人能不能进入政府部门工作，能不能吃上财政饭，他具有什么样的资格和能力，需要经过哪些正常程序，所有这些都不重要，重要的是他能不能受到县委书记和县长的特殊关照？反过来看，那些已经在政府部门工作并吃着财政饭的人，会不会也是通过某些领导的特殊关照才得以登堂入室的呢？

在一些地方，如此设问并非毫无根据的妄加猜测，而如此设问越有根据，其结果就越是让人不寒而栗。

正所谓“假作真时真亦假，无到有处有还无”，看到山东齐河县的这起假冒县委书记签字案，人们自然会产生联想：假如县委书记的签字不是假冒的，那么一切不都OK了吗？该县劳动局一名工作人员证实：“只有那个签字是假的，后面人事局出具的接受介绍信之类的全部是真的，按照常规我们应该接收。”换句话说，如果该县县委书记出于某种考虑，真的要签字同意安排一批无业游民甚至作奸犯科之徒进审计局、劳动局工作，那几乎是不会有任何困难的。一个官员特别是“一把手”的权力太大，加上又缺乏有效的监督，那么，他的权力就成了一柄双刃剑，他利用手中的权力，既可以办很多好事，也可以办很多坏事，他的权力运用很大程度上取决于他个人的主观选择，而不是取决于外界的客观限制。这无疑是十分危险的。

邓小平说过：“制度好可以使坏人无法任意横行，制度不好可以使好人无法充分做好事，甚至会走向反面……我们今天再不健全社会主义制度，人们就会说，为什么资本主义制度所能解决的一些问题，社会主义制度反而不能解决呢？”（《党和国家领导制度的改革》，1980 年 8 月 18 日）坚定不移地推进各项体制改革，进一步摈弃人治，完善法治，就是要最大限度地克服“制度之恶”，让“坏人无法任意横行”，让“假冒领导”的骗子无从下手。我们期待着有一天，不但骗子拿着假冒的官员签字再也无法行骗，就是官员亲自出马，也无法违反规定和法律随便办事。

原载《北京青年报》2006 年 11 月 16 日

想起“美国总统的儿子也失业”

贵州一家知名论坛日前出现了一个点击量极高的帖子：“本人五官端正、口齿伶俐，目前就读于某高校大四人力资源管理专业，为了能在毕业前顺利找到合适的工作，希望能找到一名干爹（政府公务员最佳）。我会全心全意尽到干儿子的职责，孝顺他。”一些网友认为发帖者人格扭曲，也有网友对他表示理解和支持。

想通过网上发帖认一个“权势干爹”，通过“干爹”为自己找一个好工作，发帖者即便不是在“恶搞”，他的目的大概也很难达到——在我们这个有着浓厚家族观念和“世袭”传统的社会，攀上一个“权势干爹”只怕是比找到一个好工作更难。明知征“干爹”成功率极低仍要发帖子碰运气，可见发帖者的确是不堪巨大的求职压力而病急乱投医了。如此情景，令人慨叹不已。

正如这名发帖子的大学生所言：“现在的大学生，毕业求职都要找关系。像我这样成绩优异却来自农村的学生，根本不能和城里的同学比，所以我才希望在网上认一个有权势的干爹。”去年《新华每日电讯》的一篇新闻分析认为，当前大学毕业生的就业竞争，正在逐渐演变为其父辈所掌握的社会资源和财富实力的竞争，一些大学毕业生凭借父辈的资源与运作，轻而易举占据了令人羡慕不已的职位，那些来自农村或贫困家庭的大学生，却屡屡遭遇求职失利。在就业重压下渐渐呈现的“代际效应”，正在挑战着就业制度的公平性。

以前有个说法叫“学好数理化，走遍天下都不怕”，现在这句话似乎变成了“学好数理化，不如有个好爸爸”、“如果不是亲爸爸，有个干爹也不差”。如果任由这种情形发展下去，大学生的就业环境势必日渐恶化，大学生的父辈在社会政治地位和经济地位上存在的差距，将顺理成章地传递到大学生身上，“龙生龙，凤生凤，老鼠的儿子会打洞”将成为可悲的现实写照，最早可以追溯到中国古代科举制度下“朝为田舍郎，暮登天子堂”的“教育决定职业”、“教育改变命运”意义上的教育公平，对许多大学生而言，将只能是一个更加遥远的梦想。

有人说，中国还没有一部《公平就业法》，现行法律对单位招录人员缺乏明确具体的约束，“好爸爸”、“权势干爹”为儿子、干儿子找个好工作，你可以说这是用人腐败，人家也可以说这是用人单位在行使用人自主权。的确，如果一个大学生在向某单位求职的过程中，遭遇到来自另一个有权势背景的大学生的不公平竞争，就算他鼓起勇气提起诉讼，也很难得到法院的支持。但是，这并不意味着，在立法机关通过一部完善的《公平就业法》之前，我们就不能在追求就业公平方面有所作为。假设一个大学生向某单位求职最终失败，如果有足够证据证明该单位在招录人员上存在虚假招考、权权交易等问题，那么，这个大学生就应该勇敢地向有关部门举报，高等院校、教育部门、组织人事部门、纪检监察机关和新闻媒体都应该积极介入，从多方面为遭遇不公平竞争的大学生提供帮助和救济。毕竟，媒体多曝光一起虚假招考事件，有关部门多查处一起“好爸爸”、“权势干爹”们的权权交易，那些企图利用权势为自己的孩子求职施加特殊影响的人就会多一份畏惧。

1982年10月14日，美联社播发了一条消息：“就是在罗纳德·里根总统对全国说‘美国正在走向经济复苏’之前几小时，他的儿子普雷斯科特·里根却在这里同失业者一道领救济金。”在当时的中国人看来，这是关于资本主义社会的一篇典型的“负面报道”，“连总统的儿子都在领救济金，谁还相信美国的经济开始好转了呢？”人们不理解的是，资本主义社会再怎么腐朽，总不至于连总统的儿子也会失业吧？按说里根总统“也是人”，但即便他想利用自己的权力和影响，为儿子找一份像样的工作，在高度发达的公众监督下，要成就其事谈何容易？而在我们这里，无论是1997年年初中共中央办公厅、国务院办公厅下发的《关于领导干部报告个人重大事项的规定》，还是去年中央政治局常委会议审议通过的《关于党员领导干部报告个人有关事项的规定》，都没有将领导干部子女就业状况纳入报告范围，普通公众对此更是无从知晓与监督。

要有效遏制“代际效应”下的就业腐败，保障大学生的就业公平，应尽早出台公职人员子女就业状况申报制度，以此提高公职人员子女就业状况的透明度，加大社会舆论和新闻媒体的监督力度。苟能如此，则那些“好爸爸”、“权势干爹”们再要为子女的美好前程而大搞就业腐败，就不会像现在这样得心应手了。

原载《教师报》2007 年 3 月 12 日

从“晋官难当”说起

听说，去年孟学农辞去山西省省长职务时，曾发出过一句“晋官难当”的感慨。不料孟学农最近做出澄清，称“我没有说过这句话，更不是所谓我辞职后的感言”。

据介绍，“晋官难当”之说最初出自一篇评论孟学农辞职的文章，该文称“孟学农去职……也使世人发出‘晋官难当’之叹”，后来一些作者望文生义，误以为这句话是孟学农辞职后的感言。鉴于山西省近年来事故多发，且2005年以来三年间换了四任省长，如孟学农本人即因襄汾溃坝事件引咎辞职，故“晋官难当”之说当非妄言。只是一些作者不该想当然，认为“晋官难当”出自孟学农之口，这一点的确是需要澄清的。

当然，孟学农并非否认“晋官难当”，他对这一说法也有自己的理解——“比如从山西基础工作差，工作艰巨任务重，离人民群众的要求距离大的角度来说，‘晋官难当’也一点不错。”但是，他的体会一定不会仅限于此。他去年1月当选山西省省长，9月引咎辞职，而早在2003年，他已经有过一次类似的经历——2003年1月当选北京市市长，4月即因“非典”事件辞职，他在山西当了8个月省长，好歹比当北京市市长还多5个月呢。晋官难当，京官就不难当么？

在中国国情下，一个像孟学农这样具有高级领导干部身份的人，其实就是“人在组织，身不由己”了。他能够顺利当选北京市市长、山西省省长，可以说京官不难当，晋官也不难当；而一旦出了问题，需要他承担责任，说辞职就得辞职，说下课就要下课，也可以说京官难当，晋官同样难当。所以，简单地说哪个地方的官难当、哪个地方的官不难当，并没有多少实际意义。

有报道说，搜狐网博客总监赵牧上月初在一篇博客中也记录了孟学农的上述澄清。据赵牧的博客记录，孟学农同时还对另一件事情做了澄清，他否认自己2003年担任北京市市长期间隐瞒“非典”疫情，认为媒体上所谓“他（孟学农）因瞒报SARS疫情丢掉了北京市市长的职务”的说法乃不实之词，“这事中央早有定论：‘北京市在信息收集、监测报告、追踪调查方面存在疏漏，这里既有主观原因，也有客观原因’”。孟学农说：“我的一些朋友还劝我去打维护名誉权官司呢。他们说，现在你是老百姓，说话为啥还要有那么多顾忌呢……”

孟学农当然没有也不会打什么维护名誉权的官司，因为他经历了那么多变故，对外界的议论早已看开，认为“狭路相逢宜回身，往来都是暂时人”，“现在都在讲和谐，理解万岁吧”。这种内敛大度的修养与情怀，实在令人钦佩。然而孟学农似乎还应该澄清一点，那就是他现在虽然辞去了山西省省长职务，用他自己的话说，“加入了‘失业大军’，赋闲在家”，但是，他并没有受到任何党纪政纪处分（中央免去他山西省委副书记、常委、委员职务，不属于党纪处分，同意他辞去省长职务，也不属于政纪处分），更没有被撤职或开除公职（这两种属于处分），他仍然具有公务员和领导干部身份，也享有相应的待遇和保障，因此，他现在并不是普通的老百姓。

按照规定，官员引咎辞职一年后可以重新任职。事实上，孟学农去年辞去山西省省长职务之后不是普通老百姓，2003 年辞去北京市市长职务之后也不是普通老百姓，所以到了 2004 年，他能够复出担任国务院南水北调工程建设委员会办公室副主任。这也意味着，到今年 9 月，孟学农辞去山西省省长职务期满一年，他就可以再度复出履新了。这些都是一个普通老百姓不可企及的。

记得几年前，香港财政司司长梁锦松因在增税政策出台前“突击”购车引发舆论批评而辞职，之后他不再复出，成为了一个实打实的老百姓。官员辞职之后成为平头老百姓，这在世界上许多国家和地区是一种“国际惯例”。相较之下，中国内地官员辞职、免职并非“削职为民”，而仍然按规定保留着干部身份和相应的待遇，并且“注定”了要东山再起复出任职。如此说来，在中国当官，无论是当京官还是当晋官，到底是难还是不难呢？

原载《杂文报》2009 年 5 月 19 日

“跟众”的赞歌

看电影电视的人叫“观众”，收听广播的人叫“听众”，媒体服务的对象统称“受众”，这里我想说说“跟众”。“跟众”是我生造的一个新词，意为“紧跟的干部群众”或“紧跟的群众”。我想从一个真实的故事说起。某局局长陈某，因受贿罪被法院判刑6年。在上级纪委调查陈某期间，陈某所在单位出具了一份有几十名干部群众签名的“证明”，称陈某一向爱岗敬业，工作认真负责，注意勤俭节约，从不乱花国家一分钱，是一个廉洁自律的人，一个恪守原则、大公无私的人……在这份“证明”的赞誉下，陈某浑身上下没有一点儿问题，简直就是一个鞠躬尽瘁、死而后已的英雄模范人物。

一边是司法机关认定的受贿数十万元的贪官，一边是原单位正式公文认定的爱岗敬业、工作认真的好局长，廉洁自律、大公无私的好领导，针对同一个陈局长的两种评价，为何存在着如此强烈的反差？有人说，陈某单位的领导职工众口一词“证明”他是好干部，主要是因为被他“台上高喊反腐败，台下大搞腐败”的表面功夫所迷惑，被他头上的“优秀共产党员”、“先进工作者”的金字招牌所蒙蔽，从而对发生在身边的腐败嗅觉不灵，洞察力不明。也有人怀疑，陈某的一些同僚可能与陈某同在一条船上，担心陈某倒下后“拔出萝卜带出泥”，因此千方百计要为陈某说好话、唱赞歌，希望帮助他渡过难关，以求“他好我好大家好”，云云。

这些分析不能说没有道理，但似乎又不尽然。陈局长出事前是单位的“一把手”，一定意义上代表了单位的形象。一个单位（或一个地方，以下同）的主要领导出了问题，意味着这个单位的“带头大哥”被直接否定了，很多时候，一些紧跟在“带头大哥”后面的干部群众，往往会（至少是在潜意识里）产生自己也被间接否定了的感觉。常见的情形是，某单位主要领导出了问题被查处后，新领导走马上任与干部群众见面，要么是这个新领导本人，要么是送他赴任的组织部门的领导，一定要在见面会上郑重强调，虽然出现了某某领导涉及腐败的案件，但绝大多数干部群众是好的，是经得起严峻形势和复杂局面考验的。这样的表态无疑有着切近的针对性，它实际上是在对这个刚刚被查处了主要领导、形象和价值都“很受伤”的单位进行抚慰，希望帮助“跟众”们尽快走出心理阴影，团结在新领导周围，重新回到正常的工作中来。

一般情况下，“跟众”都是不愿意看到领导出事的，除非是这个领导已经众叛亲离，“跟众”在心底里与他划清了界限，不再成其为“跟众”，并盼星星盼月亮一般盼着领导倒霉完蛋。上述陈局长与所在单位的干部群众的关系，则是典型的“带头大哥”与“跟众”的关系。“跟众”们希望为陈局长讨“清白”，实际上也是要为自己讨“清白”；他们竭力要维护陈局长的形象，实际上也是要竭力维护自己的形象；他们不能接受陈局长被否定的现实，实际上也是不能接受自己被否定的现实。在民主发达的国家，民众自由选举的结果往往也难免选错人，但很多人都不愿意承认自己选错了人。同理，在不能自由“选”领导而只能“跟”领导的时候，很多人也不愿意承认自己“跟”错了人。虽然“跟”错人之错，主要在于“带头大哥”力量太过强大，令“跟众”们除了“紧跟”别无选择（或者如“斯德哥尔摩综合征”反映的困境那样，“跟众”饱受“带头大哥”欺侮凌辱之后，形成了对“带头大哥”的深刻依赖而无法摆脱），然而“跟众”也是要面子的，他们不能轻易否认自己的“紧跟”，有时即便有所醒悟，他们也宁愿继续错下去，高唱“紧跟带头大哥，开创万世幸福”的赞歌毫不动摇。

有一种人所熟知的“历史观”，认为某某人物（如斯大林）代表了一个时代，代表了一段历史，代表着经历了那个时代、“紧跟”了那段历史的千百万人的情感和记忆。言下之意，对某某人物的评价，就是对一个时代、一段历史以及千百万人的情感和记忆的评价。为了让自己有一个正面的评价，时代、历史和千百万人会非常自觉、非常小心地对这个人物做出“选择性正面评价”，即便这个人物曾经犯下过不可饶恕的罪错，也不能对他有丝毫不敬，更不能对他全盘否定——因为对他的否定，不仅仅是对他一个人的否定，更是对那一个时代、那一段历史以及那些被他“代表”了情感和记忆的千百万人的否定，时代不答应，历史不答应，千百万“跟众”绝不答应！问题被提升到如此骇人听闻的高度，就变得极端严重、敏感而又索然无味了。

前面说的那个陈局长，不是什么了不起的大人物，充其量只能代表他所在单位的部分干部群众的情感与记忆，不过，众多干部群众齐刷刷为他高唱赞歌，也堪称一个单位中“跟众”对“带头大哥”无比忠信之明证。好在“跟众”也属于特定的时代和历史，当时代和历史掀开新的一页，新“跟众”对旧“带头大哥”的客观认识和评价，迟早还是要完成的。

选自《瞒和骗的游戏》，中国发展出版社 2010 年

市长"走马灯"与人大"举手机"

在3月19日举行的河北省邯郸市十三届人大四次会议上，郑雪碧全票当选为邯郸市市长。此前，今年1月27日召开的邯郸市十三届人大常委会第二十二次会议，决定任命郑雪碧为邯郸市政府副市长、代理市长，接受郭大建辞去邯郸市市长职务。

行政首长由代理职务转为正式职务，这对官员职务选任而言原本是平常之事，但郑雪碧当选邯郸市市长却显得颇不寻常，因为这是17年来邯郸市发生的第10次市长职务更替。据报道，17年来邯郸市没有一任市长干满5年任期，前9任市长的实际任期平均不到两年。邯郸作家田奇庄自1999年开始写文章批评这一现象，十多年过去了，邯郸市市长"走马灯"的怪圈仍在继续运转。

按照法律法规的规定，地方各级政府每届任期为5年，地方行政首长如果没有出现"达到退休年龄"、"引咎辞职、责令辞职"、

“受处分、处罚或被罢免职务”等特殊情况，其任期理当与政府任期相同。假如邯郸市只有一两个市长通过“人事运作”，任期未满就如愿换岗、升迁，还可以视之为“偶然”，但是，17 年间 9 任市长无一人干满一个任期，也无一人是因为“达到退休年龄”等特殊情况而变动职务，通过“运作”以达到换岗、升迁的目的，在 9 任市长中几乎成了“必然”的选择，这无论如何都是不正常的。

一个地方的市长如走马灯一般频频换人，对地方社会经济发展导致的副作用——如政策缺乏稳定性，朝令夕改、重复建设、随意折腾等——显而易见。作家田奇庄一再撰文呼吁遏止“走马灯”怪圈，就是希望市长能够正常履职，至少踏踏实实干满一个任期，以切实体现其对本届政府和全市人民承担的责任。这样一个正当合理的要求，不但始终得不到像样的回应，田奇庄本人反而因为“不安分”，在当地成为不受欢迎的敏感人物，被迫提前病退远走他乡……

田奇庄像堂吉诃德挑战风车那样挑战市长“走马灯”怪圈，其勇气和胆识令人感佩，但他的故事原本可以不必如此悲壮而悲凉，毕竟他只是一个普通的市民，比他更有“资格”站出来向市长“走马灯”现象说“不”的，分明还有作为邯郸市国家权力机关的邯郸市人大。然而，后者都做了些什么呢？

从法律程序上讲，每一任邯郸市市长都是邯郸市人大选举产生的，每一任邯郸市市长的辞职或被免职，也都需要邯郸市人大审议通过才能生效。如果邯郸市人大真能够行使好选举市长的权力，他们一定会对自己选举出来的市长倍加珍惜，而不会舍得让市长没干两天就辞职走人。人大如果以“工作需要”、“大局为重”为由不批准市长的辞职请求，市长就应当继续干下去，谁让他是由人大选举出来担任市长职务的呢。

而实际情况是，9任邯郸市市长都是屁股没坐热就提出辞职，邯郸市人大今天审议同意市长辞职，明天就得根据组织的提名选举产生新市长（或由人大常委会根据提名选举代市长，待召开人大会议时再将代市长选举为市长）。这只能说明，从选举上一任市长到审议通过其辞职请求，从选举新市长到一年半载后再审议通过其辞职请求，市人大除了按部就班行礼如仪举手同意之外，实际上什么工作也没做——无论是选举市长还是同意市长辞职，人大都很难说表达了自己的真实意愿，而更像是在按照某种要求，认真完成选举市长和批准市长辞职的“任务”，岂有他哉？

类似的情况并不罕见。如湖北武汉市曾经创造过人大选举的市长履职仅4个月即因“工作需要”调任他职的纪录——2002年1月武汉市十届人大五次会议选举周济为武汉市市长，同年4月周济即辞去市长职务，调任国家教育部副部长、党组副书记。最尴尬的大约要数上海宝山区人大——2006年7月6日，曾经担任陈良宇秘书的秦裕从上海市委办公厅副主任、市政府办公厅副主任的职位上调任宝山区委副书记，7月25日被宝山区五届人大五次会议选举为宝山区区长，但秦裕仅仅当了一个月的“短命区长”，即因“涉嫌严重违纪”被撤职审查。宝山区人大当然可以辩解说，秦裕作为区长候选人是组织上推荐的，我们没有理由不相信组织的提名，再说我们事先并不知道秦裕有问题，不知者不为罪嘛。其实，既然人大无条件地相信组织的提名，那么，他们即便事先知道区长候选人有问题，也一定会按照组织的安排将其“选举”为区长的，因为在目前的国情条件下，人大被要求不能与组织的决定“掣肘”、“唱对台戏”，他们“没有理由”不完成实际上是组织交付的“选举任务”……

有人形容某些地方的人大是“举手机”，这个说法很不中听。但如果组织提名某人当市长、区长时人大无条件地举手通过，市长、区长想另谋高就时人大又无一例外举手放行，人大成了对各种不正常“人事运作”予以合法性确认的一道机械手续，这与“举手机”又有什么区别呢？

市长“走马灯”现象应当引起高度警惕，其背后的人大“举手机”现象同样不可等闲视之。只有通过包括人大制度改革在内的政治体制改革，将人大打造成为真正体现选民意志的代议机关（而不是一个被动配合组织工作、为组织的人事安排背书的象征性机关），人大才能独立履行宪法和法律赋予的选举权，才能根据自己的真实意愿选举行政首长，并敢于对各种不正常的“人事运作”说“不”，对各种隐性或显性的用人腐败说“不”。只有人大彻底走出“举手机”的尴尬，市长“走马灯”、区长“流水兵”之类的怪圈才能真正停下来。

原载《三晋都市报》2011 年 3 月 23 日

“双面贪官”的秘密

深圳市原市长许宗衡受贿案日前做出一审判决，法院认定许宗衡犯受贿罪，判处死刑，缓期二年执行，剥夺政治权利终身，没收个人全部财产。人民网发表的一篇评论认为，许宗衡之为贪官，一个最大的特点在于，他具有两面性，外廉内贪，大奸似忠——“许市长”曾对媒体大谈“不漂浮、不作秀、不忽悠”，在各种场合大树务实、开放、亲民的形象，实际上却大肆贪污腐化，穷奢极欲，可谓“当面好话说尽，背后坏事做绝”，活脱脱一副“双面贪官”的嘴脸。

许宗衡落马，“双面贪官”中又增加了一个典型的形象。“双面贪官”在任时的职务，有高于许宗衡者，如广西壮族自治区原主席成克杰，也有低于许宗衡者，如湖南湘潭市原副市长朱少中。成克杰说过一句感人至深的名言：“想到广西还有 100 多万人没有脱贫，我这个当主席的是觉也睡不好呀！”当成克杰伙同情妇疯狂受贿三千多万元的腐败行径大白于天下之后，人们才知道，他自我标榜的清廉勤政原来是天大的笑话。同样，朱少中一向以清廉、上进的正面形象示人，曾公开发表反腐檄文，痛斥“崇拜金钱，权力至上”的官场风气，分析反腐败工作的问题与经验。然而，经司法机关查实，朱少中在担任湘潭县县长、县委书记、湘潭市副市长期间，涉嫌大肆受贿、滥用职权，先后收受贿赂上百万元。

人是社会关系的总和，人也是社会角色的总和。成克杰最主要的社会角色是自治区主席，许宗衡最主要的社会角色是市长，社会和百姓对他们的期待是很明确的，他们自己对此也是很清楚的，他们口头上冠冕堂皇的自我标榜，符合社会和百姓对他们的期待，体现了他们自己对这种期待的一种认识。但是，他们实际上的龌龊不堪的所作所为，却表明他们辜负了社会和百姓对他们的期待，在他们内心深处，存在着对这种期待的另一种认识。相较之下，他们的前一种认识不过是“表态文章”，是虚假做作的陈述，后一种认识才是“真抓实干”，是真情实感的展现。

满嘴“仁义道德”的忠直之士，原来却是“男盗女娼”的无耻之徒，昨天还以市长身份在全市干部会议上誓言“不留败笔，不留遗憾与骂名”，今天却被发现是个不折不扣的大贪官，反差如此强烈，难免令人伤心绝望。孔子和孟子把那种“非之无举也，刺之无刺也，同乎流俗，合乎污世，居之似忠信，行之似廉洁，众皆悦之，自以为是，而不可与入尧舜之道”的人称为“乡愿”，认为“乡愿”是“德之贼也”。“乡愿”巧言令色，两面三刀，嘴上说一套，手上做一套，一般人一不留神，就有可能上当受骗，成为他们侵害和剥夺的对象。怎么办？还是孔子那句话：“始吾于人也，听其言而信其行；今吾于人也，听其言而观其行。”荀子也说：“口能言之，身能行之，国宝也；口不能言，身能行之，国器也；口能言之，身不能行，国用也；口言善，身行恶，国妖也。”古人对口是心非的“乡愿”、言善行恶的“国妖”已经认识到了这个程度，今人如果还停留在对满嘴“仁义道德”者无条件地深信不疑的水平，难免可叹而又可悲。

一个现实的做法是，将“乡愿”、“国妖”们嘴上的“仁义道德”和身体力行的“男盗女娼”做必要的区分——某些人嘴上讲“仁义道德”，并不妨碍他手上做“男盗女娼”；反之，某些人手上做“男盗女娼”，也并不妨碍他嘴上讲“仁义道德”。这两种功夫，分别属于两个不同的“专业”领域，可以并行不悖而相辅相成。如广州市委原宣传部部长黎元江，既是一个货真价实的贪官，同时又是一名国际共产主义运动史专家，我们不能因为黎元江是贪官，就否认他在专业上的造诣。但经验和教训告诉我们，当许宗衡、成克杰、朱少中、黎元江们嘴上大讲“仁义道德”的时候，我们却大有必要怀疑，他们手上是否正在做着“男盗女娼”的勾当。不妨把结果估计得坏一些，如果坏结果最终得到证实，因为是在意料之中，原本就没抱什么希望，所以也就不会过于失望；如果坏结果最终被证伪，满嘴仁义道德者手上做的也是仁义道德而不是男盗女娼，则无异于给了人们一个意外的惊喜，不失为一件幸事。

说到底，社会始终是需要仁义道德的，仁义道德也是需要常讲常新的，许宗衡、成克杰、朱少中们嘴上讲的“仁义道德”并没有错，错在他们手上做的“男盗女娼”。他们嘴上讲“仁义道德”，至少说明他们还有所顾忌，还试图欺世盗名，最可怕的是，假如有一天，他们连嘴上的“仁义道德”也不屑讲了，连虚情假意的表面文章也懒得做了，那可就堕落到了“口言恶，身行恶”的地步，比“口言善，身行恶”的“国妖”更胜一筹，堪称十足的“国贼”了。

原载《北京青年报》2011 年 5 月 29 日

一块名叫“程序”的遮羞布

一篇网帖爆料，浙江温州市公路管理处9年来吸纳领导亲属60多人，都属于事业编制，招聘中存在“量身定制”的情况。网帖列出了33名领导亲属的名单，其中12名备注了领导姓名以及彼此关系，包括原温州市交通局局长的妻子、原温州市交通局副局长的儿子，等等。温州市公路管理处某负责人向媒体表示，确有领导和员工亲属在公路处工作，但都是通过公开招聘进入，所有程序都合法合规，不存在“量身定制”、“世袭招聘”的问题。

某负责人的这个回应，可以说毫无新意。近年来，媒体曝光了多起备受质疑的公开选拔、公开招聘事件，如河南固始县选拔正科级干部，候选人多是县人大常委会主任、副主任、县委宣传部部长、原县委副书记等当地官员的子女。如福建屏南市财政局、江苏句容市政府接待服务中心、浙江上虞招商局、黄山市徽州区在事业单位招聘中，以“一个萝卜一个坑”、因人设岗等操作手段，对领导干部的亲属予以特别关照。这些地方和单位无一例外都矢口否认，而且否认的理由都惊人的一致，说什么“候选人是经过大范围公选产生的，完全符合程序”，公开招聘“严格按照国家事业单位人员招聘有关政策执行，招考程序由人事部门制定”，云云。言下之意，只要公开选拔、公开招聘按规定走了程序，只要在程序上没有问题，哪怕当选者、录取者百分之百都是官员的亲属，别人就无权说三道四了，舆论再怎么质疑也是白搭了。

程序，程序，多少不堪之事假汝之名以行！不妨看看温州市公路管理处的招聘“程序”是如何合法合规的。不错，“公管处没有参与招聘，都是温州市人事局统一组织”，但人事局的所谓“统一组织”，不过是先由公管处列明招聘条件（比如，温州市公路管理处原处长的女儿报考的那个岗位，招聘条件被精确细化为“1982年5月1日以后出生／全日制大学本科／旅游管理专业／鹿城区／女性／具有机动车驾驶执照”），经交通局审核，最后由人事局审批并招考。从表面上看，从公管处的申请到交通局的审核，再到人事局的审批，俨然一个完整的、合法合规的“程序”，实际上呢，这个“程序”完全是为公管处的“萝卜招聘”服务的，否则，交通局、人事局的审核审批程序，怎么会对那些“别有用心”的招聘条件一路放行呢？

现代法治文明和政治文明十分看重程序正义的价值，如果没有程序上的正义，要么根本无法实现实体正义，要么即便实现了实体正义，其结果也很不可靠。在机关事业单位的公开选拔、公开招聘中，无论你执行有关政策“严格”到了何种程度，符合程序都只是一个必要条件而非充分条件，符合程序并不意味着一定能够实现程序正义，更不意味着一定能够实现实体正义。“符合程序”绝不能成为一个挡箭牌，不能因为公开招考、招聘“符合程序”，就断定其结果一定没有问题。

某些地方和单位宣称公开选拔、招聘“符合程序”，仿佛只要“符合程序”，甭管他们选任录用了何等莫名其妙之人，别人都只有干瞪眼无话可说。岂不知，“程序”完全可能成为用人腐败的遮羞布，“符合程序”的选拔招录活动完全可能被人操纵、利用，成为“老子招聘儿子”、“你录用我的七大姑，我录用你的八大姨”的得力工具。新华社《半月谈》杂志曾发表新闻述评，通过考察安徽巢湖市原市委书记周光全、辽宁抚顺市原市委书记周银校等人大肆卖官鬻爵的手法，揭示了一些地方的公职人员招考和干部选任从表面上符合程序，实际上很多都沦为走过场，变成了“卖官书记”们控制之下的“程序空转”的真相。一般说来，干部公开选拔的程序，比事业单位公开招聘的程序更严格，前者尚且可能被人操控，成为一个“空转”的工具，后者如果被某些权势者掌控在手，自然更是难逃“空转”的命运了。

更何况，有些程序在设计理念上本身就是大有问题的，比如由利害相关部门自己组织招考，或者由少数人在小范围内推选少数人。在这样的程序设计下，越是严格遵守程序、符合程序，其结果只会离程序正义和实体正义越来越远。

无公开则无知情，无知情则无监督，只有通过全面、充分的信息公开，才能扯下一些地方和部门的那块“程序”遮羞布，才能让“符合程序”背后的事实真相大白于天下。当下之计，亟须将正在建立的官员个人有关事项报告制度，进一步发展成为官员个人有关事项公开制度，其中包括官员财产公开制度、官员配偶子女从业情况公开制度等具体制度。以建立官员配偶子女从业情况公开制度为重点，不断拓宽和丰富舆论监督、群众监督的渠道，才能防止官员利用权力为配偶子女从业提供特别庇护，遏制公开选拔、公开招聘中的用人腐败。

原载《北京青年报》2011 年 6 月 5 日

表决器里的民主含量

本文标题借用了3月15日《中国青年报》一篇报道的标题。这篇报道介绍了今年全国人大会议表决通过《刑事诉讼法（草案)》时赞成票、反对票、弃权票的票数，以及几名人大代表使用电子表决器表决法律文件的情况和感受。全国人大常委、中国人民大学教授郑功成认为，与举手表决相比，电子表决器更符合民主的程序，更尊重参与者自主选择的权利，因此全国人大将其作为进步的标志，坚持至今。

表决是决定公共事务的一种程序。在古代社会，人们曾用站立、喊话、鼓掌等原始方式进行表决，随着文明的进步，逐渐发展到举手、投票等比较先进的方式。1990年七届全国人大三次会议开始使用电子表决器，截至2010年，全国除台湾省外的31个省、自治区、直辖市人大会议中，有24个安装使用了电子表决器。与鼓掌、举手等传统方式相比，使用电子表决器进行表决有两大好处，第一是方便计票，避免计票中的失误或“暗箱操作”；第二是将表决者置于“秘密状态”，保证其表决出于自己的真实意愿，避免因表决信息泄露招致打击报复。人们一般更看重第二个好处，认为其充分体现了人大制度的民主含量。

也有研究者认为，人大代表的所有履职行为都应当代表选民的意愿，表决也不例外。一方面要尽量保证人大代表表决的秘密性、独立性，避免受到外部压力或打击报复；另一方面，也要让人大代表的表决为选民知晓，并受到选民的监督。为兼顾两方面要求，应根据不同事项适用不同的表决方式，人事任免和罢免表决因直接涉及具体当事人的利益，人大代表因表决行为遭受外部压力和打击报复的可能性较大，所以适合采用电子表决；法律草案、决议草案、重大事项的表决，不直接涉及具体当事人的利益，可以采用举手等公开形式。这种看法是有道理的。人大代表代表选民参政议政，应当具有一定的担当意识，如果人大代表的每次表决信息都高度保密，既不用接受选民的监督，也不必承担任何压力和风险，那么人大代表当得也太容易了。

我们说电子表决器能够为人大代表的表决信息保密，使人大代表不因表决行为受到压力、追惩和报复，这里面又分为两个环节。第一个环节，人大代表的表决，是在“赞成”、“反对”、“弃权”三个按键中按下一个按键，只要自己稍加“掩护”（比如像在取款机上输密码那样，用另一只手遮住表决器），这个过程可以不被别人看到，比较容易“保密”。第二个环节，电子表决器可以迅速统计全体代表的表决结果，同时是否记录了每个代表的表决信息呢？从常理推断，全体代表的表决结果是每个代表的表决信息的汇总，电子表决器既然能够统计前者，应该也记录了后者，而如果记录了后者，岂不是每个代表按的哪个键，投的赞成票还是反对票，最终都能“追查”到位吗？

在第二个环节上，如果人大代表的表决信息能被记录并“追查”到位，也就没什么“保密”可言了。江平先生在《沉浮与枯荣：八十自述》一书中回忆说，七届全国人大三次会议开始使用电子表决器时，有人大代表担心自己的表决信息能够被查出来，为打消代表的顾虑，有关部门安排电子表决器的总设计师林某接受记者采访。林某明确表示：“我可以负责地向全国11亿人民保证：谁也不能从这套系统里查出谁投的是什么票。”但有的人大代表还是不相信。有次开会进行表决时，发现每次投票都只有一个人投反对票，会务组觉得很蹊跷，上报上级领导，领导决定查一查，结果查出是廖承志的儿子廖晖。廖晖的理由听起来很好玩儿，却体现了一种极为认真的态度——他说他是有意为之，就是想看看这个表决器是不是真能反映他的意见。

后来，江平先生从人大常委会主管人员那里得知，电子表决器从技术上能够查出来谁赞成、谁反对、谁弃权，只是这种核查有非常严格的程序，原则上要经过很多层的批准才能进行。实际上，西方国家议会的电子表决器也是这样设计的，在这一点上他们并不比中国高明——西方国家议会采用电子表决器，原本主要是为了便于计票，“保密”的作用倒在其次，中国引进之后，大约因为担心表决行为的安全，我们有些人更愿意强调后一种作用。

在今年全国人大会议上，有一些人大代表并不十分在意电子表决器的“保密”功能，如全国人大代表、宁波市政协副主席范谊说，他不担心自己的投票被别人看到，他甚至希望有人因为反对票而来与自己沟通，“我正好当面问问他，也告诉他，我为什么投反对票”。以电子表决器为人大代表的表决信息“保密”，最大限度保证他们的表决不受外部压力或打击报复，是一种民主含量；在电子表决器的“保密”功能之外，或者说在电子表决器之外，人大代表公开自己的表决信息，公开表达自己对政治事务的态度，以实际行动对选民负责、对表决行为负责，同样是一种民主含量。

这两种民主含量，都承载着需要保障和珍惜的民主价值，都使我们对民主进程生发出更多的平常心。

原载《北京青年报》2012 年 3 月 18 日

第三辑　瞒和骗的游戏

唯美与造假

河南一名高考考生因貌丑被众多高校拒之门外的消息，成了今年新学期以来的热门话题。有的报章在报道这一事件时，还特地将该生的照片刊登出来，让人看了颇不是滋味。后来听说他第一志愿填报的某高校终于“开恩”录取了他，那么，这好歹也算一个大团圆的结局了。我要说，这件事反映出中国人的“唯美主义”倾向发展到了一个新的水平。

中国人的“唯美主义”是有悠久的历史渊源的。且不说女人的漂亮脸蛋是任何东西也无法替代的资本——荒淫君王为博美女一笑，不惜烽火戏诸侯，功成名就者携美女“乘扁舟，浮于江湖”，名流雅士“千金骏马换小妾，笑坐雕鞍歌落梅”，赳赳武夫“冲冠一怒为红颜”，单是刘邦手下那个幸运男儿张苍，本“坐法当斩”，且已“解衣伏质”，但因为天生一副美男胎，“身长大，肥白如瓠”，于是“王陵见而怪其美士，乃言沛公，赦勿斩”（《史记·张丞相列传》)，遂得以活命，就可以把我等笤帚疙瘩刻猴儿——人没人样、模没模样的丑男儿气个半死。

今天时代不同了，但不同的时代仍然可以有相同的时髦，“唯美主义”即为其一。想想也是，谁让你爹妈水平低，没把你给塑造得起码对得起观众呢？尽管你有自知之明，敬公关、海关、外语、经贸之类八面风光的专业而远之，但人家开放型的高校“外国人、外事活动比较多”，如果你被录取，让老外冷不丁撞见了，还不给吓得晕过去？还不给学校的改革开放造成恶劣影响？想开点儿吧，穷人的孩子早当家，貌丑的男儿要争气，凭着一副好皮囊就吃香的喝辣的，屁股扭一扭就往口袋里哗啦哗啦装银子，这等好事咱眼不见心不烦，这辈子就甭想了还不行？

近读贾平凹新著《白夜》，其中有个模特儿，体形健美，气质优雅，五官端庄（似有欧洲人血统），美艳绝伦，不但在模特队里高居榜首，就是在整个西京城里，恐怕也难得见到第二个。但是不幸得很，就是这样一个癫狂了无数男人的妙人儿，结婚后却生下一个“头发几乎没有，满身满脸的松皮皱着，单眼皮，塌鼻梁，一个眼角下坠，下嘴唇还是个豁豁”，满月后“一只眼角更斜，鼻子塌得差不多和面颊齐平”的婴儿。

这自然要引起她丈夫的怀疑了：“你这么漂亮，我也看得过去吧，孩子怎么这个模样？一个女孩子，即使没本事，长得好也一辈子会享福的。”由怀疑而裂痕扩大，终至离婚。直到丈夫看了她在街道办事处办理离婚手续时的谈话记录，谜底才被揭开：原来，模特儿生下来时“和这孩子一样奇丑，长大了谁也不喜欢”，“吃尽了人丑的苦愁”，“做什么事都比别人多付出十分的辛苦，得到的却是比别人少十分的回报”，于是发誓改变自己，偷了家里的存款跑到上海，找到最好的美容师美了容，“命运从此改变了”，“走到哪儿都有男人围着转，都献殷勤，一出台就有掌声，有鲜花”……被迫求美，被迫造假，其代价竟如此之高昂！

爱美之心，人皆有之，说的是实打实的外在美。而今是，外在美成了万能钥匙，成了登堂入室的通行证；其拥有者能轻而易举得到承认，能不费吹灰之力获取空前的名利。于是，不美的千方百计要变美，较美的要精益求精美上加美，包装，化妆，伪装，模仿，假冒，以次充好，以假乱真，无所不用其极。只要做工精细，手术高超，就不会有破绽，不会引起怀疑。于是乎，虽然空洞虚假，然而美丽动人，“模特儿”浓妆艳抹，粉墨登场，举手投足，挺胸迈步，成为引导舆论、主宰世界的大英雄。正是：

千教万教教人造假，

千学万学学做假人！

原载《浙江日报》1995 年 11 月 19 日

监督不是请客吃饭

眼下，关于监督的议论日见其多，“缺乏监督的权力必然导致腐败”、“领导干部手中的权力是人民赋予的，人民要加强对领导干部行使权力的监督”、“除了对领导干部工作时间内的表现要监督外，还要加强对领导干部工作时间以外活动的监督管理”之类的说法，人们已屡见不鲜，几乎不以为意。

道理讲来讲去其实很简单。据说古代自诩“受命于天”的皇帝老儿有时也会像模像样地号召臣下和老百姓“勤攻吾之阙”，今天的领导干部如果一概拒绝监督，那也实在太不像话。现在真正需要落实的只有一点：谁来监督？怎么监督？

北京一家大报刊登一篇题为《爱护我就请监督我》的文章，谈的也是对领导干部进行监督的问题。文章介绍说，某省一位县委书记上任以后，立即到县纪委申报了个人在外地的住房面积和装修情况，并请派专员核实。他还非常诚恳地说："一些市、县书记之所以因买官卖官而'落马'，主要是他们自身的问题，但也有监督不力的原因。你们要真心爱护我，就请认真监督我。"同时，他还要求全县各级干部，尤其是党政一把手都要欢迎和乐于接受监督。

文章作者希望，领导干部都能像这位县委书记那样，公开发布一则声明：爱护我就不要吹捧我，爱护我就不要糊弄我，爱护我就不要诱惑我，爱护我就不要收买我，爱护我就不要放纵我……因为"监督是爱护的更高层次，没有监督的爱护，不是真正的爱护"。

世上没有无缘无故的恨，也没有无缘无故的爱，人们对领导干部的"爱护"也当如此。领导干部是社会政治生活的组织者、管理者，是难得的人才，国家和社会当然要爱护他们，给他们提供健康成长的环境，创造英雄用武之地。但另有一些人也很"爱护"领导干部，对他们极尽吹捧、糊弄、诱惑、收买、放纵之能事，最终往往将他们拉下"水"，葬送了他们的大好前程。这些人当然可恶之极，但领导干部自己是不是也应该想想：人家为什么舍得花这么大的本钱来"爱护"你，还不是因为在你身上有利可图？而你竟然轻而易举就被人家"爱护"得乱了方寸，犯了错误甚至死到临头了，却怪罪于别人对你的"爱护"不得其法，是不是也忒虚伪、忒没出息了？

中国古代有个"受鱼失鱼"的故事说，有人了解到郑国的宰相喜欢吃鱼，便送了一些鱼给他，被拒绝。郑国宰相解释说："吾以食鱼，故不受鱼。受鱼失禄，无以食鱼；不受得禄，终生食鱼。"

（正因为我喜欢吃鱼，所以才不能收下你送的鱼。我要收了你送的鱼，便会丢掉官职和俸禄，你不会再送鱼给我，我自己也没钱买鱼吃；而我不收你送的鱼，能保住官位和俸禄，一辈子都有钱买鱼吃）今天的领导干部鉴于一些官员因买官卖官而“落马”的教训，认识到“你们要真心爱护我，就请认真监督我”的道理，其见识固然可嘉，但我看并不比当年的郑国宰相高出多少。

有一句大凡上了点儿年纪的中国人都耳熟能详的名人名言这样说道：“革命不是请客吃饭，不是做文章，不是绘画绣花，不能那样雅致，那样从容不迫，文质彬彬，那样温良恭俭让。”同样的道理，监督不是请客吃饭，不是做表面文章，不是为被监督者涂脂抹粉，不能那样被动，那样招之即来、挥之即去，那样一切从“爱护”被监督者出发，全心全意为被监督者着想。领导干部真要想不落马翻船，“终生食鱼”，无疑需要坚强有力的外部监督，但这监督不能靠领导者亦即被监督者的“请”、“要求”、“欢迎和乐于”，那样做本质上还是取决于领导个人的觉悟，还是属于“他们自身的问题”，是一种极不可靠的人治思路。

即以某省那位甫一上任就公开吁请“爱护我就请监督我”的县委书记为例，在现今官场的游戏规则之下，假如他迟迟不去县纪委申报自己在外地的住房面积和装修情况，县纪委也好，县人大也好，也断然不会有人对他说半个“不”字。真正的监督，必须像美国独立检察官斯塔尔“修理”前总统克林顿那样，是独立的，客观的，有法律保障的，不以某个或某些领导的觉悟和意志为转移的——不是你希望我监督你，而是我必须监督你，不是“你高兴让我来我就来，你不高兴让我滚我就滚”，“你让监督谁就监督谁，让弄多久就弄多久”，而是我不请自来，不期而至，甚至搞突然袭击，飞行检查，打你个措手不及，令你防不胜防，你想不欢迎和乐于接受都不行……

原载《检察日报》2001 年 7 月 4 日

“文物”的命运

人与人不同，花有百样红。一张原本毫不起眼的讲台，因为是“9 · 11”恐怖事件后美国总统布什在巴克斯代尔空军基地发表演讲时使用的物品，虽然曾一度被有眼无珠者当成废旧品以75美元的低价处理给一所乡村中学，但后来仍然被美国空军第八博物馆发现并收回，被放在“9 · 11”纪念展览的显著位置，以“展示空军基地在应对‘9 · 11’事件中的地位”。

据说，这张讲台一夜成名后，乡村中学炸开了锅，学生们无不以能一睹讲台的“神采”为荣，很多人都说：“我一定要碰一下它，我一定要接触一下历史。”

我不知道美国空军有几个博物馆，也不知道其他几个博物馆，以及空军之外的博物馆，是否会从这张讲台的非凡经历中受到启发，围绕布什总统在发表“第一次‘9 · 11’演讲”及“第N次

‘9 · 11’演讲”时使用过的讲台、麦克风、喝水的杯子、签字的钢笔、休息时坐的椅子……展开一场大规模的文物争夺战。但我的确知道，要搁咱们这儿，这种事情是很可能发生的。

中国是文明古国，也是文物大国，不但一向注意保护古代的文物，而且对当代的文物也青睐有加。我生性愚钝，对新事物以及被翻新的旧事物都缺乏敏感，但也不止一次耳闻目睹有人满腔热情地把秦砖汉瓦宋代钱币清朝石刻捐献给国家，更见识过一些能工巧匠自己动手制造当代“文物”的宏大场面，比如主题为“反对某某某”的千人签名横幅，声明要“学习谁谁谁”的万人倡议书原件，为支持某项活动而搜集的不多不少 2000 句祝福语，为庆祝某个盛大节日而特邀 80 名各界人士与数万名观众共同绣制的宽 5 米、高 4 米、厚 3 米的一个什么字，某房产项目于“成功跨入新世纪”之际制作的一个镀金楼盘模型，某要人在某大厦开业典礼上剪彩时用的大号剪子……

每当看到这些杰作，我都忍不住担心：我的同事小杨出生刚两个月的儿子用过的尿不湿，我家隔壁念小学的阿毛上课时偷看并被老师收缴的卡通画，我老家有个疯老头身上穿了二三十年从未洗过的那件臭不可闻惨不忍睹的破棉袄，等等，大凡伴随着张三李四王二麻子生活并“战斗”过的锅碗瓢盆笔墨纸砚之类鸡零狗碎，迟早也都是免不了要被当事者敲锣打鼓载歌载舞送到博物馆去要求收藏的。

记得是在去年，北京某区文物局搬迁，原先镇守在该局大门口的两尊明代石虎被遗弃在一个工地边的简易垃圾房里。文物局的人对记者解释说，“这两个石雕没有被遗忘，那个简易小屋是专门用来保存它们的，平时也可以堆一些废料”，“它们的学名叫石虎，产于明代，是从 ×× 墓地里挖出来，一般是大户人家用来看守墓室，辟邪用。至于它们什么时候、由谁运到文物局，已不太清楚”……

当时我马上想起另一件“文物”的遭遇：几年前我在中学教书，有天全校搞大扫除，有人在办公楼后面一个暂时堆放垃圾的角落里发现了一名高级领导干部在学校某年校庆时的题词。该领导的书法水平中等偏上，比较耐看，他也并未像后来的胡长清那样一夜之间身败名裂（胡长清任江西省副省长期间，频频在南昌各大酒店、商场、汽车站、夜总会、药铺题字，他倒台后，南昌市迅速刮起了一道“铲字风”），不过是因为当时已退居二线，不再是炙手可热的实权人物，其墨宝就不再被人顶礼膜拜，最终被扫地出门，沦为垃圾，着实可叹。

是的，无论中国还是世界，文物都还没有丰富到一不小心摔个跟头就能捞起一把越王勾践剑或苏美尔城邦黄金木柄镶银刀的地步，但是天可怜见，总不能什么玩意儿都当成文物供起来吧。我相信，只有那些对自己眼前的存在和身后的“英名”最缺乏信心的人，才会成天忙着炮制高大巍峨的当代“文物”，以图附丽于其上而不朽……

原载《北京青年报》2002 年 5 月 24 日

妖魔化官员的背后

以前人们常说“无商不奸”，现在有人则感叹“无官不贪”。关于“无商不奸”，恕我不便议论，单说所谓“无官不贪”，依我善良的本性、有限的见闻以及并不丰富的想象力，只能把它理解为论者对官员的一种偏见，或者用一个时髦的说法，是对官员的“妖魔化”。

有个跑到美国去待了段时间的记者回来后写了本书，叫《妖魔化中国的背后》，介绍美国媒体对中国进行“妖魔化”报道的情况。据说该书一度很畅销，至少对少见多怪的中国人而言，光书名就是一大卖点。这里不妨借鉴该记者的手法，分析一下“妖魔化官员的背后”。

妖魔化某某者，非某某对某某的妖魔化也，“妖魔化官员”云云，当指非官员对官员的妖魔化。非官员“不在其位，不谋其政”，所以对官员的酸甜苦辣缺乏切身感受，很多时候只能靠道听途说的传闻，凭着想当然的某种“规律”，来推断某官员的贪与不贪。这项工作有点儿像雾里看花，难免失真；又有点儿像古时的穷人想象皇帝“每天用金扁担挑水”，难免暴露出自己的鼠目寸光。总之非官员者、平头老百姓者再怎么妖魔化官员，其水平与危害性终究有限，有幸未被妖魔化以及不幸已遭妖魔化的官员，都大可不必一触即发暴跳如雷。

真正令人担忧的是来自官员的自我妖魔化，即官员自己站出来振臂高呼：“看吧，我们都是贪官，谁也不能例外！”熟读鲁迅作品的人，也许很容易由此联想到先生在《坟·写在〈坟〉的后面》中说的一段话：“因为从旧垒中来，情形看得较为分明……”

原广州市国土房管局副局长邓以铭，被检察院指控收受贿赂150万元人民币。他倒是个爽快人，对检察院的指控全盘供认，同时对自己的行为做出了更为爽快的解释：“当时有个风气，下属过年过节给上级送个红包很正常。”他的意思是，过年过节的时候，下属给上级送红包，上级收下属的红包，下属和上级都认为很正常，因为那已经蔚然发展成为一种风气、一种成熟的公关文化。

报道称，邓以铭自己交代，他收受的贿款一些用于资助生病或遭受台风灾害的亲友等，每次都是一万两万，还有就是一些同事出国时给他们三两千美元，其他大都用于个人消费。我建议检察院就邓以铭将所得贿款用于行贿的可能性进行调查，因为他既然认为自己收下属的红包很正常，那么，他肯定也会认为，自己作为下属向上级送红包同样很正常，毕竟他还只是一个市的副局长，官位还没有高到只有下属而没有上级的地步。

一口咬定上下级官员之间收受红包“很正常”，把那些不搞贪污贿赂的官员一棍子打入“不正常”之列，要是一个对官场不甚了解的普通老百姓如此胡言乱语妄加猜测也就罢了，作为官场中人的副局长邓以铭竟然也如此信口开河大放厥词，是不是对官员群体的无比恶毒的妖魔化？

然而邓以铭的心态在官场中远非个别。原浙江台州市委常委、宣传部部长苏建国，原天台县委副书记、县长梁峻，在担任相关职务期间，分别拥有 14 个和 6 个情妇，并多次进行嫖娼，接受色情性异性按摩。据两人交代，看到上级有关部门下发的领导干部腐化堕落受到惩治的“警示录”，看到那些比自己级别更高的干部犯了更严重的错误时，他们“忽然有了一种如释重负之感”，“想想现在社会大环境像一个染缸，官场中的人时有出现这样那样的问题，于是以此为自己平时犯下的错误寻找到了一种精神上的解脱，更加麻木不仁、积重难返。”

苏建国、梁峻从比自己级别高的官员的腐化堕落中寻找到了精神上的解脱，同理，某些级别比苏、梁二人低的官员，也一定可以从他们的堕落中得到解脱。这是“上级启发下级”，还有“下级启发上级”——上级认为自己制定的政策规章、下发的文件通知都是好“经”，但却被下面那帮“歪嘴和尚”念走了样，因此政令不能畅通，精神不能落实，中央的温暖不能送到田间地头，都是那些惯于瞒上欺下的中层官员、那些坏得一塌糊涂的基层干部惹的祸；唉，都说上梁不正下梁歪，但下梁要都是歪瓜裂枣，我这上梁就是一天24小时不吃不喝不睡觉也正不起来啊；既然下面全都麻木不仁、积重难返了，我在上面也只能有什么地栽什么花、开什么花结什么果、该干什么干什么了。

你看，非官员妖魔化官员，出了事的官员妖魔化没出事的官员，下级官员妖魔化上级官员，上级官员妖魔化下级官员，这样一路妖魔化下去，怎么得了？成克杰、胡长清等高级官员身败名裂、身首异处，创下了共和国诛杀贪官的新纪录，为什么连他们的下场都不能对苏建国、梁峻那样的官员产生警示作用？《中国青年报》在刊发苏、梁二人的报道时，制作了一个新闻副标题：《浙江两个省管干部腐化堕落的警示》，试问，既然他们未能从成克杰、胡长清那里受到警示，那么又有多少人能从他们那里受到“警示”？

弄到最后越来越糊涂了：国人近年来得以耳闻目睹诸多乱七八糟之怪现状，到底是官场内外某些别有用心之人齐心协力妖魔化官员的结果呢，还是苏建国、梁峻们已经彻底麻木不仁、积重难返，因而“洪洞县里全无好人”的真实写照？

原载《北京青年报》2002年6月14日

从好奇心到偷窥癖

每个人都有好奇心，每个人也都有偷窥癖。因为偷窥癖从本质上讲是一种好奇心。窃听器、针孔摄像机的大行其道，为某些人满足好奇心兼偷窥癖提供了强有力的物质技术支持。

在传统的认识里，好奇心可以强化求知欲，应当着力培养，大加鼓励；而偷窥癖患者以窥探、咂摸、渲染他人的隐私和阴私为乐，体现了一种阴暗而卑劣的心理动机，应当受到道德谴责和法律制裁。

从一般意义上讲，传统认识自有其道理。但就某个具体的问题或情境而言，好奇心和偷窥癖似乎又难以截然分开。同样是观看时装表演、汽车展览或游泳比赛，有人在欣赏艺术，有人想选购商品，有人为中国队能否夺取金牌而揪心，有人则聚精会神于女模特和女运动员的三围。至于那些用具有穿透衣物的红外线功能的摄影机将女模特和女运动员偷拍得体无完肤的“摄影爱好者”，要么是为了满足自己的偷窥癖，要么是为了满足别人的偷窥癖，总之，此辈是不折不扣的可耻的偷窥癖患者。

好奇心如果不受限制，很容易泛滥、堕落成偷窥癖；但好奇心如果受到太多、太严的限制，也很容易转移、异化为偷窥癖。前一点好理解，一个男人对一个女人的身体好奇，如果不受限制，他十有八九会选择对她施暴。后一点不大好理解——有人习惯于对另一些人的好奇心实施严苛的限制，也许并不是担心他们的好奇心发展成偷窥癖，而更多的是为了避免自己那些不那么伟大和光荣的底细被公开出来，成为公众监督、非议乃至嘲弄的对象。

说得更明确一点，我的意思是，如我等平凡而平庸的芸芸众生，只不过具有再正常不过的好奇心，而并非都是先天的偷窥癖患者。有的时候，与其说是我们在偷窥他人的隐私、侵犯他人的隐私权，还不如说是我们在努力争取满足一下我们那点儿可怜的好奇心。

美国总统在办公室和女秘书亲密接触，美国人民对他事后的暧昧态度很不满意，非要逼着他把事情的前因后果甚至每个细节都交代清楚，你能说全体美国人民都患上了不可救药的偷窥癖？而在我们这里，大贪官动用公款包养情妇，利用“职务之便”为情妇经商保驾护航，法院却以“涉及个人隐私”为由对大贪官进行不公开审理。大贪官的隐私权倒是得到了妥善保护，人民群众的好奇心却遭到无情的蔑视。这要是在美国，人民群众还不气炸了肺？

更多的时候，与其说是偷窥与隐私构成了一对矛盾，还不如说是公众的知情权与某些大人、要人的“隐私权”形成了尖锐的冲突。小到一个村的财务收支状况、一家单位的办公楼工程是否实行了规范的招投标，中到一个城市的机场高速公路为何超期限收费、某个不符合任职条件的高级官员的任命是怎样获得人大通过的，大到某个“功在当代，利及千秋”的重大工程的立项、某个事关国计民生的重要决策的出台，谁能否认，普通老百姓知晓并参与的成分少之又少。

不是老百姓不想知晓，也不是老百姓没有能力参与，而是他们的知情权和参与权受到了过多的限制。想想三年前的那一幕吧：安徽省委一个研究部门有几个年轻人，把中央有关减轻农民负担的文件编辑成册，经由合法出版社出版，在农村一路畅销。这原本是一件既宣传了中央的好政策，又满足了农民的知情权，既教育了农村广大干部群众，又有利于维护农村社会稳定的大好事，不料有人雷霆震怒，认为这是居心叵测，是要破坏来之不易的安定团结的大好局面，下令将该书紧急收回，对几个年轻人严惩不贷……

一边是法院要保护大贪官的所谓“绝对隐私”，一边就有各类官员的“花边新闻”在街头巷尾不胫而走；一边是媒体对某件大案要案讳莫如深，一边就有关于某某要员与该案件有牵连的“小道消息”满天飞舞。同理，公众实现知情权和参与权的渠道如果不够畅通，打听东家长、西家短，关心某个歌星是否得了艾滋病，刺探哪个演员和哪个大人物有一腿，就免不了要成了大家伙茶余饭后聊胜于无的一种智力游戏或心理慰藉。

这到底是好奇心还是偷窥癖已经不重要了，别让吃饱了喝足了今儿个真高兴的咱老百姓憋出病来，才是最最要紧的……

原载《周末》2002 年 11 月 15 日

第三种伪善

曾在一次座谈会上听到秦晖先生分析的两种伪善：第一种，坏人抬出美妙、高尚的名号，把自己打扮成好人，但暗地里干的仍然是坏事；第二种，坏人骨子里还是坏人，可是在社会整体制度文化与游戏规则的约束下，他无论打出什么旗号都无法再像以前那样得心应手地干坏事，于是只好违背自己的真实意愿，多少干几件好事混日子。秦晖先生的概括很精辟，令人备受启发，但同时我也隐隐约约感觉到，作为“万物之灵”，人的伪善肯定不止这些，肯定还有其他同样耐人寻味的表现形式。

与前两年高考结束后的情形一样，2002年的高考作文也成了媒体上的热门话题。“有一位登山者，途中遇到暴风雪，他深知如果找不到避风之处必死无疑。他走啊走，突然脚下碰到一个僵硬的东西，他扒开雪地一看，原来是一个冻僵的人，他心想：是救他呢还是继续前行？经过心灵翻江倒海的思量之后，他决定救这个人。于是，他脱下手套，开始给那个冻僵的人全身按摩。经过一番努力，终于把他救醒了。于是，两人搀扶着走出雪地。也许不是人人都能够碰到这样的生死抉择，但是我们生活中也会面临一些与触动心灵有关的选择，在这种情况下，我们应该怎样选择？为什么会作这样的选择？请以‘心灵的选择’为话题写一篇作文，范围不要超出这个内容之外。”这个题目刚一公布，我的两个朋友就气得不行，分别在报上发表文章，向命题者猛扣板砖。一个说，题目左一个“走啊走”、“心灵翻江倒海”，右一个“于是，他脱下手套”、“于是，两人搀扶着走出雪地”等弱智透顶的表述，简直是对考生鉴赏力的粗暴践踏。

另一个说，登山者自己已经处于极端危险的境地，如果选择救人，既花费时间又耗费体力，而且那个冻僵的人能否救活，即使救活能否站起来行走也是个未知数，“如果不救人，他自己还有比较大的生还希望；如果救人，最大的可能是同归于尽”。他断言这是一个虚拟的故事，“你能想象一个在严寒中冻僵的人，仅仅依靠按摩就能在同样的严寒中复活吗？你能想象一个刚刚还僵着的人立马站起来，而且还能与别人‘相互搀扶着’走出暴风雪吗？”很显然，命题者是为了配合当下如火如荼的公民道德教育，不惜“生编硬造出一个如此严峻的伪命题、一种模棱两可的选择，对十七八岁的孩子进行心灵测试和道德拷问”。

言为心声，命题者语言表述上的弱智，原来正是内容的严重虚假不堪在形式上的反映。你也许会觉得我那位朋友凭常理进行的猜测不那么可靠，但你如果不想和我抬杠，就得相信浙江医院主任医生郑海农先生从医疗科学角度进行的证伪。郑先生说，要抢救冻僵的伤员，绝不能贸然下手按摩其患部，因为那样不但不能解决问题，而且还会引起感染，造成皮肤破溃或坏死。正确的做法是，迅速将伤员移至温暖环境，脱掉（或剪掉）潮湿冻结的衣服鞋袜，用 35 摄氏度至 42 摄氏度的温水由低温至高温实施融化复温，至组织软化、皮肤转红为止，同时采取其他医疗处理。高考作文题目中那名登山者采取的急救方法，违背了医学常识，很容易误导公众，产生救人不成反害命的悲剧。

问题揭露到这一步，我还有什么可说的？人们当然不必怀疑高考作文命题者用高尚的精神鼓舞人、用坚定的信念塑造人的良苦用心，但无论多么高尚的精神和坚定的信念，都应当建立在真人真事的基础之上，符合历史和逻辑发展的科学规律，否则，鼓舞者、塑造者非但不能顺理成章地以情动人、以理服人，反而难逃弄虚作假、误人子弟之嫌。东西方哲学都注重“真、善、美”这三个基本范畴，它们的排列顺序从古到今几乎一成不变，原因就在于“真”是“善”和“美”的前提，即只有真的才可能是善的和美的(进而可以推论：只有同时是真的和善的，才可能是美的)，如果“真”的前提被取消或根本不存在，“善”和“美”也就无从谈起。鼓舞者、塑造者在满怀激情声泪俱下地对他人进行宣传教育的时候，照例是要先“摆事实”然后才“讲道理”的，事实越确凿，道理就越有说服力，论据越充分，论点就越显得无懈可击，所谓“事实胜于雄辩”，讲的就是这个道理。

特别地，在知识累积无比丰富、信息交流手段无限发达的现代社会，鼓舞者、塑造者面对的不再是一帮你说什么他就信什么、你给什么他就要什么的愚民、群氓，而是一个独立思考能力和自主自为能力都在日益增强的公民群体，由于他们已经具有从事实当中提炼道理的功夫，因此一般不大关心鼓舞者、塑造者最后讲的“道理”是否成立，而更看重鼓舞者、塑造者此前提供的“事实”是否真实无虚。请注意，无论何时，无论何地，无论是在高头讲章的豪言壮语中，还是在高考试卷的作文题目上，无论是出于无知，还是出于有意，只要像模像样地炮制了“全身按摩救醒冻僵伤员”之类的虚假事实，只要这种神话被人揭穿（这种神话注定了要被揭穿，只是一个时间早晚的问题），鼓舞者、塑造者就大有信誉扫地的危险。

企图在刻意虚构的“事实”基础上不断强化那些一贯光明而正当的“道理”，堪称坏人冒充好人、坏人违心干好事之外的第三种伪善。

选自《宁可信其有》，台海出版社 2003 年

弱者的“上纲上线”

大约是隔三岔五在报刊上发表几篇“愤怒文章”，被一些人想当然地当成了“反腐斗士”之故，时不时能收到各地读者寄来的上访信件。有的是希望帮着向“上面”递，有的是要求给予曝光。虽然并不一定都能帮他们做些什么，但上访信的内容还是要认真阅读的。

看得多了，发现了一个规律：上访者在陈述自己的冤情或列举贪赃枉法者的劣迹的同时，十有八九忘不了要给被举报者和被控诉者扣上一顶顶大得吓人的帽子，比如“党员干部队伍中的败类”、“破坏了地方的安定团结”、“违背了依法治国原则”、“违反了中央尊重知识、尊重人才的方针”，等等。这不，十六大刚开完，我收到的一封上访信中，已经赫然出现了断言被举报者和被控诉者“根本不讲‘三个代表’”、“严重败坏了社会主义政治文明”之类的语句。

上访者大都是弱者、被剥夺者，无事生非、无理取闹不符合他们的根本利益，所以对于他们反映的情况，我一向坚持认为，除了个别细枝末节的地方可能有出入，大的方面应该“宁可信其有”。但他们如此热衷于给人猛扣大而不当的帽子，无限上纲上线的水平几乎不在某些专以炮制假、大、空文章为职业的“刀笔吏”之下，却实在令人称奇。

我曾经采访过一位多次从南方来北京上访的老教师。20年前，一个什么学会出具了一份并无多少权威性可言的鉴定书，称这位教师的论文没有学术价值，教师所在单位的领导遂以这份鉴定书为依据，不再安排他上课，让他去办公室刻蜡纸。他当然不服，走上了漫漫上访之路。在上访材料中，老教师大段大段地引用中央领导的讲话，目的是想证明，他们单位的领导剥夺他上课的权利，严重违反了中央“科教兴国”的战略，阻碍了国家知识分子政策的顺利实施。他强烈呼吁中央领导就他的问题做出批示，责令有关部门展开调查，纠正他们单位领导的错误做法，恢复他作为一名教师的职务与荣誉。

我对老教师说：中央领导的讲话也好，中央某次会议的报告也好，里面提出的主张、强调的原则，都是着眼于宏观的角度和全局的意义，而不是针对某个具体的人或某件具体的事；您是一个具体的个人，您被单位领导剥夺了工作权利是一件具体的事情，具体问题需要用具体的办法加以解决，拿中央的“科教兴国”战略往上面套，不但显得远了点儿，更关键的是，您这样显得很软弱，根本吓唬不了任何人。您单位的领导完全可以说，我们一直都在不折不扣地贯彻执行中央的“科教兴国”战略呀，谁能证明 ××× 在我们这里就是“科教兴国”战略的代表，我们不让他上课就是不讲“科教兴国”啊？甚至您单位的领导还可以反咬一口，说您“不安心本职工作，长期无理上访，破坏了中央‘科教兴国’战略的实施，影响了 ×× 省的社会稳定”呢……

像老教师这样的上访者，终究是弱者、被剥夺者，拿口号当令箭，拉大旗作虎皮，就具体问题无限上纲上线，既不是他们的长项，从实际效果上看，也不符合他们的根本利益。上纲上线原本是中国人的一种思维惯性。当年上海有求爱不成的青年跳楼自杀，最后喊出的却是“誓死抗日”；“文革”时穷乡僻壤的老农吃了上顿没下顿，并不妨碍他在大会上振臂高呼“宁要社会主义的草，不要资本主义的苗”；都改革开放了，城里人冬天买大白菜，还要冠以“爱国”的名号；大学毕业生到西部大城市找工作，也喜欢在电视记者的话筒前高谈“以实际行动支持西部大开发”的重要意义。上访者紧跟形势上纲上线，以为口号的调门越高，大旗的色彩越鲜艳，就越能增强自己的底气，越容易引起“圣主明君”的重视，很难说不是某种传统思维的惯性所致。

其实，自古上访之难，难于上青天，有关部门如果真能关心群众疾苦，以事实为依据，以法律为准绳，不回避矛盾，不文过饰非，不敷衍推诿，不官官相护，具体地、切实地帮助上访者解决问题，那么第一，上访者的数量只会日见其少，第二，上访者也只会有苦诉苦，有冤申冤，而不会在四处碰壁、万般无奈、呼天天不应、叫地地不灵之际，内心的自信开始动摇，头脑里开始产生幻觉，希望通过口号的声讨、大旗的招展，挟“圣主明君”的声威，从“原则”和“战略”的高度对被举报者与被控诉者发动最致命的一击……

鲁迅说：“天下事尽有小作为比大作为更烦难的。譬如现在似的冬天，我们只有这一件棉袄，然而必须救助一个将要冻死的苦人，否则便须坐在菩提树下冥想普度一切人类的方法去。普度一切人类和救活一人，大小实在相去太远了，然而倘叫我挑选，我就立刻到菩提树下去坐着，因为免得脱下唯一的棉袄来冻杀自己。”(《坟·娜娜走后怎样》)提出激动人心的口号，谋划伟大宏阔的战略，与冥想普度一切人类的方法一样，肯定要比帮助一个饱受打压、走投无路的上访者解决具体问题，比脱下自己的棉袄去救助一个将要冻死的苦人来得容易。而眼下更要命的危险是：那些濒临绝望的弱者，也学会了娴熟地拿口号和战略说事；那些将要冻死的苦人，也对穿棉袄者“坐在菩提树下冥想普度一切人类的方法”的思路高度认同。

照这样一路上纲上线搞下去，真要解决弱者、上访者的问题，要救助一个将要冻死的苦人，恐怕只会是越来越烦难了。

原载《法律与生活》2003年第1期

卖淫嫖娼是什么

听说，在美国等一些西方国家，如果两个同性去宾馆登记住宿，会受到盘问甚至拒绝，因为宾馆方面会怀疑他们是同性恋。这是让中国人莫名惊诧的事。

在中国，情况正好相反，宾馆对同性住宿大开绿灯，对异性住宿则格外警惕，只要拿不出结婚证，住宿的异性就很可能要被认为是嫖客和妓女，不但在办理登记手续时会遇到麻烦，即便登记入住了，也面临着深更半夜被警察破门而入从被窝里揪出来验明正身的危险。

中国的这一套做法，在很多人看来似乎是顺理成章的——卖淫嫖娼么，是典型的社会丑恶现象，1949 年新中国成立后原本已经绝迹，后来搞改革开放，西方资产阶级生活方式乘虚而入，中国旧社会剥削阶级的腐朽思想沉渣泛起，卖淫嫖娼现象死灰复燃，不严惩不足以正风俗，不严惩不足以平民愤……严打、严惩自然要用非常之手段，包括对一同登记住宿的异性严格审查、严密监控，一有蛛丝马迹，立即格抓勿论，“依法”惩处。

记得去年有一男一女两个大学生恋人外出旅游，在宾馆同住一室，被警察按卖淫嫖娼的标准处以罚款，尽管两人对此不服，还有记者将他们的遭遇写成新闻，在报纸上为他们叫屈，最后也没见人家公安局公开承认说罚错了。

前两天媒体披露的一桩新闻更加邪乎：河南光山县某银行女职工李青，因借贷关系与该县个体工商户王强（男性）建立了良好的朋友关系。2002 年 7 月 10 日晚上，两人在县城关西街聚会，被民警严辉等三人碰见，被带回派出所隔离盘问。在对李青单独讯问的过程中，严辉使用暴力，迫使其承认与王强有性关系。此后，派出所不能认定王、李有卖淫嫖娼行为，将他们释放，但严辉仍多次逼迫他们交纳罚款，致使李青精神失常并服毒自杀。

表面上看，这起警察乱抓人、滥施刑、私自催逼罚款致人死亡的恶性案件，只是恶警严辉的个人行为酿下的恶果，但严辉是一个警察，他之所以能够对银行职工、个体工商户等普通公民产生如此巨大的威慑与恐怖作用，不过是因为他头上戴着大盖帽，身上穿着警服，手上拿着警棍，可以二话不说就把两个看上去“行为不轨”的男女带到派出所调查其卖淫嫖娼的嫌疑。各地屡屡发生处女被警察逼供“卖淫”、夫妻晚上散步被当成卖淫嫖娼之类的丑闻，可见依照对《治安管理处罚条例》中警察“法定权力”的某种理解，你，我，他，她，任何两个男女公民，无论是在商场购物，还是在公园小坐，还是在电影院看电影、在宾馆聚会，甚至只是一起走在大街上，只要两人的眼神有那么一点儿“不对”，或者神情有那么一点儿“异常”，都很有可能被怀疑为卖淫嫖娼，被限制人身自由，被罚款、批评教育甚至劳动教养。

请不要以为我是在危言耸听。也许你和我一样都是普通公民，都有过与异性逛商场、看电影或住宾馆的经历，而我们能够暂时免于李青、王强那样的命运，并不是因为我们与异性的交往比他们更正常，而不过是因为我们的运气比他们好，没有碰上像严辉那样的恶警罢了。

其实，按照严格的法律定义，卖淫嫖娼是一种很现实的、很容易被测定的具体行为，它应该同时满足两个最基本的条件——男女双方实施了性交合并达成了现金交易，否则，两个异性在公园、商场、电影院、宾馆等场合无论怎样亲密接触，都不能认定是卖淫嫖娼。而在实际操作中，有的警察以查处卖淫嫖娼为由对公民的行为横加干涉，已经远远超出了法律的规定。比如两名男女在夜总会里一起唱歌跳舞，或者同时乘坐一辆出租车在夜间出行，警察的做法通常是，将他们分开审问，如果双方都不能把对方的姓名、年龄、职业、居住地等情况交代清楚，就以卖淫嫖娼论处。这样做回避了对“性交合”与“现金交易”两个要件的查证，直接将陌生异性之间的交往与卖淫嫖娼完全画上等号，虽然减轻了警察的工作难度，但却使公民自由交往的危险大大增加。

请问，有哪一条法律规定陌生男女不能在公园、商场、电影院、宾馆出入？又有哪一条法律规定陌生男女在公园、商场、电影院、宾馆出入时必须向公安机关交代对方的姓名、年龄、职业、居住地等情况？就算两个陌生男女在宾馆发生了性关系，一方“事毕”给了另一方一笔钱，并且这两个要件都被警察“人赃俱获”，但是，假如他们两人是一见钟情，其中一方同意借给对方一笔钱，这样做又有什么不正常的呢？有哪一条法律禁止陌生男女一见钟情了？又有哪一条法律禁止一见钟情的男女之间发生借贷关系？警察如果认定他们是卖淫嫖娼，是不是侵犯了他们的交往自由？

有人也许要问：照你这样高标准严要求，人家警察还能抓嫖吗？的确，警察如果真正严格依法办事，在事实的每一个证据和程序的每一个环节上都精益求精，就不但再也抓不到那么多假的嫖客妓女，而且也再也抓不到那么多真的嫖客妓女。可是那有什么关系呢？我们是要“宁可错杀三千，不可使一人漏网”，结果导致人人自危、道路以目呢，还是要“宁可少抓三千，不可使一人蒙冤”？

少抓一两个真嫖客妓女，无非是派出所少收入一两笔罚款，但少抓一两个假嫖客妓女，避免“错杀三千”的悲剧，却能够很好地保障公民的交往自由，维护公民的基本权利，从根本上有利于社会的长治久安。两者孰轻孰重，岂非一目了然？

原载《法律与生活》2003 年第 10 期

良苦用心

十多年前，北京中关村一家高科技企业做过一个广告，广告词是“人类失去联想，世界将会怎样”。广告很成功，一时间，“××失去××，××将会怎样”的句式被人到处套用，以强调某某人、某某事之极端重要，仿佛离了他（它）地球就不转了。

《孟子·离娄下》说：“大人者，不失其赤子之心者也”，古巴国务委员会主席菲德尔·卡斯特罗就是这样一个“不失其赤子之心”的领导人。在6月23日的一次万人群众集会上，卡斯特罗发表热情洋溢的演讲，约两小时后，因“酷热和阳光猛烈”而突然晕倒。事后，卡斯特罗打趣说，发生这幕小插曲，“是为了看看（他死后）人民有何反应”。换言之，卡斯特罗是想看看，一旦“古巴失去领袖，人民将会怎样”。

据报道，在卡斯特罗晕倒后，电视转播的摄像镜头马上切换到台下的群众场景，一些妇女开始啜泣和痛哭，其他人大叫“菲德尔！菲德尔！”，并挥舞国旗。古巴外长佩雷斯立即接过麦克风，呼吁群众保持“冷静”，称卡斯特罗不过是因为酷热和近几日工作繁重而“短暂晕倒”。果然，十分钟过后，卡斯特罗再次出现在台上，亲自向群众解释说：“我没事，不用担心。我现在不能再讲，但下午我会继续。”

这也难怪，从1959年领导古巴人民推翻独裁者巴蒂斯塔以来，卡斯特罗一直是古巴的最高领导人，迄今已成为世界上当政时间最长的国家元首，他的健康状况不但让古巴人牵挂，也令全世界瞩目。也正是由于6月23日的晕倒事件，古巴打破了多年来不公开谈论卡斯特罗的“个人隐私”和身后安排的禁忌。一位名叫达莉亚·巴列的妇女引起了人们的注意，有人透露她就是卡斯特罗的现任妻子或伴侣。卡斯特罗几天之后在接受美国记者采访时，正式确认他的弟弟劳尔·卡斯特罗为古巴接班人，说劳尔是古巴仅次于自己的最有权威和最富有经验的人，身体也很健康，有足够的能力接班。劳尔今年70岁，比他的哥哥小5岁，现任古巴共产党中央委员会副书记和国防部长。

选定了接班人，如果卡斯特罗就此淡出政坛，以顺利完成权力交接，那么他的故事就因少了许多传奇色彩而不那么可爱了。为了向全国和全世界显示他的健康，7月26日卡斯特罗参加一次游行活动时坚持在烈日下步行了几英里；8月13日古巴举国欢腾庆祝他的75岁生日的时候，卡斯特罗更是前往委内瑞拉访问，参加委国总统查维斯为他举办的通宵酒会，次日与查维斯一道进入热带丛林，进行探险式旅行，并表示已准备好游泳横渡拉美第二大河——奥里诺科河。

古巴的宿敌美国向卡斯特罗发去了特殊的“生日祝愿”，美国国务院发言人皮克说：“鉴于卡斯特罗先生已经到了退休的年龄，我们希望他能很快引退。”记得鲁迅当年说，有人想他死，他偏偏不死，偏偏要每天吃鱼肝油，活得好好的，就是要让那些人不如意。不知道看到卡斯特罗仍然如此精力充沛、雄心勃勃，没有半点“提前”退休的打算，做梦都想让卡斯特罗早点走人的美国人该作何感想。

1989年6月16日，邓小平对几名中央负责人说：“现在看起来，我的分量太重，对国家和党不利，有一天就会很危险。国际上好多国家把对华政策放在我是不是病倒了或者死去了上面。我多年来就意识到这个问题。一个国家的命运建立在一两个人的声望上面，是很不健康的，是很危险的。不出事没问题，一出事就不可收拾。”（《邓小平文选》第310—311页）9月4日，他又强调指出：“一个国家的命运寄托在一两个人的威望上是很不正常的。”（第316—317页）卡斯特罗想必也意识到了这种“危险”，所以他一方面很郑重地指定自己的弟弟为接班人，一方面又要趁着身体还算健康，尽可能推迟权力交接的时间，以便用自己非凡的威望避免“一出事就不可收拾”。

古巴虽然是个小国，但领导人“是不是病倒了或者死去了”也事关“国家的命运”，因此卡斯特罗对自己的健康状况格外在意，“古巴失去领袖，人民将会怎样”，“人民有何反应”成了他无法释怀的一个“情结”。他是古巴人民的“赤子”，他的75岁生日被古巴报纸称为“所有人的生日”，那其实是一个相当沉重的节日；在他看似风趣幽默的言谈举止的背后，包含着一位耄耋老者的多少良苦用心！

选自《指名道姓——潘多拉酷评公众人物》，

台海出版社2004年

“看屁股行事”的悲剧

最新一期《南风窗》有一篇新闻分析，披露了安徽阜阳地区官场官德沦丧、群贪率兽食人的惊人内幕。除原阜阳市市长肖作新两年前被判处无期徒刑，曾任阜阳市委书记的原安徽省副省长王怀忠年前被一审判处死刑，以及曾任阜阳市市长的李和中，曾任阜阳市委常委、组织部长的韩希鹏，曾任阜阳市委常委、宣传部长、淮北市副市长的王汉卿分别在安徽几家法院受到审判之外，中纪委办案组向阜阳市纪委移交的一份问题官员的名单上，还有一串长长的名字：原阜阳市计划委员会主任燕广义，原市计委办公室主任张国强，原颍东区委副书记方广玉，原颍州区委副书记、西湖管委会主任王金海，原市土地局副局长张纯思，原市委秘书长张华琪，原颍东区委书记赵光席……据媒体此前公开报道，肖作新在监狱中招出的“黑名单”上有近 60 人，王怀忠在被捕后两个月内供出的官员已有 160 多名，结案之前这个数字还在继续扩大之中。

安徽阜阳地区官场的群体性堕落，在一段时间内，在一个地方构成了大面积、多层次、全方位的腐败现象。在笔者有限的见闻中，也许只有几年前广东湛江特大走私、受贿案（原湛江市委书记、副市长、海关关长，以及打私办、国税局、边防、公安、海警、商检、港务、船务等部门的负责人，一共有200多名领导干部卷入案件）、福建厦门远华走私大案（原公安部副部长，原福建省公安厅副厅长，原厦门市委副书记、副市长、政法委副书记、海关关长等一共600多人卷入案件）和辽宁沈阳腐败窝案（原沈阳市长、常务副市长、法院院长、检察院检察长、财政局局长、税务局局长、土地局局长、物价局局长、烟草专卖局局长、建委主任、国资局局长等均受到查处），方可与阜阳的腐败大案相媲美。

冰冻三尺，非一日之寒，阜阳地区形成如此深重的腐败黑幕，也不只是王怀忠、肖作新等几个头面人物胡作非为的结果。解剖一下王怀忠这只“麻雀”，或许能够找到部分答案。王怀忠本是一个孤儿，在政府和集体的抚养下长大成人，从一个小小的生产队记工员做起，先后担任村支部书记、乡镇党委书记、县委书记、地区行署专员，以火箭速度升任阜阳市委书记，直至安徽省副省长，仕途可谓一帆风顺。他的升官秘诀可以简单概括为两点，一是“政绩工程”，虚报数字，好大喜功，劳民伤财，竭泽而渔。他的一句名言是，“只要你能搞出政绩，就算你能，能上，但关键不是让百姓看到政绩，要让领导看到政绩”。二是“金钱工程”，即隔三岔五向上级领导进贡，这方面他不但勇于开风气之先，而且敢于加大投入力度。比如在他当行署专员时，上级某领导的儿子结婚，一个副专员送了5万元，另一个副专员送了10万元，他一出手就送了20万元。“政绩工程”在明处，“金钱工程”在暗处，一明一暗两个工程相互配合，为王怀忠织就了一张盘根错节、背景深厚的关系网，不但使他一路春风得意扶摇直上，而且还保证了他在阜阳再怎么折腾也平安无事。

以假冒伪劣的“政绩工程”换取上级的信任，以污秽不堪的“金钱工程”博得领导的欢心，这在之前阜阳官场几乎成了公开的秘密。《南风窗》的报道说，阜阳旧官场的游戏规则里没有同志，只有奴才，王怀忠文化程度不高，但他“对中国的干部体制研究得很深，比很多人都更明确地知道一条最基本的原理，即现行的干部体制，实际上是上面领导说了算。因此，攀交上级领导就成了王怀忠的头等大事”。奴才是没有操守和尊严可言的，他们的处世哲学是阿谀逢迎，唯上欺下，就像今年春节期间一条十分流行的手机短信说的那样：“单位是一棵爬满猴子的大树，向上看全是屁股，向下看全是笑脸，左右看全是耳目……”大大小小的王怀忠们拼命往上爬的目的，就是为了使自己头上的屁股越来越少，使自己屁股下的笑脸越来越多。王怀忠们相信，自己的前途和命运掌握在上级领导手中，所以自己必须对上级领导负责，向上级领导交代。他们整天堆出一副谄媚的笑脸，小心翼翼地看上级领导的“屁股”行事，而他们下面的“猴子”又学着他们的样子，一个劲儿地堆着笑脸向上面“猴子”的屁股上贴……

湛江、厦门、沈阳、阜阳等地腐败大案的惨痛教训，以及一些地方进行官员任前公示和扩大官员直选范围等改革实践一再证明，只有大刀阔斧地改革传统的干部管理和选任制度，强化普通公众在干部考核、选任、罢免等环节上的发言权和影响力，才能从根本上动摇王怀忠们的奴才哲学，改变他们的行为准则，避免“看屁股行事”的悲剧。

原载《天府早报》2004 年 2 月 15 日

一个精神衰竭的标本

据说世界之大，无奇不有。中国自上世纪70年代末进行改革开放，20多年来，中国人的生活经历了罕见的巨变。然而，对于广西玉林市兴业县高峰乡农民谢洪武，这20多年却完全是一片空白。

1974年6月22日，出身地主家庭、家徒四壁、沉默寡言的单身汉谢洪武，被怀疑私藏了美蒋飞机撒下的反动传单，被民兵扭送到乡派出所，很快被遣入看守所。此后，作为一名典型的“无案宗、无罪名、无判决、无期限”的“四无案件”的当事人，谢洪武在看守所一关就是28年，到2002年10月30日被无罪释放时，他已经成了一个弯腰驼背、丧失了说话和行走能力、患有严重精神衰竭症的老人。

28年的历史，与谢洪武开了一个残酷的玩笑。据说谢被抓后，由于亲属的家庭成分都不好，在村里也属于管制对象，故没人敢过问他的情况，这些年来，大家都以为他已经不在人世。现在他突然获得自由，重新沐浴到久违的阳光，但却精神衰竭，形同槁木，心如死灰，别说很难为自己28年的冤屈讨回公道（比如要求将有关责任人绳之以法），就算在家属和社会的努力下争取到一笔像样的国家赔偿，对丧失了自主支配能力的他也很难说有多大的意义。

一个人不幸落下严重的终身残疾，他的家人有时会产生一个绝望的想法：他这样承受一辈子的痛苦，真是生不如死。这种想法固然残忍，但从减轻他的痛苦的角度看，却也颇有些人道的意味。谢洪武的亲属以为他早已被那个时代吞噬，对他的生死早已麻木，而今谢28年的痛苦浮出水面，并且他的余生还要继续面临痛苦，而这些无疑也将给他的亲属带来莫大的痛苦，他的那个28年，确乎生不如死。他被莫名其妙关上28年，从一个“总是笑眯眯的”、“从来没有做过坏事”的健康青年，变成一个严重的精神衰竭症患者，这段生不如死的遭遇，就是一个中国公民精神衰竭的见证。

医学研究表明，管理着机体能量和资源的自主神经系统，在紧张、恐惧、焦虑等各种情绪状态下，一方面促使心率增加、血糖升高，另一方面也促使机体吸入更多的氧气，以便给脑和肌肉提供更多血液和氧，同时交感神经还释放出去甲肾上腺素，从而使某些血管扩张，增加该区域的血流量，以应付各种紧张状况。但最近有科学家发现，在强烈的情绪状态下，自主神经反应可能会走上另一个极端，即本该兴奋活跃的交感神经完全不活跃、不敏感，而处于一种抑制状态，导致心跳减慢、减弱，呼吸频率降低，血液中血糖含量降低，严重影响大脑皮层的正常工作，使脑功能趋于弱化，轻则引起人的注意和知觉范围缩小，言语不连贯、不规则，行为紊乱，重则不能保证脑神经的激活状态，导致“大脑空白”和精神衰竭。

28 年的关押生活，使谢洪武遭受的情绪刺激已经不能引起神经细胞的兴奋，大脑皮层长期处于抑制状态，除非像南非总统曼德拉、韩国前总统金大中和台湾作家李敖那样意志坚定的非凡人士，其他人如果也被关押十年二十年，恐怕都免不了精神衰竭的命运。

和其他精神疾病一样，精神衰竭也有轻重之分。谢洪武是重症患者，其他有的人则可能是轻度的患者。一个朋友到某国家级贫困地区采访，有一天傍晚，他看见一个村庄外面的大树下有一尊人体雕塑，心想这种穷得叮当响的地方竟然也有艺术品，真是难得啊！待走近一看，不禁大惊，原来那根本不是什么雕塑，而是一个三四十岁衣衫褴褛无所事事的村民，一动不动地立在那里！接下来的几天，他发现那里的人普遍目光呆滞、表情僵硬、行动迟缓，语言和思维能力相对低下。他们今天的精神状态，与谢洪武 28 年前被抓时如出一辙（大队民兵营长喝令谢洪武交出“私藏”的反动传单，谢洪武本来就不善言辞，是别人问两句才答一句的人，一下只能靠着灶台发呆。不由分说，民兵上前就把他扭了起来。）朋友给我们讲述他的采访见闻时，是把那里的人当成轻度精神衰竭患者的。他说在那样一个几乎被现代文明遗弃的穷山恶水之地，人们也许有过幻想，也接受过较强烈的刺激，但由于物质的极度匮乏，使他们的精神长期处于高度抑制状态，久而久之就发展成了精神衰竭。

还是这个朋友，所在单位的一个领导在班子内部斗争中失意，于是给每个办公室都散发了针对“一把手”的检举材料。“一把手”雷霆震怒，下令所有材料必须紧急收回。我这个朋友平时也算有点儿想法的人，但包括他在内，偌大一个单位，竟然没有一个人胆敢私藏半页材料，哪怕纯粹是出于好奇！可见我这个朋友的思想，并不比当年的谢洪武自由多少，他对贫困地区农民精神状态的分析虽然不无道理，但却并不全面，盖物质匮乏与精神衰竭没有必然联系。即便在实现了小康的城市，在享有报刊、电视、网络等现代资讯便利的知识之家，一个人如果处在强有力的信息灌输以及精神管制（如谢洪武当年之属于“管制对象”）之下，由于失去了对信息进行比较与判断、对思想进行选择与拒绝的自由，他也很可能被“羁押”成一个精神衰竭患者。

看看有些电视新闻吧，从清洁工人到售票员，从机关职员到大学生，从企业干部到个体经营者，无论是谈体会还是表决心，无论是学习谁谁谁还是声讨某某某，无不千篇一律、千人一面，你就什么都明白了。

选自《瞒不住了》，台海出版社 2005 年

记者节收到的短信

要不是一个朋友转发过来一条短信，我根本没意识到那天是记者节，是包括我在内的全国约60万“无冕之王”的节日。

是一条很有意思的短信：小时候把English读成“硬给利息”的人后来成了银行家，读成“因果联系”的人后来成了哲学家，读成“阴沟流水”的人后来成了艺术家，读成“硬改历史”的人后来成了政治家，你不小心读成了“应该累死”，所以你后来成了记者。祝节日快乐!

看完短信，我傻傻地握着手机发呆。银行家、哲学家、艺术家、政治家小时候各自对English的读法，确乎各有其意味深长之处，不过记者小时候把English读成“应该累死”，这个暗喻愚以为并不十分精当。世界上三百六十行，干活辛苦累得要死的岂独记者一家？至少我父母在农村脸朝黄土背朝天种了一辈子地，我老家的兄弟姐妹背井离乡到外地打工养家糊口，他们都比记者辛苦得多，但远不如记者风光体面，也没有什么“农民节”、“打工者节”可供快乐。又比如，城里开出租车的的哥的姐不辛苦吗？他们劳苦倦极，常常趁等红灯的工夫抓紧时间迷糊一会儿，就在记者节前一天，晚报上有条新闻，说一名的哥清晨七点猝死在驾驶室里……

故而，记者切不可以为自己是世界上最辛苦的人，即便真有记者不幸累死在工作岗位上，也不能说他就比那名猝死在驾驶室里的的哥更加死得光荣。记者的职业决定了，做记者就是吃苦受累的命，一个人若不能吃苦受累，他既做不了记者，也别想着能开出租或到农村种地混饭吃。

故而，一个真正的记者，最烦恼的不是工作太累太辛苦，反倒是有人不让他太累太辛苦。今年记者节这天，江西九江和河南郑州分别发生一起打记者事件；而此前不久，浙江台州市一名交警大队长率领数十名警察冲进当地一家报社，活生生把人家总编辑揪出来一顿暴打。此起彼伏的打记者事件，给今年的记者节增加了一丝别样的苦涩味道。与被打得头破血流奄奄一息的记者相比，其他记者的那点儿累算得了什么？

据我所知，对于阻碍国家机关工作人员、人大代表等执行职务的行为，《刑法》中规定有“扰乱公共秩序罪”可予惩处（鉴于一些地方频频发生袭击警察事件，有好事者甚至提议增设“袭警罪”）；对于妨碍司法机关工作的行为，《刑法》中规定有“妨碍司法罪”可予惩处；可是对于妨碍记者正常采访报道的行为，《刑法》

中却并无明确的说法。如果记者被殴打得很严重，打人者顶多算是犯下故意伤害罪，其妨碍记者采访报道和媒体舆论监督的行为，却很难受到追究。记者的身体或许不比国家机关工作人员、人大代表、法官金贵，但如果老像现在这样动不动就被人劈头盖脸修理一回，以后只怕新闻单位里连做那种捧臭脚拍马屁吹牛皮的歌德报道的人手也不够了。

呜呼，明年记者节的时候，但愿不要收到一条更加恐怖的短信，说小时候把一个什么英语单词读成“应该被打死”的人后来成了记者……

原载《济南时报》2005 年 11 月 17 日

论“言者有功”

最近读到田纪云撰写的一篇回忆万里的文章，其中谈到，1986年7月31日，万里发表《决策民主化和科学化是政治体制改革的一个重要课题》的讲话，指出：“我们应该广开言路，破除言禁，把宪法规定的言论自由切实付诸实施。堂堂十亿人口的社会主义大国，只要领导路线正确，政通人和，百业兴旺，是不会被几句逆耳之言或别有用心的人借某些问题的煽动搞垮的。”“过去说‘言者无罪，闻者足戒’。这是正确的，但还有点消极。积极的说法应该是：‘言者有功，闻者受益。’”

田纪云对万里的这篇讲话给予高度评价，称它“不啻于一声惊雷，振聋发聩，在党内外引起了广泛的强烈反响”。事实的确如此，即便在20年后的今天，万里的这些气势雄浑的论述，读来仍然令人动容。特别是他主张在“言者无罪，闻者足戒”原则的基础上，积极实践“言者有功，闻者受益”的原则，更是在认识论和方法论上具有重要的开创意义。

“言者无罪，闻者足戒”，语出《诗经·大序》“言之者无罪，闻之者足以戒”。中国古代有见识的政治家认为，包括各种批评意见在内的言论是无罪的，它们的作用在于给统治者（“闻之者”）提供多方面的信息，并让统治者引以为戒。既然这些言论不以吹喇叭抬轿子歌功颂德为目的，有的更是十分尖锐的批评意见，所以，它们注定了听起来不会那么温柔敦厚、熨帖悦耳，有时甚至会显得“居心叵测”大逆不道，但“良药苦口利于病，忠言逆耳利于行”，对于各种“攻阙”之逆言，开明的统治者不会闻过则怒一触即发，而只会虚心纳谏从善如流。

对于这一传统的政治智慧，中国共产党人给予了足够的重视。1944年，毛泽东在中共七大作政治报告《论联合政府》，将“有无认真的自我批评”视为中国共产党与其他政党相区别的显著标志之一。他号召全党“经常地检讨工作，在检讨中推广民主作风，不惧怕批评和自我批评，实行‘知无不言，言无不尽’，‘言者无罪，闻者足戒’，‘有则改之，无则加勉’这些中国人民的有益的格言……”（《毛泽东选集》第三卷，第1096页）尽管在随后的一些年代，“言者无罪，闻者足戒”原则屡遭破坏，但它在中国社会政治生活中具有的地位几乎是人所共知的。

从“言者无罪，闻者足戒”到“言者有功，闻者受益”，尽管只有个别字句上的差别，却体现了对于批评者的地位以及批评意见的价值的崭新认识。“言者无罪，闻者足戒”无非是说，批评者有权提出批评意见，批评的权利应当受到保护，无论批评得对不对，都不能以言治罪，但批评之后的效果如何，闻者是否“足戒”，是“有则改之”还是“无则加勉”，都与批评者没有关系了。“言者有功，闻者受益”则强调，批评的权利不但应当受到保护，而且还应当受到鼓励，无论批评者的态度如何，在客观效果上，批评者都能对被批评者起到监督、警示、补充、“锤炼”、“反证”等形式的制衡作用，实际上对于被批评者是有所贡献的，因此，被批评者应当特别珍视他人的批评，善于在被批评的过程中进行反思，从批评意见中受到鞭策、启发。在这里，被批评者既不应对批评者抱仇视的态度，也不应抱“随你怎么说”的无所谓态度，而应当将批评看成帮忙，应当对批评者抱感谢的态度。

批评意味着部分或全部不赞成，从这个角度讲，批评意见可以视之为反对意见，批评者可以视之为“反对派”。长期以来，由于不认真倾听并正确对待不同的意见，不重视“反对派”的声音和价值，动辄给“反对派”扣上“反动派”的大帽子，造成决策上、政策上甚至政治方向上的失误，这样的教训并不少见。而从“言者有功，闻者受益”的原则出发，我们就可以进一步明确，无论是在决策阶段还是在执行过程中，无论是在程序的意义上还是在实体的意义上，“反对派”的存在都具有天然的合理性与合法性。相反，“千夫诺诺，不如一士之谔谔”，千人一面，众口一词，踏破铁鞋也找不出一个“反对派”，那才是极不正常的，甚至是十分危险的。只有像法官尊重原告被告双方的意见那样充分尊重“反对派”的意见，或者像被（原）告反驳原（被）告的指责那样经受住“反对派”的“攻击”，才能使决策符合客观规律，符合民主化、科学化的要求，真正经得起历史的考验。

更何况，在有的时候，真理本来就掌握在少数派或“反对派”手里，如果把他们一概归入“反动派”之列，无疑要酿下严重的错误。

原载《重庆日报》2006 年 5 月 26 日

民企“原罪”背后的权力“原罪”

名列“2006 胡润百富榜”第 438 位的广东顺德金冠涂料集团董事局主席周伟彬，因涉嫌巨额偷税被刑事拘留。2006 年《福布斯》中国富豪榜首富黄光裕遭受“创业第一桶金”问题困扰。名列该《福布斯》榜第 183 位的北京物美商业集团股份有限公司董事长张文中正式辞职，配合中纪委对有关房地产事宜进行调查……最近一批民企富豪相继曝光，再次拽出民营企业家“原罪”问题大讨论。

所谓“原罪”，是指一些民营企业家的“第一桶金”来路尴尬，或者利用国家资源在短期内积累起令人咋舌的巨额财富。有人直接将他们的“原罪”视为经济犯罪，认为他们的原始积累是靠不同程度地损害国有资产得来的，把国有资产无偿或者用象征性的价钱转到私人名目下，变成私有财产，或者将集体经济半卖半送甚至无偿送给个人。几乎没有人否认民营企业原罪的存在，连几位一向形象良好的知名企业家也自曝家丑，如柳传志承认联想早年曾经赖过账、走过私；新希望集团总裁刘永好承认自己赚过昧心钱；重庆力帆集团董事长尹明善则坦言，自己对普通工人抱有深深的负罪感，整日如芒刺在背。

分歧出在如何看待并处理原罪的问题上。“清算派”要求，必须通过反腐败的形式，把被非法转移的国有资产或集体资产追回。“大赦派”主张对企业家实施“税收特赦政策”，因为“现在有相当一部分企业家惶惶不可终日，他们不仅想方设法在国外办绿卡，而且还在把资金转往国外”。此外还有“折中派”，呼吁“在有相应配套措施的前提下大赦”，云云。应该说，三派的意见都自有其道理，但现在问题的关键不在于富豪们是否有“原罪”以及有多少“原罪”，而在于他们当初为何会犯下“原罪”。

中国的经济改革，是在国有经济占绝对主导地位以及权力控制经济这一宏观背景下开始的，今天的民营企业家，一开始大多是被体制排斥的小业主或小老板，他们要想在那样一个夹缝中生存发展，谈何容易？一些“聪明者”想要先富起来，便去贿赂权力，靠权钱交易、钻制度和政策的空子，来取得在正常情况下不可能取得的社会资源和收益。尤其是当一个社会处于转型期，特权可能具有比单一计划经济体制下更加明显的诱惑力时更是如此。何况在改革的相当长一段时期里，不少人破坏社会的游戏规则并没有受到惩罚，或者虽受惩罚但得到的收益远远大于违法的成本。这就是寻租现象大量与民营企业有染的原因，是民营企业家“原罪”的制度根源。

民营企业是中国经济的“苦孩子”。好比一个大家庭，子女众多，家长偏爱老大、老二（国企），把绝大部分家产交与他们经营，却把其他孩子统统推向社会自谋职业，同时有意无意地放任这些“苦孩子”挖大家庭的墙脚。突然有一天，家长发现老大、老二没什么长进，其他“苦孩子”却靠着摸爬滚打闪转腾挪干出了大名堂，一个个富得流油了，尾大不掉了，不管不行了。怎么管？要把“苦孩子”们全都抓起来，严令他们把一分一厘都交代得一清二楚，而后依法严惩，该关的关，该杀的杀吗？这不但技术难度太大，执行成本太高，而且还可能打草惊蛇，驱使他们携款外逃，作鸟兽散。怎么办？

要言之，在中国经济转轨过程中，一些权力因素进入经济领域，使得社会财富通过权力以各种方式转移到少数人手中。从价格双轨制开始，到公司上市、国有土地进入市场，一些人既用金钱收买权力，又通过被收买的权力攫取财富，这两种方式糅合在一起，一批批富豪、大富豪由此产生。资本有原罪，权力何尝没有原罪；资本的来源缺乏合法性，权力的来源未必就有充分的合法性。比如某些官员，他们的权力来源就并非真的无可置疑，他们与那些富豪之间存在着这样那样的暧昧关系，足以使他们手中权力的“合法性”大打折扣。对富豪们的原罪实行无限追诉的结果，必然要追诉到他们犯下原罪时与之发生密切关系的权力者身上。这恐怕是更令人意外而尴尬的事。

不解决某些权力在握者的“原罪”问题，对民营企业家的“原罪”问题的任何追究，都可能是流于隔靴搔痒的表面文章。

原载《北京律师》2006 年第 6 期

谁统计了我的幸福

有一首曾经流行的老歌这样唱道："幸福在哪里？朋友啊告诉你，她不在柳荫下，也不在温室里，她在辛勤的工作中，她在艰苦的劳动里……"现在，"幸福在哪里"有了新答案：国家统计局局长邱晓华近日在新闻发布会上表示，今后中国将推出幸福指数、人的全面发展指数、地区创新指数以及社会和谐指数等新的统计内容，以适应中国经济社会协调发展、人的全面发展以及民生、人文等方面的发展需求。

邱晓华说得很形象："幸福指数"就是老百姓对自己的生活环境，包括收入、就业、保障以及自然环境的一种感受，"他觉得满意，幸福指数就上升；不满意，幸福指数就下降，就往低走"。也就是说，统计机关可以对老百姓对自己的生活环境的感受进行统计，统计结果可以显示，有多大比例的老百姓"很幸福"，又有多大比例的老百姓"比较幸福"，如此一来，则幸福她不在柳荫下，也不在温室里，她可以在统计机关的统计中，可以在统计结果的数字里。信息时代，数字化生存，满意或不满意，幸福或不幸福，原来是可以这样简单明白的。

统计机关对老百姓的幸福进行统计，欲得出可靠的、有价值的结果，应有两个基本的前提：第一，统计手段要科学，不能弄虚作假，不能随心所欲给数字“注水”或“缩水”；第二，被调查者对幸福的表述要真实客观。第一个前提是程序性的，主要是通过保证统计程序的公正以保证统计数据的真实。邱晓华多次强调，“中国近年来采取很多措施来保障统计数据的真实，很多方面已同国际接轨，并取得长足的进步”，我们可以相信，这第一个前提应该不成问题。第二个前提是实体性的，主要的问题也正出在这里，即被调查者的幸福感如何才能具有“可统计性”——可以被分割成许多项目、方面、指标，并被打上高低不一的分数。毕竟，幸福感只是一种感觉，它天然具有模糊、混沌的特点，你却偏要对它进行数学意义上的精确统计，就不担心“失之毫厘，谬以千里”么？

有人说了，统计幸福指数是一种国际惯例，难道外国人搞得，中国人搞不得？然而“国际惯例”也有不靠谱的，岂可一概而论。前不久，英国“新经济基金”联合该国“地球之友”搞了个《幸福星球指数报告》，对全球178个国家及地区进行“幸福”大排名，中国人的幸福指数排在第31位，在亚洲国家里仅次于越南人（第12位），比日本人（第95位）、韩国人（第102位）和新加坡人（第131位），以及欧洲的英国人（第108位）和太平洋彼岸的美国人（第150位）都要高得多。我愿意相信这个调查报告在程序上的真实性，但对其实体上的内容却实在难以理喻，我所能设想到的唯一可能，就是中国人因为长期习惯于“表态”（比如要“认真学习”什么、“坚决拥护”什么），所以比日本人、新加坡人、英国人等更善于表达自己的幸福感，或者说更乐于承认自己“幸福的生活比蜜甜”，此外岂有他哉？

事实上，中国人对幸福的期望值向来偏低，有时甚至低到了令人心酸的地步。作家刘恒把自己的小说《贫嘴张大民的幸福生活》改变成同名电视剧，播出后受到一些评论家的批评，说他的小说中的“幸福”原本只是反讽，电视剧中却被他“别有用心”地美化成为货真价实的幸福。其实刘恒很可能根本没这么多心眼，因为他认为幸福不是无情物，幸福更非奢侈品，“逛商业街最大的不幸福是什么？不是没钱，也不是丢钱，是憋了尿找不着厕所。一旦找着了，进去了，哗，你眼里和心里还有别的幸福么？……幸福就在身边，甚至就在身上，还瞎找什么呢？”在刘恒笔下的贫嘴张大民看来，人活着本身就是幸福，即便没意思也得活着，“别找死”，“有人枪毙你，没辙了，你再死，死就死了。没人枪毙你，你就活着，好好活着。”多好的老百姓啊，对幸福的感受多么纯真啊！在中国的“张大民”中进行幸福感调查，幸福指数不高天理不容。

“幸福的家庭都是相似的，不幸的家庭各有各的不幸”（托尔斯泰语），既有幸福指数，有没有“不幸指数”呢？正因为幸福是相似的，对幸福的表达和强化也大体相同，所以对幸福进行统计简单易行；而不幸者各有各的不幸，不幸者的表达总不及幸福者的表达中听，那么，有多少人愿意去倾听不幸者的表达？又有多少机构愿意去统计不幸者的感受并制作成“不幸指数”呢？这样，幸福指数尽管从老百姓中来，却很难回到老百姓中去，很难与老百姓的实际生活密切相关，于是，往往也就是一个指数而已。

原载《重庆日报》2006 年 9 月 15 日

多说民主的普遍性

几年前谢泳先生发表过一篇文章《多说民主的好处》，说“过去的知识分子多讲民主的好处，而现在的知识分子总讲民主的坏处，或者说，那时的知识分子喜欢讲民主的易处，而现在的知识分子愿意讲民主的难处”，“一说选举，马上就是‘总统做皇帝，议员变猪仔’，一说分权，就是天下大乱，等等”，“总是认为我们这里问题很多，这也不行那也不行，地大人多，教育水平低，人的素质差，等等。”近来读了俞可平先生的两篇关于民主的访谈录，很受启发，也很自然地联想到谢泳的这篇文章。

俞可平的第一篇访谈录，就是那篇著名的《民主是个好东西》，通篇以排比的形式论述了民主作为一个“好东西”的表现形态：“民主是个好东西，不是说民主什么都好。民主决不是十全十美的，它有许多内在的不足”；“民主是个好东西，不是说民主可以为所欲为，能解决一切问题”；“民主是个好东西，不是说民主就没有痛苦的代价……”文章既讲了民主的很多好处，也讲了民主的许多坏处，倘单看篇幅，讲民主坏处的地方或许更多，有的地方还讲得比较严重，如“民主可能破坏法制，导致社会政治秩序的一时失控，在一定的时期内甚至会阻碍社会经济的增长；民主也可能破坏国家的和平，造成国内的政治分裂；民主的程序也可能把少数专制独裁者送上政治舞台”。不过从总体上看，他还是在讲民主的好处——“相对而言，民主是人类迄今最好的政治制度。”

尽管如此，俞可平还是受到了李君如先生的批评，他的“好东西论”被认为“没有注意到民主的局限性”。李君如说俞是他的好朋友，两人后来就此观点交流过，“我和他谈了后，他又发了篇文章说：‘我讲民主是个好东西，但不是说民主没有问题。’这样，他就把话说全了！”不过俞可平在第二篇访谈录中表示：“我是一名政治学研究者，从获得政治学博士至今已近20年。我并不比别人聪明，当然也不觉得比常人愚笨多少……至于说我的文章‘没有注意到民主的局限性’，更无需我多说。只要看了文章就知道，通篇都在比较民主的优点与不足，有近一半的篇幅是讲民主局限性的。”仔细分析，李君如其实不否认“到目前为止，人类没有找到比民主更好的东西”，应该说这与俞可平的判断“在人类迄今发明和推行的所有政治制度中，民主是弊端最少的一种”是大体一致的，但他坚持认为“民主并不能说是个好东西”，只能说“民主是个不坏的东西”。“不坏的东西”和“好东西”是有区别的，李君如先生怎么都不愿意说民主有多“好”，而顶多只愿意说民主“不坏”，大约可算“现在的知识分子总讲民主的坏处”之一例吧。

俞可平的第二篇访谈录，结合温家宝总理近期的有关论述，进一步分析了民主和政治体制改革图景等问题。我以为，他的第一篇访谈录基本解决了民主的好与坏的问题，在此基础上，第二篇访谈录涉及民主的普遍性与特殊性的问题。就当下中国的现实而论，这第二个问题更重要，也更为迫切。

温家宝在《关于社会主义初级阶段的历史任务和我国对外政策的几个问题》（新华社北京2007年2月26日电）一文中指出：“科学、民主、法制、自由、人权，并非资本主义所独有，而是人类在漫长的历史进程中共同追求的价值观和共同创造的文明成果。”“社会主义制度与民主政治不是相背离的，高度的民主、完备的法制，恰恰是社会主义制度的内在要求，是成熟的社会主义制度的重要标志。”这就是说，科学、民主、法制、自由、人权既非资本主义所独有，也非社会主义所独无，而是具有普遍意义的普世价值。俞可平对此当有很深的感受，他列举了社会上对民主的两种误解，“有些人一提到民主就断定只有西方的模式，倡导民主就是倡导西方的政治价值；而另一些人则相反，一说中国特色的民主，就以为与其他模式的民主没有任何共同之处。”实际上，第一种误解可称“西方独有论”，第二种误解可称“中国独无论”（独有“中国特色”，独无“普世价值”），都只看到了民主的特殊性，而忽视了民主的普遍性。

正如现在一些人总是讲民主的坏处，所以谢泳呼吁多说民主的好处；现在一些人也总是强调民主的特殊性，所以我呼吁多说民主的普遍性。承认民主的普遍性，多说民主的普遍性，就是要明确民主的一些普遍规律和规范，并将人类社会共同追求的一些政治价值观和共同创造的政治文明成果作为民主政治的基本目标，“在现代条件下，民主政治首先意味着一系列保障公民权利的制度和机制，离不开选举、法治、公民的参与、权力的制约。”（俞可平）遵循民主政治的普遍规律，遵守民主政治的普遍规范，追求民主政治的基本目标，其结果将具有相当的普遍性、“共同性”，所以温总理说：“我们完全可以在社会主义条件下，建成民主和法治国家……这样做，就能使中国人民自己选择的发展道路在国际上得到更广泛的理解和认同。”

这样，多说民主的普遍性，多讲“民主属于世界，民主也属于中国”的道理，至少有两个好处。其一，防止一些人以民主存在特殊性为由，强调“民主为西方独有”、“中国发展民主政治就是全盘西化”，防止以“非民主化”而自闭于世界民主潮流。其二，防止一些人以民主存在特殊性为由，强调“中国的民主有中国特色，与民主的普遍规律无关”，刻意排斥民主政治应有的制度和机制，甚至给一些“伪民主”甚至“反民主”的做法（如演变成“集中第一，民主第二”或“只有集中，没有民主”的所谓“民主集中制”）也戴上民主的桂冠。

“我们不说民主的好处，也就没有资格说它的坏处”（谢泳），同样，我们如果不说民主的普遍性，也就没有资格说它的特殊性。我们当然不能忽视民主的特殊性，但现在多说民主的普遍性，对中国的民主政治建设没有坏处。

原载《唯实》2007年第6期

记者把市长弄得“不好意思”了

9 月 16 日至 22 日，首届中国城市“公共交通周及无车日”活动在 108 个城市同时举行。22 日早上，重庆市市长王鸿举步行至公交车站，与市民一起乘坐 465 路公交车。他上车后发现来了不少记者，忙说：“我坐车还引来了你们这么兴师动众，真是不好意思！”看到记者们又是记录又是拍照，忙得不亦乐乎，王鸿举说：“你们记者把我弄得不好意思了。”

一市之长坐公交车上班，一群记者前后簇拥着事无巨细有闻必录，市长先后两次表示自己“不好意思”，他这样说应该不是矫情。如果说王鸿举第一次说“不好意思”，多少带有对记者的一些歉意，觉得他们一大早来到公交车上恭候，采访完了又要抓紧时间写稿发稿，工作很辛苦，那么，他第二次说“你们记者把我弄得不好意思了”，恐怕就不无责备的意思了。你想想啊，市长坐公交车上班本来就不是什么大事，何况他还只是偶尔坐一回公交车，多少带有一些“体验生活”的意味，与普通市民每天都要挤公交车上班相比，与欧洲一些国家的总理、首相每天也坐公交车上班相比，王鸿举市长此举实在算不了什么，哪里用得着记者大张旗鼓采访报道呢？

王鸿举市长说，他自己以前曾坐过公交车，“觉得和市民们一起乘车，是一种非常愉悦的享受”。可见他虽然身为市长，也有着普通人的情感，也许在他看来，自己坐公交车上班，是“八小时以外”的私人活动，不应该像一些公务活动那样又是有专门人员陪同，又是请新闻单位派记者采访。领导干部的公务活动安排专人陪同和记者采访，尽管有时并非必需，但人们一般还是能够理解的；而如果把领导干部的私人活动也当成公务活动来安排，把市长坐公交车上班当成一个重要新闻来采访报道，同车的普通乘客看见了，报纸读者和电视观众看了，会怎么想呢？一种结果是，市长的这个私人活动，很可能被认为是在公开“作秀”，他具有的普通人的情感，也很可能被误解为官场中人的虚情假意。这对市长其实是很不公平的。

其次，市长大约还想通过坐公交车上班，了解一下普通乘客对城市公交的意见和建议，但是，记者们这么一弄，乘客们会感到现实的压力，觉得自己的名字要是上了报纸，镜头上了电视，那可不是闹着玩儿的，所以万万不能“乱说乱动”，这样一来，市长哪里还能听到几句真心话呢？类似情形并不少见。几年前国务院副总理吴仪赴湖南考察血吸虫病，一到基层，当地一些干部就将她团团围住，把前来反映情况的农民挡在人群外，吴仪只好高喊一声：

“干部们退下去，农民朋友们走上来。”这才了解到真实情况，及时拨付了专项救治款。吴仪坦言：“我现在最大的苦恼就是听不到基层的声音。”基层安排接待可能妨碍领导干部了解真实情况，弄得领导很苦恼，记者陪同采访也可能妨碍领导干部获取真实信息，弄得领导很“不好意思”。

当然，记者把市长弄得“不好意思”了，也不能全怪记者，毕竟这也是记者的工作，有时是他们必须完成的任务。关键还在于，我们一些媒体的新闻观念还没有转变过来，总以为只要市长省长亲自做某件事，就一定是大事、要事，一定不能有丝毫懈怠；而一些官员也把在媒体上露脸儿当做“政绩”，大事小事都要求记者随同采访。写到这里，我突然来个了“脑筋急转弯”——我们的记者为何不能发扬大清早赶到公交车上贴身采访市长亲自坐车上班“新闻”那样的敬业精神，把为一些领导干部写“起居注”的苦功夫、笨功夫用在对官员进行监督上呢？为什么不能像香港“狗仔队”穷追猛打名人明星的绯闻逸事和公共官员的“负面新闻”那样，跟踪采访某些官员开着公车到豪华饭店大吃大喝，或者乔装打扮到娱乐场所“潇洒走一回”的“绝对隐私”呢？

记者把一位谦和诚恳的市长弄得“不好意思”了，却对某些应当严加监督的问题官员不闻不问，我看真的应该好好换一下脑筋了。

原载《中国青年报》2007 年 9 月 25 日

不要患上“受辱妄想症”

一条据称是韩国《朝鲜日报》报道的新闻，说韩国成均馆大学历史系教授朴芬庆发表了一篇论文，考证出大约在公元前1000年，生活在朝鲜最南端、今之济州岛附近的古朝鲜人，曾组成军队为周朝作战，因战功显赫而被周文王封于孙（今河南省宜阳县境），其首领称孙伯。《翠亨孙氏家谱》二修一卷载：“吾姓系出周孙伯之后。”对广东孙氏家族聚居遗址的调查也显示，孙氏家族的生活带有明显的朝鲜色彩，并在原始的孙氏家族古籍中发现了古朝鲜文字转化的外来字。由此证明，孙氏起源于韩国，孙中山有韩裔血统。

这条新闻被中国媒体和网站转载后，在一些国人中引起轩然大波。据网易、腾讯两个网站的不完全统计，超过99%的中国网民对韩国表示愤怒。许多读者怒斥韩国人“无耻”、“无聊”，要求韩国“立即停止侮辱孙中山先生”。

韩国方面及《朝鲜日报》很快证实，他们从未刊发上述新闻，韩国成均馆大学历史系也没有叫朴芬庆的教授，可见，所谓“《朝鲜日报》：孙中山原来是韩国人”其实是一条假新闻。紧接着，中国媒体也迅速查明，假新闻肇始于一个网友在天涯社区上发布的一个帖子。但是，在众议汹汹、群情激愤之下，韩国方面的澄清，中国媒体对假新闻的追根溯源，都显得很不重要了。不但众多网民仍然沉浸于对韩国的愤怒之中，一些专家也认为，如果不是韩国人的某些行为（偷拍北京奥运会开幕式彩排、端午申遗等）毁坏了自己的声誉，如果不是中国一些人对韩国人抱有成见，媒体也就难以达到制造轰动效应之目的。

这就奇了怪了，明明是中国网友炮制了一条“涉韩”假新闻，明明是中国网络和媒体“栽赃”了韩国媒体，明明是一些中国人听风就是雨，凭着一篇尚待进一步证实的新闻就对韩国大加挞伐，真相大白之后，我们非但不进行深刻反省，不向韩国媒体道歉（尽管人家没有提出这个要求），反而将假新闻事件造成如此影响的原因主要归咎于韩国人，说什么他们先“干过一些让中国人不爽的事情”，“毁坏了自己的声誉”，然后才引得我们对他们抱有成见，因此难免做出过激反应。言下之意，所有的问题和纠纷都是由对方引起的，我们即使有一些小问题，责任也全在对方。某些国人能够把自己的责任推卸得一干二净，能够把道理讲到这个份儿上，真是够可以的。

在一些国人看来，韩国私人电视台 SBS 偷拍北京奥运会开幕式彩排，表明韩国在侮辱中国；中韩端午申遗之争韩国胜出，表明韩国在侮辱中国；韩国韩医协会提出将韩国针灸标准确定为世界标准，也表明韩国在侮辱中国；现在韩国大学教授居然说中国民主革命先驱孙中山有韩国血统，简直就是在挖中国革命的“祖坟”，是可忍孰不可忍？一些国人的神经敏感脆弱到了这个地步，一有风吹草动就觉得遇到了别有用心的“辱华阴谋”，就好像鲁迅笔下那个“怕得有理”的狂人，“早上小心出门，赵贵翁的眼色便怪：似乎怕我，似乎想害我。还有七八个人，交头接耳的议论我，张着嘴，对我笑了一笑；我便从头直冷到脚跟，晓得他们布置，都已妥当了”，“不然，那赵家的狗，何以看我两眼呢？”……

只要手里拿着锤子，就会发现到处都是钉子；只要预备了受欺负、受侮辱的心态，就会把周围每个人都看成是侵略者、侮辱者。从韩国针灸标准问题到中韩申遗之争再到 SBS 偷拍事件，中国人如果站在受辱者的立场，一定要说这些都是韩国对中国的侮辱，当然不难找出类似“赵贵翁的眼色便怪”、“赵家的狗……看我两眼”那样的证据。此处暂且不论，不妨单说所谓“孙中山有韩国血统”的问题。不妨设想，即便这是一条由韩国媒体发布的真新闻（指其来源为真，非指其传达的信息一定为真），也不过是报道了韩国学者的一个学术观点，其首先涉及的是事实判断而非价值判断，中国人如果提出异议，首先也应当就事论事，看看这个学者的考据是否全面翔实，推论是否合情合理。一上来就抛开事实的真伪不论，心急火燎地解读为韩国人“侮辱孙中山”、“侮辱中国”，还是手里拿着的锤子、心底里埋着的“受辱期待”在作怪。

老实说，假定“孙中山有韩国血统”的确是韩国媒体报道的一条学术新闻，从该新闻摘引的考证内容看，韩国学者的态度是比较严谨的，并没有超越学术规范进行“合理想象”或“借题发挥”的成分，如果不是拿着放大镜，从中看不出“侮辱孙中山”、“侮辱中国”的“敌情”来。我同意一位学者的分析：中国人也一向乐意与别国的名人攀亲认宗，韩国人潘基文刚当选联合国秘书长，就有中国人考证出老潘家源出中国河南，这不能说是对潘基文的侮辱，而是对潘基文表示敬重。同理，如果韩国人相信孙中山有韩国血统，其实他们也是在引以为荣，是对孙中山的友好表示。如果人家本来是要向我们示好，我们却视之为侮辱，这不是把好心当成驴肝肺吗？

无论是个人与个人，还是国家与国家之间，侮辱人格、国格都不是小事，所以需要认真、严格的审核和界定，不能说你一口咬定某人侮辱了你，某人就要背上“侮辱他人”的罪名，并因此在品德上、道义上陷于被动挨打的境地。好比你到法院去起诉某人侵害你的名誉权，法官不能只听你的一面之词，同时还要听取对方的辩解。假如一个人、一个国家是否受到了侮辱，其结论完全由他（们）自己说了算，那么，某些人不但能够轻而易举造成自己被侮辱的严重局面，而且更能以此为由，理直气壮地奋起还击，大张旗鼓地开展“反侮辱”行动——比如中国网民痛骂韩国“无耻”，讽刺韩国是“一个整容技术发达的民族，总想为其干瘪的历史隆胸”。

写到这里，忍不住要起“诛心”之疑：某些国人动不动就一把鼻涕一把泪地满世界诉说自己受到了侮辱，莫非是为了自己能够更加方便快捷地侮辱别人？

心理学上把那种没有客观依据、无法用事实说明而自己坚信不疑的病态心理称为“妄想”，其中妄想很固定、很有条理而其他症状不明显者谓之“妄想狂”。以此而论，那种整天不干正事，老是琢磨着“某人又说了我的坏话、某人又在侮辱我”的病态心理，可称之为“受辱妄想”或“受辱妄想狂”。一些人不但坚信“亡我之心不死”的帝国主义总是侮辱中国人，还不惜挖空心思炮制假新闻以为中国受辱之证据，而且在把戏被揭穿后仍然心安理得面不改色心不跳，真是病得不轻。

《孟子·离娄上》曰：“夫人必自侮，然后人侮之；家必自毁，而后人毁之；国必自伐，而后人伐之。”别人未必侮辱你，你却无端产生了强烈的受侮辱的感觉，岂不是典型的“自侮”、“自取其辱”？还是尽早从“受辱妄想症”中解脱出来吧，过一种真实轻松的生活比什么都强。

原载《经济观察报》2008 年 8 月 25 日

瞒和骗的游戏

鲁迅先生在杂文《论睁了眼看》中写道："中国人的不敢正视各方面，用瞒和骗，造出奇妙的逃路来，而自以为正路。在这路上，就证明著国民性的怯弱，懒惰，而又巧滑。一天一天的满足着，即一天一天的堕落着，但却又觉得日见其光荣。"曾经对先生的这段文字不甚理解，觉得他将"瞒和骗"概括为中国国民性的一大特征，实在有些言重了。然而，后来不断有严肃的事实告诉我，先生所言其实并不为过。

手头就有一个生动的案例：江苏省最近对南通市的启东、海门、通州等地的小康达标情况进行随机电话民意调查，这几个地方要求，受访群众必须按照事先统一下发的标准答案回答提问，如家庭人均年收入农村居民必须回答 8500 元，城镇居民必须回答 16500 元，"是否参加社会保险或保障"必须回答"参加了"，"对住房、道路、居住环境是否满意"必须回答"满意"。不少中小学还专门放假一天，让学生背熟答案协助家长应对电话调查。

这是一次典型的政绩造假行为。与以往许多地方屡见不鲜的政绩造假相比，如果说这次江苏启东市等地方有什么特别“创意”的话，那就是他们针对随机电话调查的民意采集新形式，采取了全体动员应对抽查、行政命令辅之以经济利益（按标准答案回答提问者，能获得50元至200元奖励或144元电话月租费）等新措施；但就激励机制和形成机制而言，两者却没有本质的区别，都遵循了“官出数字、数字出官”的内在逻辑与规则，此外并无更多新的东西。

一般认为，政绩造假是地方政府特别是基层政府为了追求政绩而“欺上瞒下”的行为，比如这次启东市等地方的造假，“欺”的是南通市、江苏省等上级政府，“瞒”的是下面的普通群众。然而，从中央部委到省市政府及有关部门，高级官员都是从地方和基层一步一步升上去的，今天一些基层官员搞假数字、假政绩，某些高级官员昨天在基层工作时未必没有搞过，他们不可能对这些弄虚作假的小伎俩一无所知，基层官员拿着假数字、假政绩来邀功请赏，高级官员其实多半都是心知肚明的，只不过是他们故意装作被欺骗而浑然不觉罢了。当启东市以高达94.8%的群众满意率，一举通过了省里小康达标认定的时候，“上面”的那些深谙基层实际的高级官员，未必不知道这个位居全省小康达标县市第一的数字是怎样得来的，但“上面”同样也需要这个数字，因为这同时也属于“上面”的政绩，在他们那里不存在戳穿假相的动力和积极性。

所以，地方政府、基层政府的某些官员大搞政绩造假固然可怕，但更可怕的是上级政府及有关部门某些高级官员的乐于被“骗”、知假信假乃至用假求假。你可以说基层官员用假政绩欺骗了高级官员，但高级官员明知基层官员送上来的是假政绩，却故意装出一副喜闻乐见深信不疑的样子，他们何尝不也是在欺骗基层官员呢?

再看地方政府、基层政府的“瞒下”。中国的老百姓一向很容易被瞒骗，久而久之也能生发出一些“反瞒骗”的智慧来，其表现之一竟然与“上面”的高级官员如出一辙，就是假装对自己被瞒骗毫无察觉，继续维持与瞒骗者的合作关系。进而言之，老百姓有时对被瞒骗未必十分抵触，他们甚至需要与基层官员合作炮制假数字、完成假政绩，一来通过这些假政绩，基层官员可能被重用、获升迁，当地百姓则可能多少分享到一些好处（如财政投入改善民生）；二来在合作造假过程中也可能获得一些小恩小惠（如百十来块钱的奖励）。老百姓明知受到了瞒骗，却违心地按照标准答案制造了将近100% 的群众满意率，这何尝不也是一种“瞒骗”行为呢?

地方政府、基层政府官员利用假政绩欺上瞒下，上面的高级官员和下面的老百姓反过来也对基层官员实行“瞒骗战术”，瞒骗者（同时也是被瞒骗者）与被瞒骗者（同时也是瞒骗者）都在瞒骗对方，也都知道对方也在瞒骗自己，却又都一个劲儿地揣着明白装糊涂，双方你追我赶，循环往复，一定要把这场历史悠久博大精深的游戏进行到底。于是，各色人等都如鲁迅所言，“更深地陷入瞒和骗的大泽中，甚而至于已经自己不觉得”……

原载《北京日报》2009 年 2 月 23 日

局长为何不“亲自”

针对网帖曝光的“瑞安市委书记两天三次开房”事件，浙江温州市近日公布了调查及处理结果：去年 11 月 23 日至 26 日，温州瑞安市委书记蒋珍明在杭州参加省委党校主办的一个培训班，陪同的司机李某某未经请示，以蒋珍明的名义先后在三家宾馆开房，“驾驶员李某某行为违反有关财务规定，责令瑞安市委办公室按差旅费报销有关规定予以纠正，并进行通报批评”。

温州市回应网络质疑及时有力，滴水不漏，据说获得了不少网民的认同，被赞为“政府部门以开放的姿态直面网民的质疑，相比那些对信息公开躲躲藏藏的做法，已有天壤之别……这种开放透明的态度，甚至比这件事本身更有意义”。这个回应岂止“比这件事本身更有意义”，我以为简直可以列入 MPA（公共管理硕士）教材的“政府危机公关经典案例”，供 MPA 学员及政府官员认真研习，活学活用，如果只是成为一条易碎的“豆腐块”新闻，那就太可惜了。

在温州市的这个回应中，看不到瑞安市委书记蒋珍明的任何过失和责任，所有“违反有关财务规定”的问题都出在驾驶员李某某身上。给人的感觉是，如果不把事实调查清楚，不把责任落实到驾驶员头上，一定会让广大网民和市民群众误以为，“两天开三次房”是市委书记蒋珍明的杰作，那蒋书记简直就是比窦娥还冤了。通过查清事实，落实责任，不但澄清了网民和群众的误解，维护了蒋书记的清誉，而且再次证明了一个颠扑不破的道理：绝大多数领导干部本人都是好的，绝大多数问题都出在领导干部的“身边人”（秘书、驾驶员等）身上，所以领导干部一定要管好自己的“身边人”，避免他们出问题给自己带来负面影响。

蒋珍明书记在省委党校参加培训，驾驶员以蒋书记的名义三次开房、为晚餐和商场消费结账，虽然驾驶员“未经请示”，但蒋书记能说自己对这些全不知情吗？如果的确不知情，那就是典型的没管好“身边人”，蒋书记应当承担管理不严之责；如果知情而未制止，那么“两天开三次房”就不是驾驶员的个人行为，而应当认定为驾驶员在替蒋书记办事，怎么能把责任全部推给驾驶员呢？或许有关方面也觉得，让驾驶员把“所有问题都自己扛”，对他而言的确有些不公平，所以在“通报批评”中隐去了他的名字——从另一个角度看，这个驾驶员其实算得上是“有功人员”呢！

终于明白某些领导干部为何干什么都要带着驾驶员了，也终于明白某些领导干部的驾驶员到底是干什么的了。有句话叫“关键时刻顶得上去”，领导干部不小心出了点儿什么问题，驾驶员就得义无反顾地“顶”上去——不但要“顶”上去替领导喝酒、打牌、健身、唱歌，有时还要“顶”上去替领导犯错误，如果上面追究下来，还要“顶”上去替领导承担责任。一句话，有驾驶员等“身边人”在，有些错误领导干部是不必“亲自”犯的，有些责任也是不必“亲自”承担的，毕竟是领导嘛，不能什么事都自己“亲自”办理，否则要“身边人”有什么用？当这个领导又有什么意思？

不由得想起了一个官场段子：晚饭后，局长先在办公室处理公务，让驾驶员替他把刚发的奖金送回家，并叮嘱不要让他母亲知道。驾驶员小心将钱放在内衣贴身口袋，到了局长家，悄悄问局长夫人：您婆婆在家吗？答：串门去了。驾驶员：那就好！边说边解衣服扣子。夫人惊呼：你要干嘛？别乱来！驾驶员：我给您钱。夫人：给钱也不行，我可没背着老公干过这事。驾驶员：是局长叫我来的。夫人稍加犹豫后边脱衣边说：王八蛋，这事也安排给别人干……

想想也是，就像“两天三次开房”事件被归罪于驾驶员而不是蒋珍明书记一样，笑话中的这个驾驶员如果真和局长夫人怎么样了，能让局长“亲自”替他承担责任么？

原载《杂文报》2010年2月24日

中国人的“坏脾气”

在报上读到一篇文章，说印度人的脾气格外好，比如两辆车在马路上发生剐蹭，两个司机既不会为此争执不休，更不会大打出手，而是大大咧咧地各自走开。作者感叹说，相形之下，中国人的脾气似乎越来越坏了。

说中国人脾气坏，既是相较印度人和一些发达国家居民的好脾气而言，也是相较“传统中国人身上那种温良恭俭让的君子风范”而言。作者认为，中国人的脾气并非一直这样坏，比如上世纪 20 年代，中国人的脾气竟然好到连来自大洋彼岸的大哲学家罗素都感动不已，说他从泰山挑夫的微笑中领略了中国文化的魅力，看到中国人的性情，并由此反省人生和幸福的真谛。然而，百余年来不断进行“文化革命”，直到否定一切、打倒一切、破除一切的“文化大革命”，将中国传统文化的命根子彻底割掉，有破坏而无建设，“最后伤及元气，毁弃人伦，动摇根本”，中国人也就逐渐变成了今天的坏脾气。

对于“中国人的脾气为何越来越坏”的问题，除了与一些外国人相比，与传统文化熏染下温良恭俭让的中国人相比，还应当有一个比较的维度，那就是具体考察当下中国人的生活状况。笔者经过长期观察，注意到一个特别的现象：那些脾气很坏、动不动就破口大骂乃至大打出手的人，有的虽然在体力、财富、权势上处于比较强势的地位，不惮于时时处处与他人较量、对决，但他们更突出的特征是敏感而脆弱，主要表现为对他人缺乏信任感，对周围环境缺乏安全感，总是担心自己可能受到侵犯、侮辱或剥夺，或者怀疑自己已经受到了侵犯、侮辱或剥夺，一旦有细微的风吹草动，他们就高度警惕，如临大敌，随时准备“自卫还击”或“先下手为强”，唯恐自己反应慢了一步，就成为被攻击、被欺负的对象，成为伤痕累累的牺牲品。

以两辆车在马路上发生剐蹭为例，先不论责任如何划分，涉事双方都会下意识地相信，如果自己表现得不够强悍，对方就会认为自己软弱怕事，没有经验，或者没有“背景”，就会想出各种办法，或者通过各种“运作”手段，在事故处理中得心应手地欺负自己。所以，涉事双方都会首先表现出强硬、不怕事的姿态，由于以硬对硬、互不相让，双方的情绪在碰撞、感染中不断升温，往往就发展到不可共存、必须决出高下的极端地步。其实，如果双方一开始都不那么敏感脆弱，都能对对方有一些最起码的信任，结果就会截然不同。

要消除敏感脆弱之人的被侵犯感、被侮辱感和被剥夺感，增强他们对他人的信任感和对环境的安全感，一方面，需要进一步深化各个领域的改革开放，依法惩处各种侵权行为，以法治维护公民权利，维护社会公平正义，通过外部环境建设改善个人的内心感受。另一方面，也需要通过改善每个人的内心感受，通过“内因”的变化来促进外部环境建设。前一方面的工作十分重要，后一方面的工作更容易被人忽略，因此应当予以特别强调。

为什么有人总是担心自己可能受到侵犯、侮辱或剥夺，或者怀疑自己已经受到了侵犯、侮辱或剥夺？为什么不能假设他人不会伤害我们，从而对他人和周围环境多一些信任呢？我想起了一名地产商提出的“假定善意”原则——先假定政府官员是善意的，相信企业不行贿也能做下去，这样做其实远没有人们想象的那么难，“你坚持向别人展示善，别人向你展示的也是善，这就是动力”。这个“假定善意”的原则，对于我们培养信任感和安全感，消除被侵犯感、被侮辱感和被剥夺感，或许是很有启发的。

你看，商人可以假定政府官员是善意的，相信企业不行贿也能做下去，所以首先不以恶意揣度官员，首先要立足于不行贿。一般人也可以假定他人是善意的，相信自己并不存在随时受到伤害的危险，即便发生特殊情况，也没有必要随时准备“自卫还击”或“先下手为强”。这样，当两辆车发生剐蹭，被剐蹭的车主就不必认定对方是故意在欺负自己，而完全可以像印度司机那样，以一句“老兄，你今天剐蹭了我的车，说不准明天我就会剐蹭别人的车哩”

和对方一笑了之；当饭馆里两桌客人偶尔一言不合，也完全可以相信对方并无恶意，互相宽谅可也，而万不至于立刻升级为一场你死我活的恶斗……

当然，“假定”的善意并非一定为真，如果交往对手确为善意，则假定成立；如果交往对手已有恶意，则假定不成立。如果是第一种情况，则我以善意待人，人亦以善意待我，良性循环顺利形成。如果（事后证明）是第二种情况，则我仍然要以善意待人，努力用我的善意去消融、改变对方的恶意。第一次、第二次也许会碰壁，甚至造成严重损失，但只要坚持向别人展示善，到了第三次、第四次，就可能使对方的观念产生动摇，开始减少直至消除自己的恶意，逐渐转变为以善意待我，最终仍然能够形成良性循环。

中国人的脾气很坏么？未必。真正“坏”的恐怕不是我们的脾气，而是我们对他人、对环境的先入为主的“假定”。我以恶意假定人，人亦以恶意假定我；我以善意假定人，人亦以善意假定我。前一种结果已有目共睹，何不努力争取后一种结果呢？

原载《北京青年报》2010 年 7 月 25 日

人会不会堕落得这么深

江苏新沂市日前就“宝马碾轧男童致死案”召开新闻发布会。办案人员解释了公众关注的几个疑点，认为宝马车碾轧前雷达曾报警，但司机在短时间内无法做出反应，第三次和第四次碾轧因司机错挂倒挡所致，司机下车检查后离开是前往报警，不算逃逸行为。此前，犯罪嫌疑人、宝马车司机伍某以涉嫌过失致人死亡罪被提请逮捕，该案已进入刑事诉讼环节。

一辆宝马车倒车启动，将一名3岁半男童撞倒，监控录像显示，宝马车随后又三次碾轧男童，当场致其身亡。9月7日发生在江苏新沂市某居民小区的这起交通事故，是一起令人无比哀痛的惨剧。案件曝光后，网上坊间一片哗然，众多读者、网友和作者迅速认定，这是一起司机出于“撞伤不如撞死”的考虑而故意杀人的典型案件，人们基于最基本的常识认知和道德判断，对司机肇事在先继而反复碾轧的行为予以愤怒谴责。

同时，也有一些作者和网友发表意见，呼吁新闻媒体和公众舆论保持应有的理性，不要轻率、冲动地认定司机是故意杀人。有法律人士认真研究了案发现场的视频录像，仔细分析四次碾轧的具体情形，认为第一次和第二次碾轧可能缘于司机的粗心与误判，第三次和第四次碾轧时司机正在下车查看，应当是车辆自行倒车或意外溜车所致，如果不能证明司机是出于非法剥夺男童生命的故意，就不能认定其为故意杀人。

另外，关于司机会出于“撞伤不如撞死”的考虑而故意撞人致死，有法律人士认为这只是人们的一种假想。因为在计算赔偿金额时，“撞伤不如撞死”只可能出现在少数严重致残伤害事故中，在绝大多数事故中，撞死肯定比撞伤赔的多。更重要的是，现在道路监控系统越来越发达，司机为了少赔偿而故意把人撞死，伪装的难度越来越大，被认定为故意杀人的可能性也越来越大，因此，这样做其实是得不偿失的。司机肇事撞伤人后，出于趋利避害的本能，或者是出于两害相权取其轻的考虑，不会选择故意把人撞死。有作者断言，“迄今为止，还没有一起被确认的出于‘撞伤不如撞死’考虑而导致的故意杀人案发生”。

新沂市“宝马碾轧男童致死案”被初步认定为过失致人死亡案件，而不是众多读者、网友和作者认定的故意杀人案件，办案机关表现出了应有的审慎与理性。此案最终的审判结果会是如何，目前尚难预料。不妨看看前些年其他地方的几起类似案件——

2005年12月27日，司机马某开着本田车在石家庄市青园街撞倒一名行人后掉转车头，对倒在地上的伤者进行二次碾轧，致其不治身亡。马某辩称：“不知道撞的是人，掉头返回是想看看撞的是什么，因车前挡风玻璃破损看不见而碾轧了被害人。”法院对此未予认可，以故意杀人罪判处马某死刑。

2006年4月4日，浙江台州某小区发生一起倒车反复碾轧行人致死案。肇事司机赵某辩称，他当时以为是碰到了垃圾桶，没有想到撞倒了行人，不存在碾人致死的故意。在赔偿被害人家属55万元后，赵某以过失致人死亡罪被判处有期徒刑3年。

2006年12月20日，四川都江堰发生一起奔驰轿车二次碾轧3岁男童致死案。肇事司机彭某辩称，撞倒孩子之后，他立即下车察看，又上车倒车，是为了想救出孩子，而不是要故意碾死孩子。在赔偿被害男童的父母30万元并取得原谅后，彭某以交通肇事罪被判处有期徒刑2年，缓刑2年。

在上述第一案件中，办案机关通过人证和实地测试，证实肇事司机马某掉头前已经知道撞了人，掉头返回时也足以看清倒地的伤者，所以对他的辩护理由不予认可。不过，如前面那名作者所言，法院并没有确认，马某掉头碾轧伤者是出于“撞伤不如撞死”的考虑。而在第二起和第三起案件中，办案机关经过严格的调查，基本认可了肇事司机自己辩护的理由，认为他们没有杀人的故意，碾人致死是由于粗心、误判、操作不当等因素引起的。

在上述几起案件中，受害者家属相信肇事司机是恶意碾轧，是为了减少麻烦、减轻赔偿而故意杀人，他们做出这种“先入为主”

的推断，旁人是不难理解的。肇事司机一方则竭力否认自己存在碾人致死的故意，这种辩解也是不难理解的。相应地，作为与受害者一方和肇事司机都没有直接利害关系的其他人，在缺乏足够事实证据的情况下，到底是应该相信受害者家属的推断呢，还是应该相信肇事司机的辩解？现在看来，人们一般更愿意相信受害者家属的推断，以至于石家庄“二次碾轧案”的肇事司机马某也说，“如果别人出了这样的事，我也不会相信他是无意造成的，现在证据对我很不利，有口难辩”……

然而，我们有没有想过，我们为什么更愿意相信“碾人案”司机一定就是故意杀人呢？我们是愿意看到肇事司机是一个罪不容诛的大恶人呢，还是愿意看到他是一个和你我一样的普通人，只是在交通事故中因过失而不幸致人死亡？也许，我们更愿意把有些人设想成坏人、恶人，而且要设想他们坏得流脓、恶贯满盈，以便舆论、道德和法律有足够的理由对他们实施最严厉的惩罚。然而，假如事实并非如我们设想的那样，这些人尽管犯有罪错，却算不上罪行滔天、十恶不赦，我们是勇敢地接受事实呢，还是坚持自己的设想不动摇，并继续呼吁对这些人认真调查、严惩不贷？

记得俄国作家契诃夫有篇小说《花匠头目的故事》，讲一个小城里住着一位医术高超、道德高尚的医师，“就连强盗和疯子都对他抱有好感”，不料有一天他被人杀害，凶犯很快被抓获。但是，人们怎么也无法相信，竟然会有人卑鄙到杀害医师的地步，最后法官似乎神志失常了，宣布凶手无罪释放：“他没有罪！我不能设想，世界上居然有人敢于杀害我们的朋友和医师！人不能堕落得这么深！”针对小城里人们的这种对他人（哪怕已经被证明是凶手）的绝对信任，小说结尾写道：“这种信心会在我们心中培养宽宏大量的感情，永远促使我们热爱和尊敬每个人。”

我们做不到像小城里的人们那样，无条件地相信“人不能堕落得这么深”，我们习惯于接受某些人“十恶不赦”的事实，为什么就不能接受某些人或许不至于“十恶不赦”的事实呢？我们能否怀疑一下：人会不会堕落得这么深？人会不会不至于堕落得这么深？

原载《北京青年报》2010 年 9 月 19 日

富豪征婚的异味

婚姻是人生大事，普通人如此，身家亿万的富豪也是如此。普通人因为普通，婚姻大事一般都由自己打理；富豪则不然，仅为富豪征婚一项，就发展成了一项日渐繁盛的中介产业。据报道，目前国内专攻富豪征婚业务的网站已有几十家，上海一家婚恋网站连续举办了五届“顶级私人派对”，从私人别墅、首席公馆、豪华游轮再到世博园芬兰馆，“门票”动辄十几万到几十万元，上座率有增无减。

富豪征婚是一场竞争异常激烈的“人才选拔”。征婚的富豪绝大多数都隐藏在幕后，而由中介机构作为代理，替他们在众多应征女性中进行不亚于帝王选妃的严格考核。广州某婚恋网站举办了一场“全球私人甄选佳丽”活动，为 18 名个人总资产逾 5000 万元的富豪在全球范围内征婚，一千多名单身女性参加广州地区第一轮海选，不少人刚进“考场”，就被判定为没有“旺夫相”而遭淘汰。

武汉举办的一场富豪相亲会，对应征女性的相貌特别要求“肤色一定要白皙，肌肉要有弹性，不能长痘痘和色斑，身材不能太瘦也不能太胖，要丰满匀称”，并且要求“气质要高雅”。湖北地区1500名应征者最后晋级者不到10人，她们还将与成都、重庆、长沙等地海选出来的女宾一起，经过面试、家访、才艺展示环节，入围者才能参加正式的派对，见到富豪的真面目……

从某种意义上看，成人征婚与动物求偶一样，都是希望用自己最视为优势、最引为自豪的东西去吸引、打动异性。比如，雄鸟在雌鸟面前尽力展现自己鲜艳的体色，表演各种复杂的动作，唱出动听的歌声，或向雌鸟炫耀自己的漂亮羽毛，以及冠、角、裙、囊等特殊的装饰物。体色、动作、歌声、羽毛或特殊装饰物是雄鸟身上的看点和卖点——它们不拘一格，丰富多彩，使雄鸟的求偶活动充满了多元的情趣。不同的是，在“全球私人甄选佳丽”、“顶级私人派对”之类的富豪征婚活动中，男性富豪一开始并不出面与应征者直接交流，即便最后与入围者面对面接触，他们也不会努力向后者展现多么复杂的“动作”和动听的“歌声”，他们身上足以百般夸饰、尽情炫耀的，只有一个单调而强劲的东西，那就是他们拥有的巨额财富。

富豪向应征女性同时也是向世人展示的只有财富，婚恋中介大肆渲染、轮番炒作的也是富豪的财富，在这般浓烈的氛围和逼人的气势之下，应征的女性和围观的世人在富豪身上看到的，也只能是他们的财富。在一场场赤裸裸的“财富秀”中，富豪们原本身为活生生的人的身份，却在不知不觉之间隐退了，他们拥有的财富却反客为主，一跃而成为秀场的主角；真正吸引、打动了应征女性，并傲慢地向她们提出“要有旺夫相”、“身高 1.65 米以上”、“年龄在 25—26 岁”、“身材要‘黄蜂腰、蚂蚱肚’”、“肤色一定要白皙，肌肉要有弹性，不能长痘痘和色斑”等严苛要求的，似乎已经不是富豪本人，而是富豪的金钱。富豪们既是高度自信的，以为凭着自己的财富，一定能娶到美貌贤淑的如意佳丽；但他们同时又是极度自卑的，因为他们没有雄鸟那样的求偶技巧，也难以放下身段，像普通人那样通过寻常的努力追求爱情。别无所长、“穷得只剩下钱”的富豪，只有寄希望于用钱“砸”出感情，用钱“买”来爱情。

一名报名应征广州“全球私人甄选佳丽”的姑娘说：“我并不是冲着他们是富豪而来，但我想一个人能创造出这样的财富，那么这个人的素质、涵养也就相对高，有一定的思想，可以进行交流。”这种看法似乎摆正了富豪与财富之间的关系，实则仍然陷入了“财富证明一切、财富代表一切”的误区。拜金主义者对于财富，永远都是只问结果不问过程，只问目的不问手段，在他们眼里，财富最大化是人生成功的唯一标志，其他如权力、学识、地位、人品、道德等指标，都只有转化为具体的物质财富，通过财富标准的衡量，才具有实际的意义。拜金主义者有所不知，不同的环境有不同的创富规则，不同的人财富的来路也有所不同，因此，一个人拥有财富的多寡与其素质、涵养没有必然的联系。而且，物质财富只是衡量人生价值的标准之一，也只是爱情得以成长和发展，婚姻得以建立和巩固的基础之一，除了看得见摸得着的物质财富，人生还可以有多样的色彩，爱情和婚姻还可以有无比广阔的内涵。

电视剧《手机》中有个名叫杨广生的“成功人士”，不堪自身财富的重压，患上了严重的强迫症，始终怀疑女人都是冲着他的钱财而来。结婚之后，他对妻子伍月严加防范，并精心预设了财产转移的程序，以确保如果离婚，伍月分不到分文财产。杨广生眼睛里只有自己的钱财，所以他坚信别人也都盯着他的钱财。同样，某些个打出“身家数亿”、“拥有私人飞机”的猎艳广告，立志在全国乃至全球大规模征婚的富豪，他们的眼睛里何尝不也是只有自己的财富，何尝不是坚信应征女性的眼睛也都盯着他们的财富呢？如果哪个女性有幸被富豪相中，与富豪结为连理，谁又能保证富豪不像杨广生那样变态，眼里只有钱财而没有女人，只把女人当成一台供其泄欲、为其生育的机器呢？

财富先是异化成了征婚富豪的主人，接着又主宰了应征者的思想和灵魂，这不是财富的过错，而是人的沉重悲剧。这种以财富为第一主角、参与各方都“见钱不见人”的富豪征婚游戏，从一开始就缺乏真挚的感情，缺乏人与人之间交往的诚意，即便征婚成功，也难以生长出真正的爱情和尊重来。

原载《北京青年报》2010 年 11 月 7 日

官话的“尾巴”

我这人反应慢，听别人说话，需要事后细细琢磨，才能有所领悟。去年这个时候，在报纸上读到某地一名主政高官对记者的谈话。这名高官显得很诚恳，针对外界有人说他干预司法审判、妨碍司法独立，他坦言：司法独立的问题，我是这么想的，打击黑恶犯罪涉及那么多案件，几百个案件，每一个案件都非常复杂，我不让他们（司法）独立也不行，我也没有精力去干预司法审判……

司法独立是法治社会的基本原则，中国也不应例外，包括党政一把手在内的任何官员，都没有干预司法审判、妨碍司法独立的权力。但道理如此，现实却未必如此，在一些地方和部门，主要负责人通过各种方式，为某一起或某些案件的侦办、审判把方向、定调子，甚至提出某人要判多少年之类的具体要求，并不少见。当然，在大小场合，这些官员必定旗帜鲜明地强调，我们高度尊重司法独立，绝不干预司法机关的依法独立审判，云云。

某地主政高官的答记者问，主要就是说他一向尊重司法独立，不干预司法审判。由于是现场答问，高官用的是口头语言而非书面语言，尽管他很注意措辞，也深谙新闻发言人的技巧，但毕竟来不及反复推敲精心加工，他的这番表述，多少能反映他的一些真实想法。他说："我不让他们（司法）独立也不行，我也没有精力去干预司法审判。"什么意思？某地之所以有司法独立，原来是这名高官"让"的结果，既然他可以"让"司法独立，那么他也可以不"让"司法独立。他之所以"让"司法独立，主要原因之一，在于他没有精力去干预司法审判，如果他有精力去干预司法审判，谁敢说他还会"让"司法独立呢？

至于"我也没有精力去干预司法审判"，其实是大可怀疑的。官员对司法审判的干预，并非是要干预所有案件的审判，打击黑恶犯罪涉及的几百个案件，主政高官自然不可能一一过问，但他如果有选择性地干预几个大案要案，这个精力还是有的。再说了，主政高官若要干预个什么，只需发个号令、使个眼色，下面的人自然忙不迭地抓紧贯彻落实，用得着他事无巨细亲自动手么？主政高官天纵英明，他一个人的精力的确有限，说他一个人"没有精力"去干某件事，这个不难理解，但若以此证明他从未干过某件事，却万难令人信服。

法治社会的理想状态是，一个地方的主政官员，能干什么和不能干什么，都由法律予以明确规定——严格说来，法律只需规定主政官员能干什么，为他列一个权力清单，规定他只能行使清单里列举的权力，就足够了。在权力清单之外的所有事项，比如干预司法审判，不"让"司法独立，无论主政官员是否有精力，也无论他是否愿意，他都不能做，否则就是违法，就要受到追究。当下的中国社会，离这个理想状态尚有百里之遥，在不少地方，主政官员能干什么和不能干什么，要不要干预司法审判，“让”不“让”司法独立，很大程度上不是由法律说了算，而是取决于官员个人的意志和观念，甚至取决于官员的人品和好恶。

著名改革老将、原山西长治市委书记吕日周说过，“只要一把手想解决的问题，没有解决不了的。”他的意思是说，一把手掌握着巨大的权力，只要他真心想为百姓办好事办实事，没有办不成的道理，一把手应该充分利用手中的权力，最大限度地为百姓解决问题。不知吕日周是否想过，一把手既然掌握着几乎不受制约的巨大权力，如果他利用权力来贪污受贿、坑害百姓、妨碍司法独立，一定也是“没有解决不了的”。吕日周卸任已有多年，现在回过头看，他应该能够证明，自己利用手中的权力为群众解决了不少问题，而没有用来贪污受贿、坑害百姓、妨碍司法独立，但其他官员就难说了。至少，假若有官员以自己“没有精力去干预司法审判”为由，证明自己没有妨碍司法独立，这样的逻辑是缺乏说服力的。

某地主政高官“没有精力干预司法审判”，恰恰证明了他干预司法审判之可能；一把手为百姓谋福利“没有解决不了的”，同时也足以说明，一把手若为自己谋私利，也是“没有解决不了的”。狐狸一不小心露出了尾巴，某些官员的文章、讲话、答问，也会在不经意间露出“语言的尾巴”，就看你能不能领悟了。

原载《杂文报》2012 年 3 月 23 日

还要把大学生“背”多久

一场暴雨，华中师范大学武汉传媒学院教学楼进出通道被淹，一些女生犹豫是否要脱鞋蹚水，保洁员吴秀英主动上前，将几名女生背进教学楼。该校一名教师刚好在场，将这一幕拍下照片发到微博，很快被转发几万次，在网上坊间引发热议。一家网站发起的调查显示，近九成网友认为，大学生应该自己蹚水去上课。有网友质问：“难道这是残疾人学校？为什么不能自己挽起裤脚蹚过去？”

先就事论事。综合媒体的报道，这起“保洁阿姨背女大学生”事件中，有几点颇值得注意。第一，保洁员吴秀英背进教学楼的第一个女生，脚上因故受伤，要蹚水走过通道确有困难，让吴秀英背她并无不妥。网友如果了解这个特殊情况，想必会宽容这名女生，将她与其他几名女生区别开来。第二，得知几名大学生被网友痛批，保洁员吴秀英一再强调，她背大学生完全是出于自愿，

“我是心疼孩子”——她自己有三个孩子，都已经成家，“我在这里天天看着这些孩子，就像看到我的孩子一样”。第三，最初那名拍照发微博的教师说，他原本想表扬一下保洁员，没想到引起这么大风波；华中师大宣传部一名教师说，网上对学生的批评过于严厉了，“吴秀英是发自内心地主动帮助学生，不知道为什么网友不弘扬善举，而是把矛头指向了被帮助的学生？”

从保洁员吴秀英本人，到被吴秀英帮助的几名女生，到学校的一些教师，都不觉得大学生让人背进教学楼有什么不对。其中吴秀英的心态最有代表性——她把这些学生当成了自己的孩子，她心疼孩子，“她们都跟我的孩子差不多大，孩子们怕冷，水又脏”，“我年纪大，不怕冷水”，就像父母背自己的孩子一样，吴秀英很自然、很习惯地背起了这些“孩子”。这是最典型的中国家长的心理——孩子小的时候，家长倾注全力，从各方面特别是物质方面，最大限度满足孩子的要求；等到孩子长大成人，在家长眼里他们仍然是孩子，仍然需要得到父母的悉心照料，从孩子上大学父母全程护送到学校，大学期间父母承担学费、生活费，到毕业后父母帮着找工作、找对象，买房时父母承担按揭首付，生孩子后父母帮着带孩子……中国的很多家长就是这样，一直把子女“背”在身上，只要自己还有余力，就要把这种责任和负担“背”下去。这与一些西方国家的家长只负责把孩子养育到 18 岁，不少孩子从此需要独立面对生活的压力（包括打工挣学费、生活费），独立承担对社会的责任，形成了鲜明的对比。

中国和西方国家国情不同，经济发展水平和社会保障水平不同，中国家长为已成年的子女提供物质上的支撑，帮助子女分担一些经济压力，有时确有现实的必要性。不过，中国的成人社会，习惯于将已成年的年轻人当未成年人看待，希望以各种方式把他们“背”起来，很多时候，其必要性却是值得怀疑的。另举一例：汶川大地震中，四川某中学一名教师不顾学生安危，自己率先跑出教室，受到舆论的猛烈挞伐。之后不久，某省教育部门发布高校教师师德行为规范，明文禁止教师“在危急情境下不顾学生安危抢先逃生”，提出对有严重失德行为、影响恶劣的教师，依法依规撤销教师资格并予以解聘。

这个禁止高校教师“先走”的师德规范，要求高校教师在危急情境下奋不顾身保护大学生的安全，其最大的问题在于，将大多数已是成年人的大学生，当成仍然需要全面照顾和保护的未成年人。实际上，由于是已成年人，大学生在行为能力上一般并不弱于他们的老师，有的甚至明显强于后者，无论是从“强者帮助弱者”的自然道德看，还是从尊重长者、尊重教师的社会伦理看，在危急情境下，都应该是大学生努力救助教师，而不应该要求教师反过来救助大学生。同样的道理，在华中师大教学楼进出通道被淹现场，严格说来，保洁员吴秀英和大学生的父母差不多大，作为长辈，她更应当得到大学生的帮助，而不应该让她去背已经成年的大学生。

保洁员阿姨“心疼孩子”，勇于助人，其善举应当大力弘扬，但弘扬善举是一回事，对问题的反思是另一回事，不能用前者代替后者。把已成年的大学生“背”起来，把已经就业、已为人父母的年轻人“背”起来，家长、学校、社会习以为常，大学生、年轻人受之泰然，这种社会心态和情态，未必透出了多么严重的现实危险，却总不是正常、健康的现象。毕竟，大学生、年轻人很快要成为社会的中坚力量，他们如果被“背”得太久，“背”人者不堪重负，被“背”者愈发娇弱，社会将何以支撑，何以承受？

原载《长江商报》2012年6月3日

“万民送官”何时休

万民送官之事，在中国史不绝书。古代官员离任时，常有老百姓“自发”聚集为其送行，有时还要向官员送“万民伞”、“清官旗”、“功德碑”，以表达对父母官的感恩之情、惜别之意。这类戏法玩多了，也难免露出破绽。清朝江苏巡抚张伯行，被康熙称为“天下清官第一”，离任扬州时万民相送，场面隆重之极。但康熙也很清醒，说“夫官之清廉，只可论其大者……张伯行居官亦清，但其刻书甚多，刻一部书非千金不得，此皆从何处来者？”

“送官”流风所及，至于近世——1922 年 12 月，日本从中国青岛撤军，当地一班人仿照“旧制”，也安排市民向日军送上“万民伞”（鲁迅《且介亭杂文 · 说“面子”》），如此万民相送，就是恶俗透顶的闹剧了。

今日之万民送官，仍不乏精彩的桥段。江苏泗洪县纪委书记王守权离任，该县宣传部一名干部发表一篇博客，记载了群众“自发”为王书记送行的感人情景，并附有群众送伞、撑旗、赠匾的照片。很快，网友发现了其中的疑点，所有的锦旗都按同一模式定制，“批发”的痕迹太过明显。河北张北县县委书记李雪荣离任，当地上演万人送行盛况，宣传部门主动发布“经核实”的声明，称送行系群众自发。但媒体调查证实，参与表演的秧歌队、锣鼓队事先接到街道办通知，被要求前去为李书记表演送行。最新的万民送官版本，出现在山西大同——原大同市市长耿彦波最近调任太原市委常委、副书记、代市长，一些大同市民聚集在市区东城墙广场、红旗广场等地，以签名、举横幅等方式希望耿彦波继续担任大同市市长。

据报道，耿彦波主政大同5年来，一直着力推进大同“一轴双城”的发展构想，力图把大同3.28平方公里的古城恢复到明代的格局，以东城墙外的御河为界，西边建设为旧城，东边建设为御东新区，目前御东新区已建成基础设施先进的新城雏形，古城历史风貌也初步显现。耿彦波离开后，留下新区“六大场馆”和古城在建工程等诸多项目，一些被拆迁居民尚未得到妥善安置。原来，大同市民以签名、举横幅等方式恳请耿彦波留任，并非衷心感念他的清廉与德政，而是担心他离任后，旧城新区的建设项目受到影响，居民的实际利益受到损害，因此希望他继续担任市长，避免人走政息。

大同的万民送官新版本，倒是确有一番新意，至少未显露人为组织、导演的痕迹，不过，其中又泛着几分难言的苦涩。多少年来，中国百姓的“清官情结”一以贯之，而今，百姓的期望值降得很低，人们对“清官”的认识，已经从“两袖清风、一尘不染”、“鞠躬尽瘁、死而后已”的圣贤标准，变成“只要能给百姓办实事”的常态水平。在不少人看来，一个官员多吃点拿点不算什么，给配偶子女安排个好差事，照顾一下亲朋故旧的生意，也不算什么，只要他能把手头该办的事情办完办好，能保证百姓的切身利益不受损害，就堪称百里挑一的清官了，百姓就要对他千恩万谢了。

较之王守权、李雪荣等被万民相送的官员，这次耿彦波面临着更大的尴尬，因为按照“旧制”的逻辑，万民相送已足以证明王、李等人是“清官”；耿彦波则不同，他似乎只有坚持留任大同市长，才能证明自己是“清官”，但在现行官员选任体制下，他本人显然是不可能这样做的。

“万民送官”戏法何时休？清官也好，贪官也罢，官员的真实面目如何，老百姓除了能感受些许表象，是难有更多知情权和决定权的。正如若批评不自由，则赞美无意义，若百姓无知情权、监督权和选择权，则无论是“箪食壶浆以迎王师”，还是扶老携幼送行清官，都不免陷于轻信与盲从。

在现代民主制度下，县长、市长这类地方主政官员，应当通过充分、有效的竞争程序，由当地民众选举产生。百姓只要能够选举主政官员，也就能够掌握主政官员的官帽，抓住主政官员的“鼻子”。主政官员如果清正廉洁、勤政为民，老百姓会视之为当官的本分，无需对他感激涕零顶礼膜拜；主政官员如果不干不净贪鄙成性，或者好大喜功劳民伤财折腾无度，老百姓也能通过弹劾、罢免手段将他“送”下台，甚至依法将他“送”进监狱，而不必担心拿他没办法。

老百姓既有权把官员“送”上官位，也有权把官员“送”下台甚至“送”进监狱，“万民送官”若能升级换代到这个水平，则百姓幸甚，官员幸甚，国家幸甚！

原载《今晚报》2013 年 8 月 14 日

第四辑　讽刺的尴尬

“告密”与“受密”

何满子先生在《文汇报》“笔会”版上发表文章《写一部〈告密史〉如何》，认为告密一事与“士风颓败、社会道德大滑坡”极有关系，读后很有同感。然则告密何以有如此神力，何先生文中语焉不详，故狗尾续貂，以期有所补证。

在中国，告密之风虽代代相传，但告密者也一向为人所不齿，就连小学生如果常向老师打“小报告”，也难免有被小伙伴们孤立的危险。人们痛恨告密者，害怕告密者，是因为“前后文献具在”，某人一旦被人告密，轻则被打入另类，不予“考虑”，重则身败名裂，不得善终。可是我们也要弄清楚，那些将被告密者打入另类甚至置于死地的人，却大多并非告密者；也就是说，告密者不过是起了一个“中介”作用，在他们的手上看不到被害者的淋漓的鲜血。

与告密者相对应的是“受密者”。一个巴掌拍不响，假如没有“受密者”，纵然告密者排起了长队，又有何用？只有“受密者”亲自动手，告密者才能间接杀人，在告密者与“受密者”这一对矛盾中，“受密者”显然是主要方面。如果说“密”是一种商品，告密者是卖方，“受密者”是买方，那么这一交易从来就是买方市场，由作为买方的“受密者”掌握主动权，他们说了话、点了头才管用。

细考何先生文章中列举的唐朝“大倡告密之风”，以及以1955年胡风案为代表的“阶级斗争”冤案，无不是上有求者，下必应焉，上有好者，下必甚焉。告密者只是“小鬼”，真正的“大佬”是“求密者”、“受密者”，他们为了残酷斗争，无情打击，为了打倒一批，扶植一批，只需一个眼神，一纸动员令，形形色色的告密者乃应运而生，为之欢欣鼓舞，奔走相“告”不已。

反过来看，其实生活中的“密”并非全都不可告人，“大佬”们也并不都是有“密”必受，他们很有点“拿来主义”的味道，能为我所用，则对告密者优待有加，否则，不是装聋作哑，对“密”视而不见，就是反而为被告密者支起保护伞，令告密者碰一鼻子灰。

东魏时，文武官员贪墨成风，老实巴交的书呆子杜弼对此很有意见，前往“神武帝”高欢处告密，不想高欢很不以为然：“天下浊乱，习俗已久。今督将家属多在关西，黑獭（指宇文泰）常相招诱，人情去留未定。江东复有一吴儿老翁萧衍者，专事衣冠礼乐，中原士大夫望之以为正朔所在。我若急作法网，不相饶借，恐督将尽投黑獭，士子悉奔萧衍，则人物流散，何以为国？”（《北齐书》卷24，《杜弼传》）以担心这些被告密者“流散”为由，继续放任他们胡作非为。

在山东泰安，曾经有个乡的群众集体到市委“告密”：“我们乡的书记乱向农民集资敛钱，弄得我们都没法过了。”当时的市委书记胡建学说：“你们都回去吧，感谢你们为我推荐了一个好干部！”后来，那个乡的党委书记果真被提拔上去了（《泰山作证——胡建学其人》，《中国青年报》1996年7月19日）……

关键不是要杜绝告密，而是要善于分析告密者所告之“密”，要建立一套规范的“受密机制”。所以，较之于《告密史》，眼下更需要写一部《受密史》，至少可以在《告密史》中专列“受密史”一章，予以重点论述。

原载《文汇报》1997年11月2日

英俊的丑角

按刘心武的分类，在中国当代文学的多元格局中，梁晓声属于新理想主义一元中的一个小元“平民理想主义”。这一分法无疑很有道理。春节前摆上北京书店和书摊的一本梁晓声新著《恐惧》，可以说是近年来梁著中最能证明他的“平民理想主义”作家身份的作品。

我似乎始终无法进入这个其实很是惊心动魄的故事，我只能一遍又一遍地阅读它。前市委副秘书长的女儿曹莳，天生丽质，不学无术，一度在高干圈里醉生梦死、放浪形骸。经过诸多波折，和不名一文然而金钱豹般相貌堂堂的水暖工姚纯刚结了婚。但后者不过是她的“临时丈夫”，她很快便“傍”上了一个丑陋不堪、腰缠百万贯的“大款”，继而又闪电般地“傍”上了一个拥有一亿多资产的超级“大款”。而就在她委身于超级“大款”的同时，姚纯刚也在一个偶然的机会里“傍”上了一个“又有别墅又有车，银行里还存着一个多亿一辈子也花不完的钱”的年轻貌美的女富豪……最后曹药将姚纯刚抛弃，后者把她的踪迹透露给百万“大款”，她遂被百万“大款”杀害；姚亦因“知情不报”与“间接同谋”罪被捕入狱，一日得知那女富豪乃境外一个前黑社会头目的情妇，已被黑社会杀手诛杀，他从此半痴半傻，成了一个废人……

作为立足平民的作家，梁晓声虚构的这个远离平民的故事再一次显示了他非凡的“现实想象力”，这种想象力曾在他的小说《浮城》中得到过淋漓尽致的发挥。在《恐惧》的世界里，我们看到的是曹药曾经置身其中的“贵族阶层”的糜烂生活，是曹药和姚纯刚的貌合神离、同床异梦的“临时婚姻”，是婚外恋的男女们成双成对前往“爱人楼”领取事实上的“结婚证”，是百万“大款”、亿万“大款”们猴子掰苞谷似的占有一个个美女，是一个个美女蜜蜂采蜜似的在“大款”群中来回奔波，是戒备森严、金碧辉煌的乡村豪华别墅里情妇、小蜜们和男性猎物的狂欢……梁晓声大段大段地挥洒着他的冗长而猛烈的评论，游刃有余地编织着一幕幕远比现实严酷得多的坚硬的情景，而丝毫不用担心普通读者对这些情景的陌生和怀疑。这是梁晓声的优势，甚至可以说是他的“特权”——别的作家有谁胆敢像他那样不事雕琢，不加节制，不收敛锋芒，不隐瞒自己的好恶？读者认可梁晓声的这种风格，就像认可他在不少中篇小说中直接以“作家梁晓声”的身份活动的习惯一样。一个作家能获得这样的“特权”和认可，与其说是因为他的作品，毋宁说是因为浸润于其作品中的人格力量——对梁晓声而言，这种力量有如一道道锋利的目光，从他那双枭鹰般的眼睛深处逼射出来。

为了金钱，女人不惜出卖自己的肉体；为了美女，男人一掷千金，无所不用其极。金钱和色相之间的交易，古已有之，本不足为奇。而梁晓声告诉我们，这种交易在今天有了新的发展。"现在全中国都在嚷嚷着、欢呼着，要进入一个商品经济的时代"（市委副秘书长语），"时代发展得太快了，'大款'们虽在不断地产生着，但似乎总比不上漂亮的乃至很漂亮的非常漂亮的女人们产生得多。他们是一个一个地产生着，而她们是一代一代地产生着。因为他们产生的基础乃是中国这个发展中国家的经济，她们产生的基础则是中国众多的家庭"。这种现实日渐使她们感到竞争的空前剧烈，因此她们的目的很明确——钱，"大款"们的"款"——而不在乎男人是否"美貌"。而男人在拥有金钱的同时也能够拥有漂亮的女人，他们得到的是双重的满足。以"英俊的丑角"姚纯刚为例，他瞄准的当然主要是女富豪的金钱，但如果"她从容貌到肉体也都奇丑无比，毫无女人的姿色可悦毫无女人的美点可言毫无女人味可恋的话，那么哪怕她是一位真正的女王，哪怕她将一座城邦一个国家给予他，他也是绝不肯做她的'生活伴侣'的！"如果说像曹药那样的女人为了金钱正在变得越来越极端和疯狂，那么像百万"大款"、亿万"大款"和姚纯刚那样的男人为了女人（以及金钱）就正在变得越来越贪婪和无耻！疯狂的女人和无耻的男人已经彻底堕落为金钱和色相的奴隶，我想象不出梁晓声会"开恩"为曹药、姚纯刚们设计另外一种稍微"仁慈"一点的结局。

曹药对女人和金钱的关系的深刻认识，得益于她的父亲、前市委副秘书长的谆谆教导，尤其得益于他向她推荐的一本书——左拉的《娜娜》。娜娜成了曹药的楷模，成了她的救星，直到她被百万“大款”折磨得奄奄一息之际，还发出了微弱的呼喊：“娜娜，娜娜，娜娜快来救我……”梁晓声把《娜娜》“借调”到《恐惧》中来，我不能说是一大败笔，但这样的处理至少不能算是成功的。且不说曹药和“从贫民区的垃圾堆里飞起来的苍蝇，带着腐蚀社会的酵素，落在这些男人身上，把这些男人一个个毒死了”的娜娜大不相同，单是这样的“事实”本身就难以令人置信——在如此极端疯狂、如此贪婪无耻的社会情景之中，早已不是“处女”的曹药还用得着《娜娜》之类既非畅销也不耐读的纯文学经典来开导么？然而我们没有理由不原谅梁晓声的这种不免牵强的处理，他对他的《恐惧》肯定寄予了当年左拉对《娜娜》怀有的那种希望。

面对金钱和色相的交易中包含的嫉妒、荒淫、自卑和兽性，面对这些“腐蚀社会的酵素”、这些“英俊的丑角”给人们带来的恐惧，梁晓声忍无可忍，以《恐惧》大发警世之疾呼，听者无不为之动容。这是典型的梁晓声的方式，也是他在今天中国文坛和中国社会中的独特价值。

选自《英俊的丑角》，黄河出版社 1999 年

“革命公司”的末路

一家搞软件的公司，前些时候花了上亿元资金，发誓要将《学习的革命》一书发行1000万册，据说很快就卖出了300多万册。后来他们再接再厉，又隆重推出了一本《学习化中国——你说我说〈学习的革命〉》。如果说，第一本《革命》还多少展现了“革命公司”的不凡眼光和胆略，那么，这第二本《革命》则似乎预示着该公司的“革命”已经走到了尽头。

我虽不敏，却经常能体会到一种“幸亏没有上当”的快感。这次也不例外。当“革命公司”开动所有的宣传机器，声嘶力竭地吆喝得震天响，俨然一副谁要不买他们的账谁就注定了要成为21世纪的弃儿的架势之时，我只是偷偷摸摸跑到马路边的一个很不起眼的小书摊，拿起一本《学习的革命》胡乱翻了几页，就果断地放下了。

我不是唯国情论者，但那些“数字化到了牙齿”的老外的学习经验和方法，对我这种每天不过在网上浏览一下新华社通稿的人到底能有多大用处，我自己肯定比那家“革命公司”、比那个在电视上煞有介事地宣称“能改变你的一生”的大牌导演清楚得多。都什么时候了，光凭着嗓门大就想让人掏钱，也太可笑了。

但人家毕竟连推带搡卖出了300多万册，不光令我这样冥顽不化、不思进取的保守派羡慕不已，连《学习的革命》一书的原作者戈登·德莱顿先生也惊讶得目瞪口呆。他在接受中国记者采访时明确表示：这本书是一个典型的西方版本，采用的数据和实例均来自互联网十分普及的西方发达国家，其实践对象也主要是西方国家的读者。他还说，书中所谓“在4至8周掌握一门外语”，主要是针对欧洲人而言的，比如母语为英语的人学法语，或母语为法语的人学英语或德语，因为他们有共同的语言体系；至于欧洲人在那么短的时间内学会汉语或日语，或者让中国人学会英语，“目前还没有这方面的成功例证”，“中译本显然照搬了这条广告语”。面对国内评论界的非议，“革命公司”的人士一概斥之为“不懂”、“浮躁”，莫非在他们眼里，该书的原作者戈登先生也是一个“还没有吃透就大加批判”、“在鸡毛蒜皮的小事上纠缠不休”的无理取闹者么?

听说“革命公司”斥巨资推广《学习的革命》，其醉翁之意根本不在“革命”，而在于借此扩大知名度，为公司的上市作铺垫。这原本是无可厚非的，现代社会么，大街上卖烤白薯的也会冷不丁大吼一声，一则打发无聊，一则也制造点儿轰动效应，何况一家高科技企业。但你靠着一时的财大气粗，靠着大把大把钞票支撑起来的话语强势，活生生把一本仅仅对中国教育界、理论界的研究人员有某种借鉴意义的西方读物，吹嘘成每个中国学生乃至每个中国人都必须人手一本的“进入21世纪的护照”，即便算不上多么严重的欺骗，至少也是一种很不严肃、很不负责任的误导。一本符合西方国家国情的读物，在西方一共才销售了14万册（其中美国2万册），而在中国的销量却达到了300多万册，这既是“革命公司”的成功，同时也是在强势话语面前招架乏力的中国普通读者的悲哀。

好在能误导一时，不能误导一世，能误导300万人，不能误导10亿人，“革命公司”终究有些支持不住了——不但离1000万册的目标遥遥无期，而且批评的声音甚嚣尘上，自己不进则退，大有功亏一篑的危险。于是只好在独领一时风骚之后，被迫步上了众多“革命”跟风者的后尘，推出一本大杂烩式的“你说我说”（包括成千上万封读者的表扬信），把袁世凯当年为了称帝而多方搜集“劝进”言论那样的招数都用上了，可见其处境之不易，用心之良苦……

在“革命公司”走向了末路之后，人们倒是大概真的学习到了点儿什么。

原载《重庆商报》1999年4月19日

你是“疯”儿我是“傻”

第17届中国电视金鹰奖评选揭晓，在141万张观众选票中，33万张把《还珠格格》（以下简称《还》）扶上了“最佳长篇电视剧”的宝座，在该剧中扮演小燕子的赵薇，则以40万张选票的绝对优势夺得“最佳女主角”的桂冠，由此被推向了一个新的荣誉的顶点。

面对这个据称体现了最广泛的“民意”和最有说服力的市场倾向的评选结果，有影评家、文化学者和媒体娱记不失时机地站出来讲话了。他们是一些遵循“存在即合理”原则的聪明人，他们的拿手好戏是给所有存在寻找甚至创造“合理性”。针对赵薇的红遍大江南北两岸三地，以及广大观众对小燕子形象的高度认同，他们给出的“合理性”解释是：活泼、开朗、无忧无虑、充满个性与勇气的小燕子形象，能够使普通观众的刻板、单调、无聊、谨慎、忙碌、紧张的生活得到很大化解；小燕子的出现是时代的需要，她的性格与年轻人青春期的叛逆精神相契合，她虽然不是鲜花，但也不是毒药，崇拜她并没有什么坏处；小燕子没什么伟大的意义，但是挺好玩，“让你在休闲时光看个挺好玩的故事，不好吗？”“没意义就没意义，出不了大事儿的。”

其实，“存在即合理”论者大可不必解释得如此费心，一句“今日受众的心智水平已经不很低了，谁也不能永远拿他们当需要启蒙的孩子”（某记者语），“别老想着逼老百姓做什么事”（某专家语），就足以道尽万种风流——观众的选票本身就是最响亮的回答，就是最强有力的证明，谁不服谁气谁就是嫉妒，谁不理解谁就是弱智。我只能说，这是一种简单而庸俗的“唯市场”论——凡是市场上畅销的商品就一定是好商品，凡是劳动人民喜闻乐见的东西就一定不是坏东西，果真如此，还要正常的讨论和积极的引导干什么，还要你们这些影评家、学者和娱记干什么？

我不敢冒着被视为“自以为是的精英”的巨大危险来非议人见人爱的小燕子，事实上除了有时嫌她闹腾得实在太过火之外，我对她几乎没有恶感。《还》剧中真正令我极端反感的，不是那个单纯、率真的小燕子，而是那个“整天不做大事，就在那儿应付他的儿女，什么上朝啦、议事啦、奏章啦、出兵啦，统统都不管”（琼瑶语）的皇阿玛。

在电视剧里，这个皇阿玛完全不像是一个统治着疆域辽阔的“天朝大国”、建立了骇人听闻的“十全武功”、实施着高度集权的政治专制和文化钳制的封建帝王、独裁者，而完全是一个有人情味、有仁爱之心、有宽阔胸襟、有现代自由平等观念的温情小男人；他之所以有时免不了要和不拘礼法、率性而为的小燕子等人发生冲突，不过是因为有老佛爷、皇后、容嬷嬷等反面或准反面人物在从中作梗，而不是因为小燕子等人的“叛逆”的言行从根本上触犯了他作为皇帝的权威。

这个皇阿玛简直太可爱了，太可敬可亲了，享受着这样一个至情至性的皇帝的开明领导，沐浴着这样一个大慈大悲的明君的浩荡皇恩，真是那个时代的老百姓的齐天洪福！而小燕子等人追求所谓的“自由”，要么纯粹是瞎胡闹，要么是为了和“小人”作斗争，其核心无非是闯祸之后再争取到以“应付他的儿女”为己任的皇阿玛的原谅，与他达成朋友般的和解，如此循环往复，最终形成一个皆大欢喜的大团圆……

历史上的一个著名的暴君兼有为之君，就这样被无端虚构成了一个每每噘着小嘴唇鼓着大眼珠要动“家法”，最后却总是长叹一声下不了手的奶油小生，“历史戏说片”发展到了如此“现代”的水平，小燕子们置身其中的历史场景被歪曲到了如此离谱的地步，能不“挺好玩”吗?

正如炙手可热的赵薇被一些精明的商家聘为形象代表，深入人心的小燕子也成了商业片《还》剧向世人推销其“好皇帝史观”的形象代表。与电视剧《雍正王朝》把雍正美化得比“人民满意的好公仆”还要令人感动相对应，《还》剧则把雍正的儿子乾隆美化得比五好家庭里的模范父亲还要令人可亲，显然都是子虚乌有的幻想，是一厢情愿的一派妄言。

形象代表永远都是外在的，她背后的商品才是关键所在，因而小燕子的走红也只是表象，她背后的关键则在于，《还》剧不可避免地对观众构成了历史观误导——观众（特别是尚未系统接触历史知识的小孩子）在认可小燕子形象的同时，也很容易认可皇阿玛的形象，很容易在有意无意之中被培养起“好皇帝”的错觉。

这是一种致命的误导。这世上哪有什么好皇帝？中国人的“好皇帝”梦做了几千年，如今刚刚清醒过来没几年，就有“历史戏说家”又要信心十足地引导着人们继续做下去，真是岂有此理！据说，鉴于市场前景看好，为了满足人民群众日益增长的欣赏“历史戏说片”的需要，以打打闹闹、拉拉扯扯见长的《康熙微服私访记》第三部即将开拍，其制片人胸有成竹地表示有信心第四部、第五部……地一直拍下去。如此看来，大约过不了多久，希特勒、墨索里尼之辈也将被他们美化成什么政党啊、权力啊、战争啊“统统都不管”，一心痴迷于爱情和艺术的纯情男儿了！

《还》剧第二部中有首歌这样唱道：“你是风儿我是沙”，我无意间听成了“你是疯儿我是傻”。真不知道，如果任由“历史戏说家”们在那里装疯，而观众们也跟着一个劲儿地卖傻，这种愚昧无聊的游戏还能“好玩”得了几天？

原载《南方周末》1999 年 9 月 17 日

古人会亲嘴吗

现在是信息时代，信息大泛滥、大爆炸，令人耳目充塞，手足无措。有人抱怨报刊上全是信息垃圾，连拿起来翻一下就扔掉也嫌太浪费时间。我不这样看。信息面前人人平等，各取所需，对你是没用的“垃圾”，但对需要这“垃圾”的人而言可能就是宝贝。

前些天从上海回北京，在飞机上浏览一张在全国颇有影响的周报，被中缝上一封读者来信中的一段话吸引住了：“我固执地拒绝使用‘新世纪’一词，因为在跨世纪之后我并没有发现周围出现了什么具有本质意义的‘新’变化……”

这名读者的信件刊登在报纸的中缝上，他看起来是在说其他事情的时候不经意写下这段话的，相信百分之九十五以上的读者都会视而不见。但对我而言，这却是几天来我接触到的最富于启发和教益的信息。

进入 2000 年特别是 2001 年以来，在各种场合，从各色人等的口中，我看到、听到了太多的“新”语言：新千年、新世纪、新青年、新风貌、新气象、新思路、新举措、新成果、新生活、新格局、新 ×× （地名或城市名）、新□□（正在筹备的一项活动）……那潜在的逻辑是：现在是新世纪，一切都是新的了，你什么也别说什么也别问，只管打起“新”精神高高兴兴踏踏实实地听我的话跟我走吧！

时间是一条永不间断的长河，从 1999 年跨入新千年 2000 年，从 2000 年跨入 21 世纪的起点 2001 年，时间的变化仅仅表现在人们约定俗成的称谓上（更何况，关于 21 世纪到底应该从哪一年开始，似乎仍未完全约定俗成），如果称谓的变化能带来从青年到格局、从地名到活动的一系列新变化，那么这变化也来得太容易了，而太容易的往往是不可靠的。

上世纪初，中国搞了场轰轰烈烈的新文化运动，活跃分子办了本杂志叫《新青年》，应该说当时的“新”是实打实的，所以直到现在人们提及的时候还肃然起敬。鲁迅是活跃分子中的一员主将，他一度不遗余力讴歌新青年身上体现的新思想、新道德，然而不过几年之后，他就开始反省自己对青年的态度了：“先前我只攻击旧党，现在我还要攻击青年”（《两地书》第一集，第十篇），“近来很流行说青年：开口青年，闭口也是青年。但青年又何能一概而论？有醒着的，有睡着的，有昏着的，有躺着的，有玩着的……”（《华盖集·导师》）“我敢将唾沫吐在生长在旧的道德和新的不道德里，借了新艺术的名而发挥其本来的旧的不道德的少年的脸上！”（《集外集拾遗补编·看了魏建功君的〈不敢盲从〉以后的几句声明》）由坚信青年总比老年进步，转为不再迷信青年之“新”，恐怕不只是因为鲁迅年龄增大了几岁的缘故吧。

乐观的“进化论”者一向强调新胜于旧，今胜于古，习惯于发出“难道今天的生活还不如万恶的旧社会吗？”“难道我们社会主义国家的人民公仆，还不如资本主义国家的政客吗？”之类气势磅礴的质问，整天沉浸在改天换地、推陈出新的喜悦之中。殊不知辩证唯物主义主张具体问题具体分析，你社会主义国家的一个“人民公仆”如果老像成克杰、胡长清那样贪腐无度，当然“还不如”人家资本主义国家的政客，甚至“还不如”中国古代封建王朝的一个清官，你质问一千个“难道”也还是“不如”。

还有一种自欺欺人的“进化论”更加可笑，说什么古人没能像我这样享受到今天的“现代文明成果”，比如秦始皇没有看过电视，慈禧太后没有用过电脑，所以我比他们两位强多了。某知名“德育教授”的逻辑就是如此，他曾一本正经地对记者说：“人类历史上的演说家，不可能有任何人超过我，孔夫子交通工具落后；耶稣传教也只有三年，所以演讲不可能超过我。”三言两语就把东西方两个重量级圣人无情地踩在脚下，看来一个人脸皮变厚的速度，有时与他智力水平逐渐降低的速度是成正比的，“无知者无畏”嘛。

十多年前我在重庆念高中，有天看一部中日合拍的古装电影（搁在今天得叫“大片”），男女主角很动情地接吻，坐在我前排的一个时髦青年突然大叫："古代的人哪会亲嘴呀！"经他这么一嚷，我也不禁犯起了嘀咕，心想古人肯定比现代人死板多了，这男女亲嘴的事说不定还真不会。

回到学校赶紧找了本潘光旦翻译的《性心理学》，才发现那个青年其实很荒唐，在高估自己的时髦的同时低估了古人的生活技能。《性心理学》的作者不但详细分析了接吻在"性择与触觉"中占有的重要地位，并专门撰有《接吻的起源》研究接吻史，而且还证实"接吻与类似接吻的表示，在其他动物中也很多，例如蜗牛和昆虫的以触角相接，鸟类的以喙相交，狗与其他动物在交合时彼此的舐咬"。

原来动物并非事事不如万物之灵，古人并非事事不如今人，中国人跨入新世纪之后也并非一夜之间就能百兽率舞普天同新。开口闭口这也"新"那也"新"的人士不妨回忆一下，在自己和别人亲嘴的问题上，是否也存在着"上个世纪"与"新世纪"之分，是否也需要隆重推出一个"新亲嘴"的口号。

原载《法制日报》2001 年 7 月 23 日

了不起的崔永元

“他们名人出了那么多书，也该咱们老百姓出一本了。”中央电视台《实话实说》节目主持人崔永元，以他特有的幽默与狡猾，为他本人终于未能免俗、终于按捺不住加入到名人出书行列中作了如上辩护。

崔永元的新书叫《不过如此》。我没有看，如果没有特殊目的，今后肯定也不会有闲心找来认真拜读，尽管我相信他的书应该比其他许多名人的书写得好。

我只是随便看了一些报纸对他这本新书的宣传文章。《北京青年报》刊登了十多条“崔永元机智对答（不知是不是摘自他的新书）”，其中有一条很有意思，一下子把崔永元的思想深度提升了好几个档次——

问：你们叫“实话实说”，真能实话实说吗？你敢吗？

崔永元答：我敢。应该说，公众对“实话”二字有误解，以为顺耳的话才叫实话。实际不然，有些人的话你听上去像官话、套话，但他就是这样想的，是他内心真实的表述，这应该算是实话。

崔永元说公众对“实话”误解，大概是指有时人们觉得，在《实话实说》节目中，有些嘉宾和观众席上的来宾的发言听起来很不舒服，比某些面目可憎、语言乏味的官人的讲话还要空洞虚假，简直是对《实话实说》节目的绝妙的讽刺。我偶尔也看《实话实说》，对此很有同感，有时甚至怀疑，是不是中国已经没什么实话可说了，是不是中国会说实话的人都变哑巴了，所以《实话实说》节目不得不降格以求，不惜冒着伤害全国观众感情的危险，把这些个口是心非、虚伪透顶、三句话不离“丰衣足食，国泰民安，幸福的生活比蜜甜，咱老百姓今儿个真高兴”的官话制造商和套话贩子请去做嘉宾？

现在，了不起的崔永元，以他这些年主持《实话实说》节目练就的非凡的洞察力，告诉我们这些痛恨官话、套话的人：官话制造商和套话贩子们并不都是伪君子、两面人，他们嘴上是这样说的，心里也是这样想的，是他们内心真实的表述，所以也应该算是实话，请他们到《实话实说》节目中当嘉宾并无不妥。说得更明白点儿：问题的要害不在于《实话实说》节目中该不该出现官话、套话，而在于人们该不该先入为主地认为凡官话、套话都不是实话。

严重脱离社会现实、无视群众疾苦，以服从并服务于官僚主义、形式主义为能事的官话、套话，为何竟然会是某些人“内心真实的表述”？一种解释是，这些人长期高高在上，养尊处优，整天耳闻目睹的都是经特殊加工处理后的一派莺歌燕舞欣欣向荣的景象，所以他们不但会从内心深处情不自禁地发出“太平盛世，阳光明媚”的感叹，而且还会像当年的晋惠帝那样，一本正经地责怪天下饥肠辘辘的老百姓“何不食肉糜”。

另一种解释是，这些人对现实生活也有一定了解，却习惯于把公众看成“可使由之，不可使知之”的愚民、群氓，认为根本没必要对他们负责，向他们讲实话。美国文艺评论家、语言学家门肯曾撰文讽刺美国总统哈定的就职演说“不知所云，满篇是毫无关联性的同义语重复”；但门肯同时把很大的责任推到听众头上，认为他们都是些呆头呆脑的扬基佬、小镇混混、低级政客、理解不了两音节以上词汇的笨蛋、跟不上两厘米长的逻辑判断句的白痴，“他们根本就不想听明白讲的是什么意思，见到手势、听到声调铿锵就热烈鼓掌。而哈定总统在自己的政治生涯中对用蠢话打发这些蠢材乐此不疲，因而自己也成为一个蠢材”（转引自李书磊《再造语言》，《战略与管理》2001 年第 2 期）。哈定以为听众都是蠢材，于是乐于用蠢话去打发他们，久而久之自己也成为一个只会说蠢话的蠢材。我想，哈定的听众中应该不乏明白人，他们或者慑服于哈定的威势，或者不愿当场揭穿他的蠢话以避免让他难堪，或者只不过是来给他捧捧场，但这些“明白人”的表现却进一步误导并纵容了哈定，令他愈更对自己的蠢话表演洋洋自得。

无论从过程还是结果看，中国的官话制造商和套话贩子都与哈定大体相似。他们同样不会关心，在大小会议的参加者、官样文章的学习者、《实话实说》及《新闻联播》节目的观众中，到底有多少人是真正的“蠢材”，可以被人用官话、套话随意打发？又有多少人不过是在装傻卖蠢，以实际行动配合“哈定”的官话、套话表演罢了。

谎言重复一千遍就成了“真理”，官话、套话年年讲、月月讲、天天讲，便成了“内心真实的表述”的实话。崔永元洞察到了这一点，好生了得！

原载《法制日报》2001 年 8 月 6 日

喜闻乐见中的精神纳税

与两年多前的历史“正剧”《雍正王朝》和历史戏说片《还珠格格》被观众和市场疯狂追捧，主演唐国强和赵薇分别获得第17届中国电视金鹰奖最佳男女主角的盛况相类似，又一部历史“正剧”《康熙王朝》被作为国家电视台的中央电视台隆重推出，一时间引得万人空巷。

据央视网站的调查，“康熙爷”甫一亮相，就以62.66%的收视率将同一时间在中央台播出、收视率只有6.9%的《孙中山》彻底打败。“康熙爷”在中央台“执政”20多天，为该台净赚了一亿多人民币，被认为是“电视剧走向市场化之后，一部好剧带来的收益”。各地观众对这部“好剧”赞不绝口，纷纷打出90分以上的高分。

看来，无论是硬伤百出的“正剧”，还是逗你没商量的戏说片，只要有皇帝老儿粉墨登场，我广大劳动人民就喜闻乐见如沐春风，难怪有人正在摩拳擦掌迅速跟进，俨然怀着一腔“以高尚精神塑造人，以优秀作品鼓舞人”的创作激情，准备把嘉庆、乾隆、成吉思汗、朱元璋等中国大地下那些尸骨遗臭了千百年的昏君暴君始皇帝儿皇帝一个个都搬上银幕大放异彩呢。

与普通观众对皇帝戏的痴迷相反，思想界人士却是义愤填膺群起而攻之。他们这种激烈而决绝的批判姿态，不但遭到了皇帝戏主创及演职人员的有力反击，说他们是一帮“吃不着葡萄说葡萄酸的书呆子”，是一群“专门与主流文化消费过不去、唯恐天下不乱的精神自虐狂”，而且还受到一些每天匍匐在电视机前瞻仰皇帝龙颜的普通观众的冷嘲热讽，说什么“人家演得好、拍得好，我们看着好玩、高兴，就这么简单，碍你什么事了？”“如果时间倒流，我还真的愿意回到那被一身正气、刚正不阿的康熙帝所统治的时代。”

在这个格局中，成功地规避了各种风险的主创及演职人员靠皇帝戏名利双收，他们的态度自不待言；思想界人士秉承民主、自由、平等、独立人格等现代观念，以此比照皇帝戏中对皇权意识的大肆渲染和对君主专制的刻意美化，自然会痛感忍无可忍，必欲去之而后快。而普通观众的钟情于皇帝戏，看起来“就这么简单”，背后却大有文章。

中国民间有不少“皇帝用金扁担挑水”、“皇帝每晚搂两个娘娘睡觉，早上一起床就啃两个大烧饼”之类的段子，在信息封闭、资讯不发达时代，老百姓对帝王生活的想象与憧憬，其最高水平想来不过如此。何况古代即便像现在有电视，可以搞新闻联播，老百姓顶多也只能看到御前会议或御驾亲征的几个镜头，而不可能深入了解皇帝、皇后、太子之间的是是非非，以及皇帝与三宫六院之间的恩恩怨怨。这些事只有在电视剧中才能允许被编排、演义，而且清朝的电视最多只能上演元朝的皇帝戏，明朝的电视最多只能上演宋朝的皇帝戏。

老百姓对皇帝或者且敬且畏，或者畏而不敬，但对皇帝生活天然充满好奇心，所以只要有人表演皇帝，就等于为他们提供了一个窥探皇帝“隐私”的绝好机会，他们岂能白白放过？至于皇帝戏是否符合史实，皇帝形象是否被美化，他们才不管那么多，也管不了那么多。“演戏的是疯子，看戏的是傻子”，自以为聪明理性的思想者在一边喋喋不休地说三道四，破坏了装疯的疯子与卖傻的傻子之间达成的默契，几乎是注定了要成为“最不受欢迎的人”的。

中国老百姓不是白痴，也不是受虐狂，他们也许清楚皇帝不会是什么好东西，否则也不会一人搂两个娘娘睡觉，但他们更清楚的是，必须得有一个多少像个东西的皇帝坐在龙床上，天下才能太平团结，自己“半亩地，一头牛，老婆孩子热炕头”的生活才能勉强得到保证。老百姓能有这等政治觉悟，皇帝甭提有多高兴了，所以最让他不放心的绝不是老百姓，而是少数敢于离经叛道善于惑乱人心的知识分子，以及那些全心全意招权纳贿中饱私囊足以激起民怨沸腾的贪官污吏。大张旗鼓地迫害知识分子，有组织有计划地惩治官场腐败，一直是中国历代皇帝面临的两件头等大事，这在电视剧《雍正王朝》中被描绘成雍正的两大“武功”。

除了对不堪饥寒交迫愤然揭竿而起的“暴民”，以及受到知识分子“异端邪说”蛊惑而不能自拔的“乱民”必须严惩不贷，对绝大多数安分守己忍辱负重的良民、顺民，皇帝不但不会随随便便滥杀无辜，而且还会时不时采取一些休养生息之类的亲民举措，以便将老百姓培养塑造成各行各业的劳动者、奉献者，为“家天下”的长治久安多工作、多纳税。从夏、商、周三代的分封诸侯，到历代王朝的更迭战争，以皇帝为代表的统治阶级分配与争夺的无非是两项资源——人口和土地，这同时也是传统史家衡量某个皇帝“政绩”的两项重要指标。

就这样，皇帝需要老百姓供养，老百姓需要皇帝“保护”，皇帝可以控制老百姓的生老病死，老百姓却对高居九五之尊的皇帝可望而不可即，现在有人通过皇帝戏让皇帝走下神坛作可爱可钦可歌可泣状，少见多怪的老百姓怎能不为之欢欣鼓舞？

源远流长的皇帝历史，博大精深的皇帝文化，铸就了中国人灵魂中根深蒂固的皇帝情结。鲁迅说过，“在实际上，悲愤者和劳作者，是时时需要休息和高兴的”（《花边文学 · 过年》），中国古代老百姓为皇帝种地，向皇帝纳税，那既是一种聊胜于好死的赖活，更是一种民族性的宿命；今天的中国人一边用劳动和汗水向共和国的政府纳税，一边却将大量难得的“休息和高兴”的时光花费在欣赏精明奸诈的文化商人批量炮制的皇帝戏上，于喜闻乐见之中悄然完成精神纳税。

与古人在精神上彻底慑服于皇帝的淫威相比，今人的精神纳税行为更自信、自觉，更趋规模化、市场化。“康熙爷”、“雍正爷”如果想要在 21 世纪杀一个回马枪，我看是不愁没有精神纳税人倾巢出动“箪食壶浆以迎王师”的。

原载《西安晚报》2002 年 2 月 4 日

风景哪边独好

从大年初一开始，就不断有朋友问我，你觉得今年的春节联欢晚会怎么样？我的回答只有一句话：我没看，没什么可说的。

这年头，全国人民的眼睛锻炼得比猴还精比蛇还毒，谁骗得了谁呢？大年三十晚上，我和一帮朋友到酒吧疯了一通。第二天在家里上网，发现春节晚会刚刚落幕的时候，就有个署名“美化的微笑”的网友在网上大放厥词：“以往联欢晚会是每年大事小事好事坏事时事的艺术总结，所以一些针砭时弊的作品，民众关注的作品，如陈（佩斯）朱（时茂）的《羊肉串》，黄宏的《打扑克》，宋丹丹的《超生游击队》，还有赵本山替人喝酒的小品，都是立足群众，寓讽于乐，令大家会心开怀大笑。而整个春节联欢晚会的衰落过程，则是如同一个人的衰老一样，是尖锐、勇气、活泼、自然的渐渐流失，取而代之的是越来越庸俗化的赞歌、邀功、自夸和功利。应该说春节联欢晚会现在是趋向一个‘变质’的过程，从为群众喉舌，而转向越来越利用群众的信任和关注来为无数给以不尽金钱滚滚来的厂商做宣传……”

看了这段议论，我哈哈一笑，心说这小子可真够狠的。过年过节嘛，做官的，经商的，舞文弄墨的，吹拉弹唱的，大家伙儿都图个吉利，谁也不会专挑不好听的说，以免既扫兴又自讨没趣。去年大事喜事多，坏事丑事也不少，像广西南丹矿井透水、山西9天连续发生5起煤矿瓦斯爆炸、江西万载烟花爆炸，哪一起没闹出几十条人命？但这些事就是在一般场合也不能随便瞎说，你还能指望一帮歌星笑星把它们编排成哭哭啼啼的节目拿到春节晚会上去和全国人民“联欢”？那不太缺心眼了吗？不是成心找抽吗？

不过，我倒是可以为“美化的微笑”文章中说的中央电视台的“转向”提供一条背景资料：在中国媒体广告创收遭遇行业性不景气的形势下，2001年中央电视台广告收入仍然高达56.5亿元，比2000年增加3个亿，继续稳居全国广告老大地位。56.5亿，同志们，这不是个小数字啊，如果中国有第二个中央电视台，那么像春节联欢晚会这样日趋“衰落”的节目，还能如此得心应手轻而易举地利用13亿中国群众的信任和关注大赚其钞票么？

过了春节就是元宵节，中央电视台一年一度的“我最喜爱的春节晚会节目”评选结果在那天正式揭晓。我大概看了一下获奖名单——事实上，晚会还没开始，我就拿定主意，如果我要投票，不投给别人，一定要投给宋祖英。不为别的，就为她此前演唱的那些脍炙人口的歌曲，像《好日子》、《好收成》、《越来越好》、《爱我中华》、《中国永远收获着希望》，唱得我们劳动人民如沐春风，打心底里痛感生活的无比美好，谁要是不倍加珍惜谁就是没心没肺。这次的结果也不错，尽管没有我的投票，宋祖英仍然以一曲喜气洋洋的《风景这边独好》勇夺歌舞类二等奖。劳动人民的眼睛是雪亮的，谁讴歌了“幸福的生活比蜜甜”，谁表达了“今儿个咱老百姓”的“真高兴”，谁就能得到劳动人民的选票，这几乎是没有疑义的。

这两天闲来无事，从同事那里借来今年春节联欢晚会的VCD欣赏。原来宋祖英又是第一个出场，只听她声情并茂地唱道：“……只要你踏上这片土地，就会说风景这边独好。这里的人们热爱和平，这里的人们智慧勤劳……风景这边独好，江山如此多娇，风景这边独好，神州欢歌如潮……盛世里展示着东方的美丽，风雨中走出了阳光大道。幸福的人们面带微笑，亲朋和好友也喜上眉梢。好戏连台年年都红火，所有的目光向这里聚焦……”（刘波涛作词，徐沛东作曲）

风景这边独好，风景这边独好，伴随着悠扬婉转的旋律，这句歌词突然触动了我记忆神经的一根末梢。哦，想起来了，是在1999年的春节联欢晚会上，赵本山、宋丹丹、崔永元三人表演小品《昨天、今天、明天》，赵本山扮演一个东北老农，在崔永元主持的《实话实说》节目中朗诵他对1998年的总结报告：“九八九八不得了，粮食大丰收，洪水被赶跑，百姓安居乐业，齐夸党的领导，尤其人民军队，更是天下难找。国外比较乱套，成天钩心斗角，今天内阁下台，明天首相被炒；闹完金融危机，又要弹劾领导。纵观世界风云，风景这边更好！”报告完毕，志得意满的赵本山一边顾盼自雄，一边扭着他特有的“猫步”喜滋滋退回舞台后部，不料脚下一绊，一个大屁蹲儿摔倒在地上……我看过赵本山小品专辑的VCD，他这段大长自己志气、大灭他人威风的打油诗我再熟悉不过，于是这边听宋祖英唱《风景这边独好》，那边响起的却是赵本山的“风景这边更好”，电视屏幕上也仿佛出现了赵本山那土气十足的飒爽英姿……

“风景这边独好，神州欢歌如潮！”一声漂亮的咏叹调，宋祖英结束了演唱，一个优雅微笑完成了谢场。我关上VCD，不禁长长地松了一口气：还好，她毕竟成功地避免了三年前赵本山“纵观世界风云，风景这边更好”之后的尴尬。

原载《搜狐视线》2002年2月25日

我观北大人之狂妄

20年前毕业于北京大学哲学系的朱铁志先生，因为看到两则新闻——一则说，一家美国公司驻北京代表处在人才招聘会上公开贴出“北大、清华毕业生一概免谈”的告示；另一则说，某女士针对当前注重形式的教育理念和虚荣的社会风气，写了一本名叫《拒绝北大》的书——原本“通常不愿谈论母校”的他，也“禁不住要唠叨几句”，于是在5月9日的《南方周末》上发表了一封《致北大校友的公开信》。

朱铁志说，像那家美国公司和那位写《拒绝北大》的女士那样“出于各种动机或赞美或批评北大的人……都以独特的方式为北大的成长贡献了自己的力量。作为北大人，我们应该脱帽向他们表示敬意”。接着，朱铁志沿着“北大不仅以其在中国学界的重要地位让人敬仰，也以其中某些人的不可一世让人反感”的思路，反省了北大人的“自负”、“狂妄”、“好高骛远”、“眼高手低”、“不善合作”等特征。作为一个10年前毕业于北大的“北大人”，读了铁志校友的这番肺腑之言，也禁不住想发几句议论。

我没看到那本标榜要“拒绝北大”的书，作者到底是不是因为想“达到‘轰动’和‘畅销’的效果，当然最好拿北大开刀，只有这样，才能‘吸引眼球’、‘一夜成名’”，我不得而知。但我的确知道，那家声称“北大、清华毕业生一概免谈”的所谓美国公司，其实不过是美国俄勒冈州一个狭窄、拥挤的居民区里的一家连招牌都没好意思挂上的夫妻店；它的所谓驻北京代表处，在北京科技会展中心租了一两间普普通通的办公室，一直从事着非法移民活动，在随后几天的招聘中，别说北大、清华的毕业生，就是普通院校的毕业生，也一个都没招上。当记者前去追踪采访时，竟遭到该代表处10多名员工的围攻，照相机也被强行抢走后失踪。

如此水平的“国际一流企业”及其驻北京代表处，怀着如此卑下而可笑的动机借北大之名大肆自我炒作，即便一个与北大无关痛痒的人，大约也会对此嗤之以鼻；而一个北大人再怎么“兼收并蓄”，恐怕也是很难向这种“批评”脱帽表示敬意的。

人的自负、狂妄一般有两种情形：一种是“无知者无畏”，肚子里没装几滴墨水，却时时处处自诩伟大、正确、老子天下第一；另一种读书破万卷，胸中藏有雄兵百万，如隆中俊杰诸葛亮自比于管仲、乐毅，如台湾怪才李敖慨叹“上帝所造皆鼠子，抬头我欲笑天公。冷眼白尽世间相，漠然无语傲群生”。北大肇始于戊戌变法，催生了五四运动，既是中国变革与开放的产物，更是变革与开放的推动者，如果不否认这些，就应当承认，北大不但“以其在中国学界的重要地位让人敬仰”，更以其培育、传承了民主与科学的精神魅力而令人神往。就整体素质而言，北大（及清华等著名大学）的学生和毕业生一直在同龄中国人当中属于佼佼者，如果不否认这些，就应当承认，北大学生的自负、狂妄属于上面分析的第二种情形，是一种“有知者”的“大无畏”、恃才放旷。

一个健康、宽松、充满活力的社会，应该能够为形形色色的性格、禀赋各异的公民提供适合的发展空间；而一个僵化、狭小、死气沉沉的社会，往往既容不得“无知者”如井底之蛙一般的不知天高地厚，更容不得精英人物的“书生意气，挥斥方遒，指点江山，激扬文字，粪土当年万户侯”，不但不让他们“鹰击长空，鱼翔浅底，万类霜天竞自由”，反而要刻意刁难、打压他们，将他们发配到热火朝天的现实生活中接受“再教育”，让他们明白“卑贱者最聪明，高贵者最愚蠢”的硬道理。

正如前几年某地有关人士曾执意安排一名大学毕业生看守公共厕所，一家自己什么都不是的皮包公司，也敢于在招聘会上“偏偏”歧视北大、清华毕业生，正是某种“你牛，你能，老子就是要恶心你”的变态心理使然。照这种趋势，北大、清华的学生非得一个个整天低头哈腰诚惶诚恐装得比孙子还孙子，毕业后二话不说背起铺盖卷就奔赴社会底层，从掏大粪看厕所到车工木工搬运工煤矿工，从在办公室扫地擦桌子打开水到给七品芝麻官捶背捏脚挤牙膏什么都抢着干，我们的某些“主流人士”才能心满意足，“天下英雄，皆入吾彀中”的征服感才能油然而生。

“主流人士”们对北大的侧目远非始于今日。1925年，北大二十七周年校庆之际，应北大学生会邀请，鲁迅先生写了一篇《我观北大》。针对段祺瑞执政府的“整顿学风”措施和以总长章士钊为首的教育部一再打压北大（如散布解散北大的谣言，决定停发北大经费）的举动，鲁迅写道：“第一，北大是常为新的，改进的运动的先锋，要使中国向着好的，往上的道路走。虽然很中了许多暗箭，背了许多谣言；教授和学生也都逐年地有些改换了，而那向上的精神还是始终一贯，不见得弛懈”；“第二，北大是常与黑暗势力抗战的，即使只有自己”；“北大究竟还是活的，而且还在生长的。凡活的而且在生长着，总有着希望的前途。”对于投向北大的“暗箭”，北大人向来有反省的自觉（朱铁志校友的《公开信》即为一例），但更不乏坚守的勇气。

北大教授陈平原先生在《曾经北大书系·总序》（新世界出版社2001年9月版）中说：北大学生的“忧国忧民”、“野心勃勃”、“特力独行”、“眼高手低”其实是一种与众不同的“气质”，“有人激赏，也有人不以为然，更有好心人不时地提醒：为避免不必要的摩擦和牺牲，最好能守中庸（中行）。就具体言论和举止而言，确实没有必要故作惊人之论或骇世之举，但忠实于自家的学术／艺术感觉，不想因利益考虑而过分委屈自己，这种理想主义情怀，即便在现实生活中很不讨好，我以为还是值得保留。有个性但不张扬，守规则而能发挥，这种境界，只能说是心向往之。”今天重温当年鲁迅先生对北大的观感，联系陈平原教授对北大人理想主义情怀的期许，再看朱铁志校友从北大人“自我评价与外在评价不甚协调”中生发出的几多忧虑，我反倒隐隐地愈加有些狂妄起来。

如果有朝一日，连一向以自负、狂妄为能事的北大人也被外在的压力与评价磨炼得俯首帖耳唯唯诺诺了，真不知是中国的幸事还是悲哀？

原载《大公报》2002 年 6 月 1 日

张艺谋“做事”，谁敢“骂人”

周末去郊外玩，一个同事和他的夫人轮流开车。两人都是新手，技术上难免有些不大不小的问题。同事开车时，他夫人坐在副驾上一个劲儿地着急，“打左灯！”“收油！”“带刹车！”“减挡！”……一路上就听见她大呼小叫，弄得她的丈夫、我的同事好不尴尬。等到她开车，同事坐在副驾上时，执行与监督、批评与被批评的格局继续存在，只是执行者与监督者、批评者与被批评者的关系颠倒过来，一路上我的同事不停地念叨：“看好啦，前面的车踩刹车了。”“哎，那辆车要并过来！”“后视镜看一眼就行了，注意前面别跟得太近！”……他的夫人有两次实在忍无可忍：“你烦不烦啊？是你开还是我开啊！”

下车后，我和同事开玩笑：“你们俩一开车就吵架，就不怕打起来？就不怕离婚？”同事说：“怎么会呢？别看我们在车上吵得厉害，其实事后都觉得挺好的。你想啊，我们技术都还不熟练，旁边有人帮着观察、提醒，尽管有时候觉得很烦，可总比什么都靠一个人更安全吧。再说了，我开的时候她骂我，她开的时候我也可以骂她，两人轮流‘执政’，平等竞争，是一种很好的制度设计嘛！”

同事的这番分析，让我想起了前不久大导演张艺谋的一通牢骚。张耗资几千万美元拍了一部据称志在问鼎奥斯卡的国产“大片”，不料还没有正式公映就受到不少批评，有记者更在首映式后的新闻发布会上发难，问他：“这部片子除了打架、风景和大明星以外你还有什么？”张艺谋顿时感受到某种“仇恨”和“敌意”，很快就“终于怒了”。他对另一个也许他确信很友善的记者说：“在中国，经常是做事的被人骂，骂人的不做事。这种枪打出头鸟的作风、自己灭自己的心态，是长期以来中国电影始终不能健康发展的重要原因之一。”

在张艺谋的逻辑中，他拍电影是在“做事”，别人批评他的电影是在“骂人”；做事的人无论怎样终归做了些事情，到头来却被人骂得抬不起头，骂人者屁本事没有，整天游手好闲油嘴滑舌，却把人家好不容易“将一批华人中的演艺精英集中到一起去完成一部中国电影史上的‘航母’”的壮举贬为“打架”，则做事而被人骂者的可歌可泣，以及不做事而专骂人者的可卑可耻，也就不言而喻了。

张艺谋对于批评的雅量，显然远还不如我那个同事及其夫人。他反对记者将武打片贬为“打架”，“我不是拍武打片出身的，可有人是，而且他们为此干了一辈子，那是他们的事业”，可是他却将包括那名记者的“打架论”在内的针对他的电影的批评言论一概贬为“骂人”，他岂不知有人是搞文艺批评出身的，他们为此干了一辈子，那是他们的事业？如果记者的“打架论”如大导演所言是一种“变态”的批评，那么大导演的“骂人论”又该是什么？

张艺谋如果像我的同事及其夫人那样有雅量，能够宽容并欢迎批评，那么他就会认识到：第一，拍电影是做事，拍武打片可以成为一项事业，搞文艺批评也是在做事，搞那种让被批评者浑身不舒服，甚至感到某种“仇恨”和“敌意”的电影批评，也可以成为一项事业。既然都是做事，都可以做成一项事业，就不能因为拍电影比搞文艺批评耗资更多、影响更大，而认定前者比后者一定更伟大、更高尚，不能给前者赋予批评豁免权（当然，文艺批评本身也需要批评，也没有批评豁免权）。

第二，批评者的态度不够温和，言辞不够悦耳，这是由批评的本质决定的。批评者或许并未怀有多少“仇恨”和“敌意”，甚至很可能像我的同事和他夫人之间的互相批评那样，尽管看上去火药味十足，内心深处却饱含着唇齿相依、荣辱与共的极大善意。而且即便是彻头彻尾的恶意批评，只要没有违反法律，就是人家的神圣不可剥夺的权利，你拍案而起所为何来？冲冠一怒又有何用？

我那同事和他夫人对批评的理解，已经接近了西哲“我可以不同意你的意见，但我誓死捍卫你说话的权利”的境界。而在中国，做了几件事就自我感觉良好，老子天下第一，容不得他人置喙半句，以为“做事”就享有了至高无上的资格，没有“做事”的人就没有发言权，要发言也只有顶礼膜拜欢呼雀跃的份儿，这种传统可谓根深蒂固。邓小平1992年南巡时说：“深圳发展这么快，是靠实干干出来的，不是靠讲话讲出来的，不是靠写文章写出来的。”（转引自凌志军著《变化》，中国社会科学出版社2003年1月，第105页）这段话就屡屡被人误解，认为只有工人做工、企业家搞经营、科学家搞科研发明等“做事”、“实干”才能促进发展，而文人、理论家写文章、搞批评不过是耍嘴皮子、玩笔杆子、放下筷子骂娘，不但不能促进发展，反而可能妨碍发展。

常听到有人对着批评者当头棒喝：“你说人家的电影拍得不好，你拍一部试试？”“你骂人家是昏官、糊涂官，你小老百姓一个，站着说话不腰疼，你以为人家当领导的容易吗？”批评者只要不被认为也是在“做事”，无形中便低人一等，倘若他是一个手无缚鸡之力的文人，除了批评之外再也干不了别的，那就更是无可救药。上世纪30年代，报刊上曾有一场“笔杆与枪杆孰为有力”的争论，有个名流公开声称：“文人只配替武人写告示，如越此范围，当然自取其辱。”（转引自《韬奋〈读者信箱〉》，中国城市出版社1998年，第33页）

鲁迅先生把这种关系揭示得更为精到：“文学文学，是最不中用的，没有力量的人讲的；有实力的人并不开口，就杀人，被压迫的人讲几句话，写几个字，就要被杀；即使幸而不被杀，但天天呐喊，叫苦，鸣不平，而有实力的人仍然压迫，虐待，杀戮……在自然界里也是这样，鹰的捕雀，不声不响的是鹰，吱吱叫喊的是雀；猫的捕鼠，不声不响的是猫，吱吱叫喊的是老鼠；结果，还是只会开口的被不开口的吃掉。”（《而已集·革命时代的文学》）

像鹰、猫一样凶猛敏捷的“武人”，要侮辱、杀戮比雀还要柔弱、比鼠还要渺小的文人，实在是手到擒来，易如反掌。更何况，文人除了叹息、哭泣、吱吱叫喊等令人心烦的毛病外，往往还能被扣上一顶“不会做事，只会骂人”的罪名，一向善于而且敢于做事的“武人”要收拾他们，就愈加师出有名顺理成章了。

原载《每日商报》2003 年 1 月 20 日

法不容诈

难得有闲心看电视连续剧，昨天晚上很随意地摁了个频道，碰上了一个反贪故事。这两年反贪题材的电影电视层出不穷，但大多落入“官本清廉，老婆促贪”、“副职贪赃枉法，反腐陷入僵局，一把手考察归来，贪官被一网打尽”式的俗套，令人哭笑不得。于是对荧屏上银幕上的反贪故事总有几分警惕。不想昨晚的电视剧却磁石一般吸引了我。

故事讲一个年轻的检察官与一个老谋深算的大贪官斗智斗勇。检察官通过调查，掌握了大量材料，断定大贪官正在吞噬高达两亿多元人民币的巨额国有资产。但是要将大贪官扳倒，在一些关键环节上还缺乏过硬的证据。时间紧迫，大贪官即将在法庭上为一个涉嫌组织杀人的罪犯（简称A）作伪证，检察官只有当庭揭穿他的伪证，才有出奇制胜的一线希望，否则，大贪官不但毫发无损，而且即将由集团董事长升任副市长。对检察官而言，这是最后的机会了，他下决心要与大贪官拼个鱼死网破。

法院正式开庭。检察院的证人指证，大贪官某日下午曾与A一道去银行取巨款。但大贪官待在车内，银行录像因此只录下了A，大贪官胸有成竹，对此矢口否认，并得意洋洋地大放厥词，对年轻检察官极尽嘲讽戏弄之能事。

检察官大汗淋漓，狼狈不堪，他努力挣扎着走到大贪官身边，颤抖着声音问他：你说你没有与A去银行，你当时在干什么？谁可以作证？

大贪官于是编故事说，他自己一个人开着奔驰车，几点几分从办公室出发，几分上了高速公路，几点几分到达省城，几分走进体育场看了当天的足球赛，几点几分开车回家……说得有鼻子有眼儿，比真的还真。

眼看检察官就要悲壮地败下阵来，突然间，他昂首阔步，仰天大笑，对着大贪官、辩方律师、法官和全体听众侃侃而谈，说董事长先生刚才撒下了一个不折不扣的弥天大谎，因为就在那天下午，他自己正好冒着暴雨坐长途汽车去省城给女朋友过生日，亲眼目睹了一起四车相撞的严重交通事故导致从本市到省城的高速公路从几点几分到几点几分彻底瘫痪的全过程，可是董事长先生竟能开车以170公里的时速跑到省城看球赛，难道他的奔驰轿车长了翅膀不成？他一边演讲，一边向法官呈上气象部门和交通部门分别对当日气象情况和高速公路交通状况的“证明材料”。

奇迹出现了，刚才还神气活现的大贪官，慢慢地像打了蔫儿的高粱，不得不承认自己作了伪证……

紧接着，只听法官在审判席上嘟囔道：不对吧，这哪儿是什么气象部门和交通部门的证明材料呀？原来，检察官说他某日去省城给女朋友过生日结果遭遇交通拥堵等等，不过是他急中生智信口胡编的一个故事；而正是他编造的这个故事，戳穿了大贪官虚构的谎言，案件由此取得突破性进展，大贪官最终被绳之以法。

然而，年轻的检察官也为此付出了沉重的代价：他在法庭上编故事、作伪证，虽然使案件起死回生，但违反了办案纪律，被停职检查。这个反贪故事的惊心动魄而又耐人寻味之处，我看就在这里。

也许在我们一些人看来，年轻检察官在法庭上编一个故事，给老奸巨猾的大贪官致命一击，不但不能算是作伪证，反而证明他有丰富的办案经验，为反腐倡廉立了一大功，不但不应该处罚他，反而应该重奖他。中国古代有“兵不厌诈”、“虚虚实实，实实虚虚，虚则实之，实则虚之”的智慧，现在刑事侦查的理论和实际也强调对犯罪嫌疑人展开心理攻势，用一个故事去“诈”另一个故事的真假，派一个特勤人员打入犯罪团伙内部去刺探虚实，都是一种惯用的技巧。

最常见的做法是，公安人员对犯罪嫌疑人说，趁早老实交代，别以为你干的事我们不知道！其实公安人员要真是全都知道了，也就没必要再审问人家了，他们警告人家“坦白从宽，抗拒从严”，多半都是旨在挖掘口供的诈唬之词。要是有的犯罪嫌疑人始终一句话不说，公安人员如果不想滥施刑罚大搞刑讯逼供，就只能通过口供之外的其他渠道寻求证据。再说了，即便从犯罪嫌疑人那里顺利挖掘出了口供，也还需要其他方面的证据互相参照。

如果说，公安机关和检察机关在侦查阶段对犯罪嫌疑人连蒙带诈，有时可以击溃他们的心理防线，因此某些诈唬手段并无不妥的话，那么，在庄严神圣的法庭上，作为控方的检察官和作为辩方的犯罪嫌疑人在举证、质证的程序上享有同等的权利，检察官再要对犯罪嫌疑人连蒙带诈，特别地，为了增强对犯罪嫌疑人的诈唬效果，检察官还一本正经地将一些毫不相干的材料作为“如山之铁证”呈交法庭，尽管犯罪嫌疑人的心理防线被击溃，谎言被粉碎，检察官也难逃作伪证之嫌。

不错，检察官被迫作伪证，是为了证明犯罪嫌疑人在作伪证，而之所以要证明犯罪嫌疑人作伪证，是为了惩罚他的包括作伪证在内的犯罪行为，但既然犯罪嫌疑人作伪证的行为要受到惩罚，检察官作伪证的行为也应该受到惩罚，否则就破坏了检察官和犯罪嫌疑人在法庭上享有同等举证、质证权利的平衡，有悖于法律的公正原则。

法律有其强制性，以暴制暴往往在所难免，但法律更有其公正性，因此以诈讹诈至少当属程序不合法。

兵不厌诈，法不容诈。

原载《搜狐视线》2003 年 5 月 23 日

余秋雨是可以“随便骂”的吗

骂人不好，随便骂人更不好。不过骂名人应该可以例外。2003年9月5日，北京市东城区人民法院就作家余秋雨状告北京文学杂志编辑萧夏林的“别墅侵权案”做出一审判决，原告余秋雨的诉讼请求被驳回，被告萧夏林除了因“轻信传言并付诸文字”而被法院提出批评，没有再受到其他处罚。法院的这一判决，具有深远的开创性意义。

“别墅侵权案”缘起于萧夏林发表在《书屋》2000年第2期上的文章《文化中的文化》。该文批评余秋雨在担任深圳市文化顾问期间，对深圳文化进行了不切实际的吹捧，说什么“（余）做深圳文化顾问，为深圳扬名，深圳奉送他一套豪华别墅。文化在这里已是具体的名利”。所谓深圳向余秋雨“奉送别墅”，萧夏林并未掌握半点证据，仅仅听信文坛中未经证实的传言，就在正式发表的文章中引为证据，而且连“据说”、“听说”这样的马虎眼也懒得打一个，完全是一副言之凿凿的样子，他的态度可谓轻率矣、随便矣。

而法院并不追究“奉送别墅”传言是否属实，却以萧的言论“不会使原告应有的社会评价降低”、“不能认定被告的行为具有贬低、损害原告名誉的性质”为由，判定余秋雨败诉，这岂不是在为萧夏林“随便骂”余秋雨的行为提供法律保护？岂不是在拒绝为余秋雨捍卫自已名誉权的行为提供法律保护？

千真万确，法院的判决，就是要保护文学批评家萧夏林“随便骂”公众人物余秋雨的权利，就是要“打击”公众人物余秋雨通过法律手段维护名誉权的积极性。这个判决的开创性意义，正在于此。

从被国际法学界奉为经典的美国“沙利文诉《纽约时报》案”（1960年，《纽约时报》刊登了民权组织声援黑人民权领袖马丁·路德·金的广告，谴责南方几个地区对黑人民权运动的镇压。蒙哥马利市负责警察工作的公共事务专员沙利文认为广告是对他的诽谤，遂提起诉讼，一审和二审法院判决《纽约时报》败诉并赔偿沙利文50万美元。《纽约时报》提出上诉，美国联邦最高法院推翻了一、二审判决，确认尽管这一广告中的某些说法并不真实，但《纽约时报》对沙利文不构成诽谤，因为“公共官员因其公务行为受到批评——这种批评正是宪政制度为了限制政府权力而保护言论与表达自由的反映……关于公共问题的辩论应当是无拘无束、热烈和完全公开的，可以对政府和公共官员进行猛烈、辛辣、令人不快的攻击”），到令中国法学界眼睛一亮的“范志毅赌球案”（上海《东方体育日报》转引了“某国脚涉嫌赌球”的消息，并暗示“国脚”为范志毅。范以名誉权受侵害为由起诉该报。2002 年 12 月 18 日，上海市静安区法院一审判决范志毅败诉，因为“即使原告认为争议的报道点名道姓称其涉嫌赌球有损其名誉，但作为公众人物的原告，对媒体在行使正当舆论监督的过程中，可能造成的轻微损害应当予以容忍与理解”)，再到此次的“余秋雨别墅侵权案”，司法机关限制公众人物的隐私权和名誉权诉求、保护媒体的舆论监督权和公民的言论自由权的努力清晰可见。这些努力反复宣示着一个简单朴素而又至关重要的道理：政界、商界、学界、文娱体育界的要人和名人，利用他们公众人物的地位，获得了非同一般的声誉与利益，为了公共利益，他们理当“牺牲”自己的一部分隐私权与名誉权；相应地，媒体的报道或公民的言论如果对他们有所冒犯，理当享有免责的“特权”。

具体到“余秋雨别墅侵权案”，法院不要求萧夏林就“奉送别墅”传言的真实性举证，正是充分考虑了公民行使言论自由权利时“以事实为依据”问题的局限性——与新闻报道主要是陈述事实，需要对事实负责不同，言论更多的是表达意见，只需对意见负责，因此言论者只要没有无中生有编造谣言（故萧夏林只需证明自己不是“奉送别墅”传言的始作俑者即可)，就不必对其从媒体或他人那里道听途说并引以为据的“事实”承担调查、核实等无限连带责任，除非有证据表明，言论者明知“事实”有误却仍然恶意传谣。此为言论自由免责“特权”的第一种情形。

另一种情形是，公民的言论令涉事的公众人物不满、不快，甚至做出一些极端举动，造成比较严重的后果，言论者也不应该对这些后果承担法律责任，至少不应承担全部的法律责任。盖公众人物在闻知公民的言论后“很受伤”，只是他自己的一种主观感受，并不意味着他的隐私权或名誉权果真受到了损害。余秋雨一边称萧夏林的言论“诋毁了原告的人格，也诋毁了原告参与的这项新兴的国际学术研究计划，伤害了原告在海内外的广大读者”，“损害了深圳市政府的声誉，社会影响极其恶劣”，一边却书照出，学照讲，电视照上，版税照拿，其名誉未见丝毫受损毁之迹象，所以，法院对其名誉权遭受侵害的“事实”不予认定，也无法认定。

假使余秋雨的心理比有的未成年人还要脆弱，承受批评的能力比《三国演义》中的司徒王朗还要低下，在萧夏林的一通乱“骂”之下不幸出现了不大不小的意外，法院大约也只会对萧夏林提出更加严厉的批评，而不会要求他对此意外承担法律责任。毕竟，一个公众人物这么不禁骂，也有点儿太不像话了。当然，一个人如果这么不禁骂，肯定是很难发展成为余秋雨这等级别的公众人物的。

把言论自由比喻为“随便骂人”，不但形象，而且准确。自由者，随便也，言论者依法享有对言论依据的“事实”及言论产生的“后果”免责之“特权”是也。有了这样的“特权”，不单余秋雨，所有公众人物都是可以“随便骂”的。言论自由的这种理想境界，也许现在尚无法实现，但将来就一定要实现。

原载《周末》2003 年 9 月 10 日

学习陈道明同志的批评艺术

陈道明的有个性、架子大在演艺圈是出了名的。这是没办法的事。你想啊，当那些无名小辈或刚刚混出些门道的准明星们整天忙于东奔西走上蹿下跳苦苦寻觅露脸机会的时候，不远万里找上门来请陈道明拍戏的人却一拨紧接一拨轰都轰不完，他功成名就到了这个份儿上，干嘛不能有点儿个性和架子呢？

不过倘若仅仅有个性和架子大，也算不了什么，演艺圈里狂妄恣睢目空一切都不知道自己姓甚名谁家住何方的主儿大有人在。陈道明与此辈不同。虽然他在拍完《围城》突然之间成名后，也浮躁过一段时间，“和现在一些不知深浅的演员一样，以为天下就是他的，好像所有人都应该为他活着的一样”，但以他的聪明和悟性，通过这么多年的螺旋式上升，相信他的水平已经实现了质的飞跃，达到了相当的思想高度。

在新近接受一家时尚类杂志采访时，陈道明对时下盛行的名人出书表示了极度的鄙夷：“名人写书，我向来嗤之以鼻”，“名人出书、出自传，是文化的悲哀，是亵渎文字的过程……自娱时我会随手写，不能跃然纸上，更不能示众，会脏了读者的眼睛。”他还说，“（像）我这种所谓的名人，不值得记载。最大的存在，看演出的角色就可以了。至于鸡毛蒜皮、豆腐账式的生活罗列，没有必要去记录。我觉得是浪费纸张，还是把纸用来传播文化吧。”

如果记者的报道无误，或者说陈道明不会紧接着站出来辟谣，那么，这番话我看足以为陈道明赢得一顶“批评艺术大师”的桂冠。

依照在中国沿袭已久的批评规则，任何批评都应该具体、实际，不能笼统、虚化，否则便难免被认为有一竿子打翻一船人、全盘否定某某某之险恶用心。抗战时期，漫画家华君武画了一幅题为《1939年延安植树》的漫画，一名高级领导干部看了后批评他说：“植树不好应当批评，但哪里不好应该注明。延安很大，比如王家坪总部植树不好，就写王家坪植树不好，否则就成了延安植树都不好了。讽刺应该注意个别和一般、局部和全局的两个区别。”该领导的批评，据说在华君武头顶上“响起了一声声重锤”。按这种思路，要批评名人出书，必须进行特别的注明与区分，因为名人很多，名人出书的情况很复杂，你若一口咬定名人出书“是文化的悲哀，是亵渎文字的过程”，岂不是说全中国的名人出书都是“悲哀”和“亵渎”吗？

你这是什么话？难道中国的每一本名人随笔、名人自传都是文字垃圾吗？难道你认为赵忠祥的《岁月随想》是“鸡毛蒜皮、豆腐账式的生活罗列”，冯小刚的《我把青春献给你》“会脏了读者的眼睛”，白岩松的《痛并快乐着》是“浪费纸张”吗？……同志们，一个人只要不带偏见，就应该知道他陈道明忽略了个别和一般、局部和全局的区别，犯了一叶障目不见森林以偏概全以点带面以小人之心度君子之腹的严重错误！

另一条有中国特色的批评规则，就是不能批评同行，不能搞窝里斗。设立这项规则的目的，首先是为了端正态度，统一思想，保证圈子内部的安定团结和可持续发展；其次也是为了给圈子里的每个成员留条后路，毕竟大家吃这碗饭都不容易，你今天抓住了别人的把柄，气势汹汹地把他猛批一通，你就能保证自己明天不被别人抓住把柄么？到时候人家以牙还牙痛打落水狗，你这不是自作自受么？前段时间歌手雪村开玩笑说演员都是戏子，应该什么角色都能演，尽管他把自己也归入戏子的行列，结果据说还是在一定范围内触犯了众怒，更有男演员名曰刘威者按捺不住跳将出来，在报纸上发表公开信，喝令雪村闭嘴，并称若与他狭路相逢，绝不会轻饶了他，甚至不惜以武力解决。如果说雪村是在“贬低”包括自己在内的所有演员，那么，陈道明则是在贬低所有出书的名人，以此抬高坚决不出书的自己。

可以预料，演艺圈中那些已经出书或正准备出书的名人，闻听此言后将是何等愤慨，他们即便不至于冲动到要和陈道明比拼武力的地步，但从此将他视为不懂行规的异类，甚至是不共戴天的仇人，则几乎是确定无疑的。陈道明的言论是一种彻底而决绝的批判姿态，是一个高难度、高风险的非规范动作，一般演员若没有他那样的实力和底气，万万不可仿而效之，除非是不想继续在圈里混下去了。

说中国人丑陋，必须注明只是“某些中国人”；说明星大腕唯利是图，必须注明只是“少数明星大腕”；说领导干部热衷于跑官要官，必须注明只是“极个别领导干部”……总之绝大多数中国人包括明星大腕、领导干部都是好的，好坏之比例至少也是九点九九个指头和零点零一个指头的关系。特别是我们中国人、中国的明星大腕、中国的领导干部自己，更不能端起碗吃肉，放下筷子骂娘，不能长他人志气，灭自己威风，否则就是数典忘祖，大逆不道，就是贰臣、汉奸、小人、疯子……

陈道明同志是一个演员，不是职业批评家，但他对于名人出书现象的批评，打破了有中国特色批评艺术的两条铁的戒律，表现出了大无畏的气概，进入了批评艺术的新境界，值得每一个职业批评家认真学习。

原载《潇湘晨报》2003 年 10 月 25 日

惯看“衣冠禽兽”

最新一期中国《新闻周刊》做了一个综合报道，把中国的教师狠狠地恶心了一把。报道的具体内容，顾名思义，从《她终于上了老师的床》、《腐败教师》、《禽兽教师》、《暴力教师》、《独裁教师》、《“老板”教师》等几个小标题上可想而知。记者写道，“在中国，教师是一个道德色彩极为浓重的特殊人群，社会对他们的评价体系很大程度建构在道德的框架内”，“目前，中国社会在评价教师究竟有什么样的权利时，还主要从教师所肩负的社会责任来衡量，而没有将教师放在职业化的框架里去考量。”这几句议论我觉得很有意思。

天地君亲师，师者，传道、授业、解惑者也，教师虽然是一种职业，或者即便是一种“饭碗”，但教师首先是一个“传道士”，担负着崇高而沉重的道德使命，其“道德色彩极为浓重”的特征，在其他一些职业那里很难见到。与授业、解惑的专业标准相比，传道的道德标准既高且广，既更引人注目，也更容易为人诟病。特别地，当一个教师的道德出了问题，那么无论他的专业何等精湛，也大有被人视为“满嘴仁义道德，一肚子男盗女娼”的伪君子的危险。

人们先是对教师怀有很高的道德期许，认为他们应该是天然的道德典范，接下来，如果发现某个或某些教师在道德上有问题，甚至还远不及普通人的道德水准，于是才大失所望，痛心疾首。由此反推，如果人们对教师的道德期望值原本就不是很高，这样，一旦发现他们如普通人一样，高尚的高尚不到哪里去，卑鄙的也卑鄙不出更多的花样，也许就不至于那么失望与痛心了。希望越大，失望也越大嘛。

除了在各类学校执教鞭的正经八百的教师，社会上还有不少人事实上也干着教师爷的活儿，他们的影响所及，往往令一般的教师望尘莫及。原广州市委宣传部部长、广州日报社社长黎元江，因严重经济问题被查处，在表示愿意接受组织上给予的任何处罚的同时，又提出了一个特别请求：“我从本科到博士研究生攻读的都是国际共产主义运动史，这个专业目前在中国，人才已经不多了。我手头正在做……《社会主义 400 年》第三卷，这一卷内容比前两卷更重要……希望给予从宽处理。”作家牧惠先生为此写了篇杂文《你也配？》，质问黎元江“写《社会主义 400 年》？你也配？”“哪怕对国际共运史有研究的中国人才死光，也轮不到贪污人民的血汗钱去花天酒地的黎元江来写这本书。”

牧惠先生对研究国际共产主义运动、撰写社会主义历史的人的要求未免太苛刻了。共产主义运动史和社会主义发展史固然有道德教化的作用，但同时也是一门专业性很强的学问，它的研究者如黎元江之流，只要专业水平过硬，能够条分缕析，富有创见，就基本上配写《社会主义 400 年》了。如果一个人非得像马克思、恩格斯那样全心全意为共产主义事业奋斗终生，才配研究共产主义并从事这方面的著述，那么配写《社会主义 400 年》的中国人又有几个呢？“蜀中无大将，廖化做先锋”，到时候如果实在找不到百分之百“配”的人，说不定还得去找人家黎元江！

嘴上说一套，手上做一套，嘴上说的是道德，手上做的是专业，或者说，嘴上说道德、笔下写道德本身就是人家的专业／职业，只要仁义道德被他用嘴说和用笔写到了高度的专业化／职业化，那么，他本人即便在背后大搞男盗女娼，即便他背后大搞男盗女娼的丑事被公开曝光，我看也无伤于仁义道德之大雅。钱锺书有个比喻说，读者看作家的书就够了，没必要了解作家本人，好比吃一只鸡蛋，没必要了解下蛋的鸡。一只母鸡有乱搞公母关系的不良嗜好，但只要下的蛋不错，就不失为一只好鸡。现在人们不像以前那样迷信，不会相信满嘴仁义道德的人一定就是仁义的实践者，是道德的化身；真正的仁义道德，也绝对不会因为有一些大搞男盗女娼的人常常把它挂在嘴边而沦为男盗女娼。

不妨再举一例：前不久，“星光奖”唯一连续六年的一等奖获得者、两次“最佳导演奖”获得者，原中央电视台文艺部主任赵安，和有词坛怪才、天才诗人、慈善家、著名晚会策划人之称的商人张俊以，分别因受贿罪、行贿罪与诽谤罪被判处有期徒刑。鉴于两人长期以来一个受贿，一个行贿，联手在中央电视台等主流媒体上“导演”了一系列空洞虚假、扭捏做作、装腔作势、单调乏味的主旋律作品，我曾在一篇小文中呼吁，“只有把他们从宣传思想队伍中清除出去，才能保证主旋律舞台的形象不受损害，主旋律节目的声誉不被败坏”。我没有质问赵安、张俊以“你们也配主旋律”，我的意思其实更简单，要求也低得不能再低——赵大导演，张大善人，你们一边大搞以权谋私、欺世盗名的下三烂勾当，一边装模作样大导特演主旋律作品，要说也没什么大不了的，但关键是你们应该具备最起码的专业水平，别把作品弄得那么面目可憎弱智可笑啊，别以为观众都是傻瓜和痴呆儿啊……

中国《新闻周刊》报道中那个以保送研究生为诱饵把女学生搞上床的教师，以及黎元江、赵安、张俊以等早已桃李满天下的教师爷，披教师之衣冠，行禽兽之手段，堪称“衣冠禽兽”。白发渔樵江渚上，惯看秋月春风，笔者不才，白面书生逢盛世，惯看“衣冠禽兽”，乃知“领导也是人”、“教师也是人”，把某些“领导”、“教师”嘴上说的、笔下写的与他们手上做的进行适当的区分，懂得“衣冠”与“禽兽”既能合二为一、也能一分为二的道理，可以帮助我们“一壶浊酒喜相逢，古今多少事，都付笑谈中”。

原载《中国经济时报》2003 年 12 月 30 日

评劳模还是评大腕

小巨人姚明入围上海市2005年全国劳动模范候选人，在社会上引起较大争议。从媒体的报道看，争议的焦点主要在于，全国劳模是中国劳动者的荣誉，而姚明是在美国打球的运动员，是否符合劳模的候选资格？

窃以为，姚明虽然人在美国，为美国的商业俱乐部效力，但毕竟还是中国人，在中国有户籍、有单位，只要有关方面严格履行了讨论、公示、申报等程序，他的候选资格就应该没有问题。

真正值得一议的不是程序，而是实体，即像姚明这样炙手可热的体育明星，再给他加上一项全国劳模的荣誉，有没有这个必要。和姚明一起入围的还有体育明星刘翔，因为他是在国内而非在国外跨栏，故他的候选资格尚未引起争议，但就实体而言，他的候选与姚明一样，也是存在问题的。

如果要评选“全国体育健将”、“体育精英”，姚明和刘翔当之无愧；如果要评选“十大杰出青年”、“青年成才楷模”，姚明和刘翔也当之无愧；如果要评选“中国青年形象大使”、“上海城市代言人”，姚明和刘翔也是最合适的人选之二，因为他们的体育天才给中国长了脸，他们被认为一个代表了上海的高度，一个代表了上海的速度。退而言之，即便按照一个很俗气的标准，评选什么“财富英雄”、“时尚大腕”，身家亿万、年轻俊朗的姚明和刘翔也完全可以报名参选，陪那些唱歌跳舞的、说相声演戏的、码字编故事的、倒腾生意挣大钱的“成功人士”们玩儿一把。但是，在评选劳动模范的时候，姚明和刘翔还是不要参评为好。

从“全国体育健将”、“杰出青年”到“形象大使”、“财富英雄”再到“时尚大腕”、“成功人士”，所有这些头衔和名号，都与劳动模范存在着重大区别。“大腕”们都是已经取得成功且名利双收的非凡人士，劳动模范则应该是在平凡的岗位上默默奉献的普通人，他们即便做出了非同一般的成绩（如一些从事基础研究的科学家），往往也是吃力不讨好，或叫好不叫座，至少未能像“大腕”那样迅速积累起巨大的财富与名声。“大腕”们都通过等价交换的市场法则（有的甚至以很少的付出换取了很高的回报），获得了大众的追捧和社会的承认，而国家和政府从普通劳动者当中评选劳动模范，是对这些普通劳动者长期以来的“高付出低回报”进行的一种补偿。让“大腕”当劳模是锦上添花，让普通劳动者当劳模是雪中送炭，让“大腕”挤占本来应该属于普通劳动者的劳模名额，必将加剧“凡是有的，还要给他，使他富足；但凡没有的，连他所有的，也要夺去”的所谓“马太效应”。

有人从经济学角度分析姚明候选劳模的边际效用，认为把入选全国劳模的机会留给名气蒸蒸日上的姚明，由于边际效用的递减，对姚明来说起不到多大的激励作用，同时也会降低劳模对公众的激励效用。但论者或许有所不知，一个对姚明“起不到多大的激励作用”的劳模称号，据说姚明本人却“看得较重”，“他认为全国劳模的荣誉非常重要，他说这是对自己在海外打球、积极工作的一种认可”。论者一厢情愿地认为，一个劳模称号对从头到脚全是荣誉的姚明而言“少一个不嫌少，少之无憾”，却没注意到人家“多一个不嫌多，多多益善”。而且既然是国家给的荣誉，在中国国情之下，姚明如果坚辞不受，很可能就会让人怀疑“他是不是对国家有什么想法”。姚明一点儿也不傻，他不会让那些执意要为他锦上添花的人扫兴的。

评劳模的目的是什么？有关方面既然要给姚明这样的“大腕”再戴一顶劳模的桂冠，足以证明他们是在刻意树立一种“赢者通吃”、“一有百有全都有”的典型，而并不在乎这种高高在上的典型能对社会上的普通人产生多大的激励作用。或许他们认为，先进典型只有“高大全”，普通人才能看到自己与先进典型之间的巨大差距，才能自惭形秽而顿生敬畏之心。但究其根本，评劳模不应该是为了“震慑”他人，不应该让他人自卑自弱，劳模应该像邻家的一个大孩子，在普通人眼里是可望可即的，是可以在日常的生活和工作中一板一眼地引为榜样的。身高 2.26 米的篮球巨星姚明普通人学不来，奥运会冠军刘翔普通人学不来，其他许多“财富英雄”、“时尚大腕”普通人也学不来，不由分说把劳模的头衔加到这些“成功人士”身上，只会使劳模的价值离普通人越来越远。

评劳模如果变成了评“大腕”，除了主持其事者可能会产生某种“成就感”之外，其他人是不会觉得有多大意思的。

原载《四川文学》2005年第7期

哈佛大学的“劫富济贫”

在今年全国两会上，教育乱收费又成为焦点话题之一。对此，教育部新闻发言人王旭明表示，非义务教育阶段的教育是一种消费，学生要根据自己的经济、智力、实力来选择，北大、清华这些优质教育资源是有限的，自然比较贵，不是所有人都消费得起。就好比逛市场买东西，如果有钱可以买 1 万元一套的衣服穿，如果没钱就只能买 100 元一套的衣服穿。现在很多人不考虑自己实力如何，都想让孩子往好学校里挤，这是非理性的，也是形成“上学贵”观念重要来由之一。

义务教育是免费教育，无论家庭经济条件好坏，每个学生都有权享受，而非义务教育阶段的教育不是免费教育，因此大致可以认为是一种消费，学生需要根据自己的经济、智力、实力来选择。话说到这个程度，其逻辑和判断基本上是成立的。但如果认为选择非义务教育阶段的教育就像买衣服，有钱的可以买高档服装穿着上北大、清华，没钱的只能勉强穿一件粗布背心上野鸡大学，将“经济、智力、实力”三个因素一举简化为“经济实力”，就有点儿说不过去了。尽管非义务教育不是免费教育，但大学毕竟是教育机构，而不是经商做买卖以赚钱为目的的商店，大学需要承担教书育人的职能，体现现代教育的公共性，因此大学录取学生不能像商店卖衣服那样，采取“唯钱是举”的单一标准，以高昂的收费将那些“经济实力”不足但“智力实力”有余的学生拒之门外。这是一个再简单不过的道理。

公民能够享受到什么样的教育，说到底是一个教育公平的问题。义务教育是教育的起点，国家以免费为保障，以强制为手段，在全体适龄公民范围内推行义务教育，就是要通过义务教育实现起点上的教育公平。目前真正免费的义务教育普及率越来越高，家庭经济实力对起点上的教育公平的妨碍逐渐减少，下一步政府应当继续加强规划，加大投入，着眼于改善一般学校和基础薄弱学校的办学条件，遏制城乡之间、地区之间和校际之间的差距，实现义务教育发展的均衡化、无差别化。如果公平的义务教育得以实现，那么，公平地享受非义务教育阶段的教育（包括高等教育），就是在起点上的教育公平的基础上，实现了过程中的教育公平。

如果说这些年我们对起点上的教育公平——义务教育阶段的教育公平关注较多，而且在这方面已经有所收获的话，那么，现在恐怕需要较多地关注过程中的教育公平——非义务教育阶段的教育公平（包括高等教育的教育公平）了。去年这个时候，国家教育科学“十五”规划课题“我国高等教育公平问题的研究”课题组发布的一项调查研究报告指出，国家通过对不同地区、不同人群高考录取率和录取分数线的调控，决定着高等教育资源在不同阶层之间的分配，农民、工人和下岗失业人员家庭的子女，在这几年高校录取新生中所占比例持续下降，且大多就读于普通院校，选择较为冷门的、收费较低的学科，而具有更多政治、经济、社会资本的优势阶层的子女，则“可以通过较低的分数和走关系等非正常的手段实现入学”，且较多分布在重点院校和优势学科。上述种种导致高等教育严重不公平的现象，大多具有非常复杂的原因，即便为了便于分析而姑且排除其他因素，单论其中的“经济实力”因素，也可知所谓“北大清华门南开，有才无钱莫进来”，正是高等教育不公平的典型表现。

本来，一个穷人家的孩子在义务教育阶段享受了起点上的教育公平，如果他成绩很优秀，同时如果北大、清华不以“经济实力”而以“智力实力”为录取学生的第一标准，那么这个穷孩子希望通过考试“挤”进北大、清华，进而在非义务教育阶段享受过程中的教育公平，无疑是最自然也最理性的选择。而把穷孩子想上北大、清华视为“非理性”，显然是希望北大、清华录取学生坚持“经济实力”标准，而不希望他们坚持“智力实力”标准，从教育公平的角度看，真不知这种认识的“理性”何在。

说到北大、清华，人们常常联想到美国的名校哈佛、耶鲁。与中国穷人家的孩子想上北大、清华是所谓“非理性”相反，在美国，穷人的孩子如果不想上哈佛大学，才是十足的“非理性”，因为哈佛大学是一所“富人可能上不起，穷人家的孩子反而都上得起”的大学。原来哈佛大学等常春藤盟校和很多著名大学在奖学金制度上实行“按需分配”、“杀富济贫”原则，即根据学生的家庭收入进行判断，看这个学生的家庭除了必要的生活开销外，需要多少资助才能供孩子上大学。穷人的孩子因为家里穷，可以得到自己所需要的奖学金，所以大可轻轻松松上哈佛，而富人的孩子因为得不到奖学金，可能承受不了过于高昂的学费，反而不得不放弃上哈佛的希望。由于经济条件的差异，富人的孩子和穷人的孩子在起点上不够“公平”，因此通过奖学金制度“矫枉过正”，帮助穷人的孩子“扳回”一些公平，从而帮助他们享受到过程中的教育公平。如此设计，可谓深得教育公平之真义。

教育公平是社会公平的起点，是构建和谐社会的一个基础保障。当前，鉴于上大学尚被等同于“买衣服”，穷人的孩子上北大、清华被视为“非理性”，比照哈佛大学的“穷人上得起，富人上不起”，我们追求教育公平之路还十分漫长，还需要克服许多观念和体制上的障碍，需要付出大量艰苦的努力。

原载《中国商报》2006 年 3 月 21 日

我们为什么要宽容大郅

4月10日，著名篮球运动员王治郅从美国回到北京。这个因拒绝回国效力而被中国男篮除名的“浪子”，终于结束了1600天滞留美国的生活，结束了他与中国篮协的恩怨，回到了祖国的怀抱。

王治郅当年抗命不归，无疑是一个严重的错误，其行为被主管部门定性为“明显缺乏国家荣誉感”，并因此被国家队开除、饱受千夫所指，在当时也属势所必然。如今，王治郅认真反省自己的错误，希望回国代表国家参加2008年奥运会，并将于近日公开发表亲笔写的道歉信；中国篮协也充分认识到王治郅作为“亚洲登陆NBA第一人”对于中国体育的特殊价值，并为争取王治郅回国做了大量工作。相较之下，由于主管部门掌握着解决问题的主导权，因而他们为此做出的努力具有特别的重要意义，也尤为令人尊重。

有关方面以积极姿态宽容一名曾经“叛逆”的球员，用一位负责人的话说，“中国这么大一个国家，应该有足够的胸怀原谅一个犯了错的孩子”，其前提还在于王治郅所犯下的错误，并非如军人在战争中叛国投敌那样不可饶恕。人们注意到，在计划经济时代，各体育运动队在体制上隶属国家，运动员的身份就是吃皇粮的国家干部，国家给运动员提供条件进行训练，运动员的成才、成功主要得益于国家的投入和培养，因此运动员有义务接受国家的调配，服从所在运动队就训练和比赛做出的相关安排。然而，随着市场经济的勃兴，一些体育运动项目的市场化运作方兴未艾，对于像王治郅这样天分与实力俱佳的运动员，就产生了一个如何在市场上为自己开拓更加自由广阔的发展空间，同时也为自己创造更高身价的问题。在国家利益、国家荣誉和运动员的个人利益、个人发展之间，就这样出现了某种内在的矛盾。不承认这一点，不是实事求是的态度。

王治郅四年前与中国篮协“失和”，正是上述矛盾未能妥善处理的产物。客观地看，王治郅当年拒绝回国参加世锦赛和亚运会赛前集训，很大程度上是因为他正处于失业状态，“泥菩萨过江自身难保”，原本希望先找份工作，再安心报效祖国。如果有关方面能够更多地考虑他的想法，体察他的难处，拿出更大的耐心和诚意，与他进行深入的沟通、交流，或许就能够争取他的谅解，达成双方都能够接受的意见，从而避免两败俱伤的“双输”局面。因此之故，现在王治郅回心转意并得以重归篮协旗下，可以视为有关方面采取了大度得体的处理策略，从而初步实现了国家利益、国家荣誉和王治郅的个人利益、个人发展之间的“双赢”。

实际上，“王治郅事件”在体育界并非个例，郝海东、田亮、彭帅、诸宸等运动员或多或少也面临过类似的困境。进而言之，国家利益和公民个人发展之间的矛盾，不独存在于体育界，在其他领域也时有发生。如何理性看待并妥善处理这一矛盾，在当今日渐开放和多元化的现实环境中，应当比以前有更好的条件。我们不能否认，国家为培养各行业的优秀人才投入了巨大的成本和资源，这些人才有义务报效国家，为社会和人民服务，但我们也不应过分拘泥于“报效”和“服务”的传统形式，而应当对此有更加丰富和开阔的理解。

如果把国家和公民的关系比喻成父母与子女的关系（相信很少有人会反对这样的比喻），那么就不难看到，正如父母与子女的关系，不应当只是父母以抚育、培养子女为条件，换取子女以孝敬、赡养父母作为回报那样简单，国家利益和公民个人发展之间的关系，也不应当只是国家以培养公民为条件，换取公民通过劳动和奉献回报国家那样简单。80 多年前，有感于传统的中国社会中父母权利（及权力）与子女义务的严重失衡，鲁迅先生指出：“觉醒的父母，完全应该是义务的，利他的，牺牲的”，“对于子女，义务思想须加多，而权利思想却大可切实核减，以准备改作幼者本位的道德。况且幼者受了权利，也并非永久占有，将来还要对于他们的幼者，仍尽义务。只是前前后后，都做一切过付的经手人罢了。”（《我们现在怎样做父亲》）现代文明国家，对于公民也应当“义务思想须加多，而权利思想却大可切实核减”，应当把为公民的个人发展创造充分的条件，提供完善的服务，作为一种自觉的“国家义务”，而无需“斤斤计较”于公民在获得个人发展之后，会以什么方式和水平回报国家。

正如父母养育子女本身就是目的，父母通过养育子女获得了快乐和成就感，国家培养公民本身也是目的，国家通过培养公民，也加强了合法性并增进了成就感。国家以谦逊而积极的姿态对待公民的个人发展诉求，力求促成国家利益与个人发展之间的“双赢”，当是和谐社会的题中应有之义。

原载《南方周末》2006 年 4 月 13 日

郭德纲事小，广告事大

今年中央电视台 3 · 15 晚会曝光了“非著名”相声演员郭德纲代言的“藏秘排油”减肥茶涉嫌虚假宣传的事实，目前该减肥茶已被北京工商管理部门立案调查。郭德纲高调回应说，这一切是因为自己拒绝上央视的春节联欢晚会而遭央视报复。他在博客中写道：“有人质疑广告上写着迅速抹平大肚子，说不灵。呵，这是矫情。方便面袋上印着大虾肉块，也没见人上方便面厂上吊去……”

其实真正矫情的不是央视，也不是质疑郭德纲“虚假代言”的消费者，而恰恰是郭德纲自己。首先，央视曝光的是“藏秘排油”减肥茶的问题，是这个减肥茶公司涉嫌违规违法操作的问题，而不是曝光郭德纲在其中有什么见不得人的东西。虽然曝光“藏秘排油”减肥茶牵出了为之代言的郭德纲，且郭德纲因此受到了一些观众、网友的质疑，但从逻辑上讲，这不能怪央视，要怪只能怪减肥茶不争气。事实上，在央视 3 · 15 晚会之前，已经有消费者起诉郭德纲了。况且俗话说，“打狗还得看主人”，“藏秘排油”出资200万请郭德纲代言，两者的关系中，“藏秘排油”相当于“主人”，郭德纲相当于“狗”（这样说只是为了比喻，而不含丝毫贬义），现在央视打的是“主人”，与“狗”何干？总不能要求央视“打主人还得看狗”吧。

其次，郭德纲说央视因为他拒绝上春晚而报复他，他也太把自己当回事儿了。央视是中国第一电视台，春晚是中国第一晚会，各色明星大腕唯央视马首是瞻，为上春晚竞折腰，比如赵本山，各方面条件都不比你郭德纲差吧，人家还年年坚持上春晚呢。地球缺了谁都照样转，难道你郭德纲不上春晚，春晚就要歇菜，央视就要关门？郭德纲有所不知，央视有的是傲视群雄万物皆备的大气，而不是斤斤计较睚眦必报的小气，哪里犯得着专门和你过意不去？

郭德纲的事其实算不上什么事，但既然说开了，咱不妨接着说说广告的问题。就像去年曝光欧典地板假冒洋品牌出身一样，今年央视3·15晚会曝光“藏秘排油”减肥茶涉嫌虚假宣传，无疑是做了一件大好事。但央视是一家媒体，3·15晚会是一个节目，其运作得有经济基础，得追求广告收入，据报道，央视在节目中曝光“藏秘排油”减肥茶，在节目间隙却反复播放一种名为“珍奥核酸”的保健品的广告。就是这个保健品，2001年3月曾因不实宣传被卫生部通报批评，去年9月又因申报材料内容虚假和不实宣传等问题被商务部暂扣直销经营许可证，然而，就因为他们向央视奉送了大笔广告费，于是连续几年在央视3·15晚会上隆重登场，大肆显扬……

“藏秘排油”和“珍奥核酸”都有问题，央视何以打一个扶一个？好事者了解到，“藏秘排油”没有在央视投放一分钱广告，欧典地板最初在央视也投过不少广告，最近几年在央视的广告停了，于是很快就被央视曝光了。原来，央视3·15晚会曝光的产品，“全是没有在央视投放广告资金的主儿”。这就是说，只要在央视投放了广告，你的产品即便问题多多，也用不着担心被央视3·15晚会曝光；反之，如果你不在央视投放广告，如果你的产品不过硬，你就有可能被曝光；而且，即便你以前投过广告，但如果没有继续投下去，如果你的产品不过硬，你同样也有可能被曝光。央视3·15晚会曝光了郭德纲代言的产品，自己“代言”的产品又被别人曝光，好不尴尬！

央视曝光“藏秘排油”减肥茶，是不是为了报复后者没在央视投放广告呢？我没有证据，不敢作诛心之论。但如果有人说央视是报复“藏秘排油”没投广告，我看至少要比说央视是报复郭德纲拒上春晚更可信。我愿意相信，在央视的工作安排中，郭德纲事小，广告事大。郭德纲如果想安全代言，很简单，找一家已经或即将在央视投放广告的产品，就准保没事。

原载《现代快报》2007年3月19日

现实比“盲井”更可怕

2003 年，李杨导演根据刘庆邦的小说《神木》，拍摄了一部现实主义风格的电影《盲井》，当时刚刚入行的王宝强，在其中饰演一个简单淳朴的辍学中学生。电影讲述了一个令人不寒而栗的故事：两个游手好闲的人，先是将打工者诱骗到矿区，然后在矿井下将其害死，以此制造事故假象，两人再以死者家属的名义向矿主索要赔偿……这部电影尽管未能在国内公映，但在国际上获得了较高的评价，在第 53 届柏林国际电影节上荣获银熊奖。

谁能想到，这样的故事近年来竟然在现实生活中频频发生。据报道，自 2007 年福建一家煤矿出现伪造矿难杀人敲诈案件后，案发地很快向辽宁、云南、湖北等 9 省蔓延，发案近 20 起，死亡近 20 人，涉案人员大多来自四川省雷波县山区。去年下半年以来，类似案件还在全国各地不断发生，甚至有“井喷”之势……

生活中一直有各种各样的骗子，从骗吃骗喝、骗财骗色到骗保险、骗文凭、骗官位不一而足。而上述报载杀人敲诈系列案件的犯罪嫌疑人，把夺人性命、伪造矿难、骗取赔偿金发展成了一条堪称“完备”的“杀人作业线”，人性的阴冷丑恶与凶险狠毒集中汇聚于此，不禁让人感到天塌地陷一般绝望窒息。

凡是看过电影《盲井》的人，都会将它与上述伪造矿难杀人敲诈的系列案件联系起来。不过，凡是看过《盲井》的人，大约也会和我一样，将《盲井》和“现实版《盲井》”做一番比较，得出的结论是：残酷的“盲井”已经令人不忍复睹，惨烈的现实更让人恐怖不安。

在电影《盲井》中，两个已经多次得手的谋杀者将一个16岁的男孩（王宝强饰）骗到矿区打工，准备伺机再次作案。但在与男孩相处的过程中，其中一个谋杀者对他产生了恻隐之心，在施害与保护之间难以取舍。最后，这个谋杀者在井下打死了同伙并自杀，男孩因此得救。而在“现实版《盲井》”中，谋杀者并没有产生这种良心纠结和感情变化，他们似乎已经彻底丧尽天良，不可遏抑地在直达地狱的渊薮中越陷越深。

在电影《盲井》中，两个谋杀者虽然也搞起了“杀人作业线”，但似乎只有他们两人在“独家操作”，而且由于其中一人良心发现，内部出现了矛盾，“作业线”自行中断。而在“现实版《盲井》”中，四川雷波县山区似乎成了一个“人才”培训基地，那里的农民“出山”后分赴全国各地，先后制造多起杀人敲诈案件，形成了一个松散的杀人敲诈犯罪集团。当年李杨导演《盲井》的时候，以及之前作家刘庆邦创作小说《神木》的时候，大概怎么也想象不到，现实中谋杀者制造出来的罪恶，远比他们在文艺作品中虚构的罪恶规模大得多，危害也更为深重。

文艺来源于现实又高于现实，这里的“高”有两个意思，其一是有意无意放大了现实中的真善美（这在许多主旋律作品中屡见不鲜），其二则是无形中弱化了现实中的假恶丑。电影《盲井》不及“现实版《盲井》”恐怖，就是后一种情况的典型例子。有人对暴露现实阴暗面的文艺作品左右看不顺眼，认为这类作品丑化现实、诲淫诲盗，殊不知现实之阴暗往往超过了文艺家的想象——如果李杨导演就地取材，将四川雷波县山区那一批“出山”农民制造的系列杀人敲诈案件原封不动拍成电影，一定会比6年前那部《盲井》“阴暗”得多，大约就更不可能在国内公映了。

如此说来，与其不让观众看电影《盲井》，还不如不让他们看电视上、报纸上的“现实版《盲井》”新闻。毕竟相较之下，《盲井》们非但没有丑化“现实版《盲井》”新闻反映的现实，反而多少起到了美化现实的作用呢。

原载《教师报》2010年2月3日

为伍皓先生普及法治精神

前不久，重庆市公安局局长王立军在工作会议上提出，“凡是报纸歪曲事实真相攻击我市公安机关和民警的，就以公安机关起诉当事报社，民警拿着证据去法院起诉记者，这就叫‘双起’”。王立军的“双起”论很快引发舆论热议。或许是受到“双起”论的启发，云南省委宣传部副部长伍皓日前表示，将以公民名誉权遭到侵害为由，起诉《中国青年报》和另一家报社的记者李鸿文，分别索赔10万元（后决定放弃起诉《中国青年报》）。伍皓称“不是为了钱，是为了普及法治精神”，“希望通过官司，让更多的人认识到言论自由是有法律边界的”。

事情的原委并不复杂。针对近期出现的一些拆迁引发的悲剧事件，伍皓在微博中写道：“拆迁在发展过程中是很难避免的。倘若不能废除拆迁，那么我们对每一起拆迁维权的围观和声援，实际上都是在鼓励更多的对抗，这又必然会制造更多的鲜血和悲剧。

难道这是我们希望的吗？”随后李鸿文在《中国青年报》撰文，批评一些官员在拆迁问题上的错误认识，文中不点名引用了伍皓微博的内容，但省略了最后一句“难道这是我们希望的吗？”伍皓认为，他在微博中说的是“拆迁”，而非李鸿文文章中说的“强拆”，李鸿文的文章“故意歪曲和断章取义”，“误导了公众对我关于反强拆、要理性协商观点的认知，导致公众误认为我是暴力强迁的支持者”，导致很多网友骂他，给他和家人生活带来困扰，因此他决定起诉。

应当承认，官员同时也是公民，官员的名誉权如果受到侵害，他有权以公民的身份寻求法律的保障，包括向法院提起民事诉讼，要求判令侵权者做出赔偿。一桩涉及名誉权的民事官司，如果原告提起诉讼确有必要，而不是为哗众取宠而有意滥讼，如果法官注意平衡保护名誉权和保障言论自由这两种价值，严格依法做出公正的判决，这样的官司的确能够普及法治精神，能够让人认识到言论自由有法律边界，也认识到保护公民隐私权的目的所在。然而，具体到伍皓准备“双起”报社和记者之事，却不能不让人怀疑，他这样做到底能普及什么样的“法治精神”呢？

从伍皓微博的内容来看，虽然他强调了“预防悲剧的发生才是我们的目的”，但他反对“对每一起拆迁维权的围观和声援”，这个意思是十分明显的。他尽管说的是“拆迁”而非“强拆”，但现实中大多数“拆迁维权”事件都是由强拆引起的，他所谓“拆迁维权”中的“拆迁”，其实也就是强拆。这个意思也是十分明显的。

如果读者从这两个意思中推导出伍皓“反对舆论围观和声援拆迁维权”，进而推导出他是“暴力强拆的支持者”，只能主要归因于他的微博本身容易让人产生“误解”，而不能归咎于李鸿文文章的“误导”。尽管后者省略了他的一句话，但这句话与他前面的两个意思并不矛盾，未予引用并不影响这两个意思，不能据此认为这就是“故意曲解和断章取义”。

退一步讲，即便记者在文章中引用伍皓的言论，的确对公众造成了误导，给他本人和家人生活带来困扰，如果这种困扰没有造成严重的后果（被网友骂，全家人生活受困扰，这些是否算严重后果，不能由当事人单方面认定），他也不宜轻易提起名誉权诉讼。伍皓虽然是公民，但他更本质的身份是一名执掌公权力的官员，一名具有一定知名度的公众人物，他比普通人更有条件回应批评、澄清误解，因而应该具有更多承受批评、宽容误解的雅量。在现代社会，政界、商界、文体界等各界公众人物，较普通人获得更多的声誉与利益，为了公共利益，他们理当“牺牲”自己的一部分名誉权、隐私权等人格权。媒体的报道和评论以及公民的言论如果对公众人物有所“冒犯”，应当享有一定的“免责特权”，公众人物如果不能容忍这种冒犯而提起诉讼，法院的判决应当适当限制他们的权利诉求。这样的判例在国内外并不罕见，如足球运动员范志毅、作家余秋雨都曾在名誉权诉讼中败诉。

法治精神具有丰富的内涵，宽容是其中一个重要的原则。宽容对普通人而言是一种修养和美德，对公众人物而言则意味着一种必要的权利限制。一个有志于塑造亲民形象的官员，面对媒体的报道和评论闻过则怒一触即发，在自身名誉权、隐私权问题上脆弱敏感锱铢必较，动不动就要对媒体和记者亮出“双起”的撒手锏，这种令人失望的态度和做法，只会对法治精神造成伤害。

原载《北京青年报》2010 年 12 月 11 日

“罗彩霞”为何频频出现

湖南邵东县2004届高三毕业生罗彩霞，被同班同学王佳俊冒名顶替上了大学。罗彩霞复读一年后考上大学，但2009年毕业时却不能毕业，原因是身份证此前亦被王佳俊盗用。由此，经过公安机关调查并进入司法程序，罗彩霞被冒名顶替案逐渐浮出水面。

罗彩霞案尚未了结，各地陆续发现多起类似的案件，使得“罗彩霞”很快成为一个意味深长的公共符号，成为被人冒名顶替上大学的受害者的代名词。近日《中国青年报》刊发专题报道，总结了近年来各地频发的“罗彩霞”案的6个版本，包括“冒用其他考生档案投档”、“冒名者联系考生，购买录取通知书”、“教职人员移花接木，偷换录取通知书”、“伪造准考证和录取通知书”、“招生人员教学生集体冒名顶替”、“冒名者多次转学，‘洗白’档案”，等等。

一个考生冒用另一个考生的名字、档案上大学，一些考生冒用另一些考生的名字、档案上大学，这些发生在高校录取环节的舞弊现象，与这几年各地频频发生的高考舞弊案件，具有大体相同的性质和危害。纵观这些手法不同的“罗彩霞”案版本，笔者总结出了三个特征：

其一，冒名造假者费尽心机，花样百出，无所不用其极。王佳俊冒用罗彩霞的档案投档被录取，这是“罗彩霞”案的最原始、最简单的版本，其他造假者一般不会简单照搬这个经验，而是因地制宜、因事而异研发出多种花招，如“联系考生，购买录取通知书”、“多次转学，‘洗白’档案”，等等。这大约是“罗彩霞”案的造假者也自叹弗如的。

其二，冒名造假者启动全方位的攻关、腐蚀战略，使高考招生录取的相关环节被各个击破，招生录取工作全线溃败。从中学组织学生高考的教职员工，到高校负责招生录取的工作人员，从公安机关中管理公民户籍、身份证的民警，到教育部门中管理学籍档案的官员，都被冒名造假者拉下水去，成为造假链条中通力合作不可或缺的环节。其中一些人原本就是直接的造假者，他们的子女就是直接的冒名者。

其三，冒名造假者不但在“一条龙”舞弊营私之时有条不紊、习以为常，而且事情暴露后仍然镇静自若、振振有词，丝毫不为自己的违法犯罪行为感到羞耻，已经丧失了作为人的最起码的耻感和罪感。比如，罗彩霞发现自己被王佳俊冒名顶替后，王的父亲、湖南邵阳隆回县公安局原政委王峥嵘两次找到罗，企图说服罗更改身份证，并居高临下地对罗说“我认识你，是你的荣幸”。在王峥嵘看来，他帮助女儿冒名顶替罗彩霞并不是什么丢脸之事，他显然坚信一条所谓的“混世定律”——只要有权有钱，什么歪门邪道都行得通，什么乌七八糟的事情都可以摆平。一个人弄虚作假、欺世盗名不可怕，可怕的是他不以为耻、反以为能，并能够为自己的不堪行为建立起坚实的心理支撑，寻找到堂皇的现实依据。

从一些地方高考舞弊屡禁不止愈演愈烈，并大有朝着组织化、产业化、准黑社会化方向发展之势，到各地“罗彩霞”案件此起彼伏层出不穷，并因造假者花样繁复、相关部门防不胜防甚而全面“失守”，对我们这个转型期社会的基础秩序都是一个严重的警示。它提醒我们，必须从更宽泛的层面诊断一些地方的社会病灶，必须拿出壮士断腕的勇气和决心，正视一些地方的基础秩序已经严重动摇的现实，并坚定地应对由此带来的严峻挑战。

“基础秩序”是学者孙立平提出的一个概念，是指在制度变革和社会转型的过程中，如果一些制度措施反复失效，有时并不是因为制度设计和安排出了多大的问题，而是因为制度运行的基础和条件出了问题，这些基础和条件就是“基础秩序”，主要包括道德秩序、信用结构和社会生态等内容。在基础秩序良好、法治文明发达的国家，许多制度措施往往是简单、粗疏、充满漏洞的，但大多数人更看重自己的名誉、诚信和尊严，很少有人为了牟利而去钻制度的漏洞。人们的自觉既来自制度的宣示作用、严刑峻法产生的威慑力，也来自长期道德建设从外界对个人内心形成的约束，以及来自个人的信念和信仰。

反之，如果基础秩序不稳定或者严重动摇，人们普遍缺少诚信、耻感、名誉感和尊严感，甚至发展到“人不要脸，百事可为”、“人无信仰，无恶不作”的程度，那么，制度措施再严密，法律法规再完备，热衷于钻制度漏洞、走法律捷径者也一定大有人在。规模化、组织化的高考舞弊和“一条龙”式的冒名顶替上大学案件，就是当前一些地方基础秩序严重动摇，并呈现出某种“不可治理状态”的两个典型标本，由于原本应当起到支撑作用的基础制度出了问题，高考制度、高校招生录取制度在一些地方反复失效，已经恶化到了非常危险的地步。

上述结论或许会让人感到更加悲观，因为改革一个地方的基础制度，完善一个地方的基础秩序，将是一项长期、浩大的工程，远比查处一两起高考舞弊案和“罗彩霞”案要困难和艰巨得多。但事已至此，别无他法，就眼下而言，必须先按照“铁腕严惩”的思路，对各地高考舞弊案、“罗彩霞”案的涉案人员依法惩处；从长远计，则必须从道德重建、人性教育、信用体系等基础环节做起，通过一点一滴持之以恒的努力，逐渐改善和形成一个足以支撑良好制度运行的基础秩序。

原载《法律与生活》2010 年 14 期

计算与算计的循环

我家小儿今年五岁，爱人和我颇为他明年上小学的事发愁。去打听几所示范小学（以前叫重点小学）的情况，知情者说，要交几万到十几万不等的赞助费，还要参加学校举行的考试，如果考试通不过，交再多赞助费也不行。考试的内容主要是小学一年级课本上的东西，一百以内加减计算是重点之一，不光要计算正确，还要追求速度。

我听了又急又气——既然是小学一年级课本上的东西，为啥要求孩子入学前都得学会？这不是从幼儿园就开始抓应试教育了吗？

知情者呵呵一笑：你孩子不想去是吧？放心，排着队想交钱让孩子参加考试的家长多了去了，人家学校才不急呢。现在家长都希望孩子从小抓紧强化，数学、英语、各种才艺一样都不能少，总之不能输在起跑线上。中国的就业竞争、社会竞争多残酷啊，你能忍心看着自己孩子将来被淘汰吗？

这样的逻辑和说教，在我听来早已不觉新鲜，不过，示范小学竟然要求学龄前儿童基本掌握小学一年级课本上的内容，包括熟练进行一百以内加减计算，还是令我万般惊恐不安。刚好，前段时间有个十年前移民美国的朋友回国，从他那里知道了美国孩子上小学的一些情况，两相比较，美国孩子实在是太轻松、太幸福了。举个简单的例子，美国小学也教孩子加减乘除，却并不专门训练孩子的计算能力，在美国人看来，需要计算的时候用计算器就可以了（大部分考试都允许用计算器），干嘛要用复杂繁琐、枯燥机械的计算训练来折磨孩子呢？

按照我所在的城市里一些示范小学的要求，中国学龄前儿童的加减计算能力，几乎就相当于甚至要超过美国中学生的水平了。你还别不信。记得二十多年前，我上中学时看过一本书，书名叫《这就是美国》，是当时风行全国的“五角丛书”之一种。书中有一个细节给我留下了非常深刻的印象，至今记忆犹新：很多美国人根本不会计算，比如你到商店买东西，价签上标注为 7 美元，你给了店员 10 美元，在中国人看来，店员要做的事情很简单，找你 3 美元就是了；不料，美国店员不去计算“10－7＝3”，而是把你给他的钱换成 10 美元零钱，交还到你的手上，让你从中拿出 7 美元给他！

二十多年前，中国的重点小学大约还没有要求学生入学前就掌握一百以内加减计算，中国小学生的计算能力大约比美国小学生强不了多少，而中国成年人的计算能力，显然远远高于连“10－7”都不会算的美国成年人。如今，中国连学龄前儿童的计算能力都有了突飞猛进的提高，中国成年人的计算能力当然也在大踏步提升，比起只会摁计算器的美国成年人来，就更是天壤之别了。

然而，一个不争的事实是，中国学生尽管在学习能力（包括计算能力）和知识深度方面占有明显优势，但在本科毕业后进入继续深造或就业创业阶段，中国学生的上述优势就转化成了劣势，与之相对的是，美国学生在研究、创新方面表现出明显优势。同样，中国成年人尽管在计算能力上占有明显优势，在研究、创新方面却处于明显劣势。中国人在“起步阶段”似乎赢得很漂亮，在接下来的攻坚阶段和最后的冲刺阶段却输了，不亦悲乎？

论智商和聪明，中国人不亚于世界上任何人，中国人学龄前就要接受高强度的计算训练，这更像中国的杂技训练，没有哪个国家比得了。为何强于计算并占领先机的中国人，却让拙于计算的美国人“后来居上”？太宏大叙事的原因我说不好，有一点儿我觉得是值得反思和警醒的：或许正因为从小就强于计算，无形中让中国人变得精于算计，你算计来我算计去，不但消耗了每个人的聪明智慧，也造成大量内耗内斗，造成社会文化资源的巨大浪费。反之，据出过洋的人说，发达国家的人大多简单率真，不像中国人有太多的心眼儿，所以人际关系和社会交往的成本很低，只要按照规则、规矩干好活就行，用不着费那么多心思去琢磨人、算计人。

一个强于计算并精于算计，在内斗中损耗大量人力物力，一个拙于计算而无需算计，将大量人力物力用于创新，两相比较，高下立现。中国人越是精于算计，社会竞争就越残酷，家长就越敏感焦虑，总担心孩子被淘汰，不得不对孩子强化计算训练；而计算训练越是“从娃娃抓起”，中国人就越是强于计算且精于算计，社会竞争就越更残酷，由此形成恶性循环，情势愈演愈烈……

我们何等无德无能，竟忍心看着原本简单率真的孩子步父辈之后尘，可能在计算与算计的循环中空耗一生？

原载《西安晚报》2011 年 3 月 7 日

清华反思了什么

4月24日是清华大学建校100周年纪念日，清华举行了极为隆重的庆祝活动，将持续一年多来的一系列校庆“预热”推向高潮。之后，清华校方和各院系继续组织各种座谈会、研讨会，分享学习体会，抒发壮志情怀。在整个庆祝活动中，外界很多人似乎都在期待着，清华能够通过校庆表达一种“反思”的态度，但不能不说，实际情况与人们的期待存在不小的差距。

人们为何期待清华反思？这首先是因为，反思是世界一流大学举行校庆活动的一种传统。1986年美国哈佛大学举行350周年校庆，时任校长德里克·博克发表演讲，重点分析了哈佛的忧虑、挑战和困惑，“当我们为取得的成就而高兴时，会突然感到一种异样的阵痛，虽然我们强忍着，但也不免说出来。我们知道有多少学院是在全盛时刻种下了日后衰退的种子”。他特别警惕于“当学校的影响和重要性日益增加，声望和财产日益增长时，各种集团自然会受到诱惑，希望利用学校来达到自己的目的”。今年 1 月，美国麻省理工学院宣布举行持续 150 天的盛大系列庆祝活动，麻省理工学院有关负责人表示，学校不但要向以往的成就和贡献者致敬，还将举行严肃的反思活动，思考如何继续走近研究的前沿及世界面临的最紧迫的问题。

再看清华。清华早已确定了建设世界一流大学的目标，并以类似计划经济的方式，精确制定了“在 2020 年达到世界一流大学水平，并在 2050 年跻身世界一流大学前列”的计划，反思理应是清华百年校庆的题中应有之义。

反思，是一种可贵的觉悟和卓异的品质，对个人而言如此，对一所大学而言也是如此。反思，意味着对自己进行冷静的审视和严肃的批判，甚至要对自己的某些方面进行决然的否定。反思不但需要充分的自信和内敛，更需要有一个鼓励批评和监督、容忍不同意见的宽松活跃的外部环境。应该说，中国大学并非全无反思意识，只是在反思的主体和形式上，与哈佛、麻省理工等国外大学颇有不同。13 年前，北京大学举行百年校庆之时，有人提出过“北大应当反思”的问题。与清华百年校庆一样，当时北大百年校庆也是规格高大、规模宏大，从整修校园、排演节目到展示成就、组织庆典，无不隆重堂皇，盛况赫赫。目睹如此情景，北大教授钱理群翻出了 1922 年的《北京大学日刊》，上面有北大为纪念 25 周年校庆登出的启事，希望校友对北大现状提出批评意见。25 周年校庆那天，《北京大学日刊》上刊登纪念词，第一篇是总务长蒋梦麟的文章，宣布“今日是本校25年的生日，是我们全体师生反省的日子”。第二篇是教务长胡适的文章《回顾与反思》，直言“三千年的思想、宗教、政治、法制、经济、生活、美术……的无尽资料，还不曾引起我们同人的兴趣与努力！这不是我们的大耻辱吗？”第三篇是李大钊的《感言》，认为“我们自问值得做一个大学第25年纪念的学术上的贡献实在太贫乏了！”

钱理群教授以“翻旧账”提醒北大，百年校庆举办各种庆祝活动是必要的，但“真正铭刻在心的纪念，应是（北大）25周年那样的全校性的（从校方到教授、学生、职工）的‘反省’：可以是集体性的，对学校、系科教学的检讨，也可以是个人性的，对身为北大人的自我内心的审视……”这个特别的提醒，代表了部分北大教师对学校的反思态度，遗憾的是，北大校方对此并未予以应有的重视。

清华百年校庆前夕，该校大三学生、青年作家蒋方舟给清华写了一封信，表达了对学校的一些抱怨、不满、震恐。她说，“清华的学子一路都是教育和体制的少年既得利益者……大学成了掠夺政治资本的地方”，“（学生干部）毫无障碍地接受学校给予的一切价值观，自诩主流，一百年不动摇、一百年不怀疑；他们青出于蓝地运用官场技巧与规则，成者为王，败者为寇。”这种大胆率直的批评，一定程度上代表了80后、90后清华学生对学校的反思态度，值得校方倍加珍视和呵护。清华大学党委副书记陈旭表示，蒋方舟在信中提出的一些意见和建议，学校需要认真反思。笔者所见，这是清华大学领导在校庆期间第一次提及“反思”。随后，清华大学校长顾秉林在百年校庆大会发言中提出：“面对前所未有的挑战，我们要有强烈的责任意识和忧患意识，深刻反思不足与差距，进一步增强知难而进的勇气和信心。”然而，两人所谓“反思”只是象征性地一笔带过，对于应该从哪些方面进行反思，如何通过反思解决突出的问题，均无详细的论述。

包括清华在内，中国大学要建设世界一流大学，培养、重建反思能力当是必修的一课。

原载《凤凰周刊》2011 年第 14 期

有多少人爱看“状元书”

某出版社编辑送来一套写高考状元“成功秘密”的书，要我就此写一篇评介文章。在图书市场上，写高考状元的书和高考状元写的书都不少，有的出版机构组织专门的班子，在每年各省市高考状元中物色合适人选，一旦锁定目标，就动之以情晓之以理，将他们牢牢“绑架”在出版项目上。说实话，我对这类“状元书”不感兴趣，对那些被“绑架”的状元，还不免隐隐生出一些同情来。

我问这名编辑：现在有多少人爱看“状元书”？他很自信，说“状元书”一直卖得不错。然而我对他的自信还是不放心。据我所知，目前社会对高考状元的追捧已有所降低，北大、清华一向是“高考状元录取大户”，今年两校都没有公布录取的状元人数，而是希望社会更多地思考成才观和选才观，理性看待高考高分和高考状元。两年前，一家研究机构发布的《中国高考状元调查报告》显示，1977 年至 2008 年 32 年间的 1000 余位高考状元中，40% 目前在海外进修或工作，在国内的职业领域主要为学界、政府机关和事业单位，但取得突出成就、成为行业和领域顶级人才者较少，高考状元的职业成就远低于社会预期。也有人质疑该调查的权威性，却拿不出更权威而翔实的反证来，因此，这份报告应该是可以引为参考的。

这份调查报告得出的结论，与近年来社会上对状元的感知是大体吻合的——在人们的印象中，政界、商界及一些热门行业的顶尖级成功人士，很少听说有谁是哪一年某省某市的高考状元。中国人是最讲实惠的，如果高考状元只是在高考时取得了万人之上的好成绩，却未必能在今后成为“职场状元”，未必能给自己带来万人之上的权力、财富和名誉，那么，人们对他们高考“成功秘密”的关注，自然就要大打折扣了。

对于高考状元中少有“职场状元”，有人从多方面做出解释，说什么“这是对当前基础教育的讽刺”，“是对社会上唯文凭论、学历歧视风气的嘲讽”，我看都没说到点子上。究其实质，高考状元是读书范畴中的代表人物，“职场状元”则是成功范畴中的代表人物，在读书的范畴中，主要培养一个人学习知识、遵守规范的能力，在成功的范畴中，主要考验一个人混迹职场（包括混迹社会）、突破规范的能力。在中国，较长一段时间以来，“学”和“混”这两种能力是矛盾的，甚至是相互抵消的。每个人都有巨大的潜能，但能力结构一般而言却是“守恒”的，一个人在校期间如果主要致力于学习知识和规范，主要培养自己“学”的能力优势，那么

“混”的能力势必受到很大的限制。等到他毕业后进入职场，走上社会，需要更多地发挥“混”的能力时，他强于“学”而拙于“混”，惯于遵守规范而不敢突破规范，就转化成了明显的能力劣势，这对于他的职场发展，势必成为越来越大的束缚和限制。高考状元难以成为“职场状元”，难以在相关行业和领域“混”成顶尖人物，主要原因我看就在这里。

另一方面，不少优等生、状元由于在校期间“学”得好，培养起了很强的优越感，毕业后在职场上往往也端着架子，保持着一定的矜持、清高和尊严，不愿意也不屑于去接近上级、走上层路线，总觉得凭自己的专业技能吃饭最踏实，凡事先想到严格依法依规办理。反之，有些在校期间学习不好、主要培养自己“混”的能力的学生，毕业后心态反而比较轻松，可以最大限度地发挥各种“厚黑”本领，为谋取名利、地位不讲规矩、不择手段，很快就“混”得了巨大的成功。这些无不说明，“混”的能力成了最重要的能力，最关键的竞争力——即便是在以“学”为本的大学、研究所，教授、研究员光有过硬的“学”的能力（教学能力、科研能力）也不行，还必须得有过硬的“混”的能力，能够“混”来课题、经费、行政职务，才能在大学、研究所里成为成功人士。

高考状元少有成为“职场状元”，不少成绩好的毕业生反而在社会上“混”不好，一定程度上助推了新一轮“读书无用论”，这是优等生们、高考状元们的尴尬，不能不说也是社会的损失。在一个健康、稳定、讲诚信、守规则的社会，“学”的能力和“混”

的能力即便不能做到高度统一，至少也不应当严重脱节甚而尖锐对立。有朝一日，如果“学”的能力重新变得比“混”的能力更重要，在学校成绩好又在社会上“混”得好的毕业生越来越多，人们就会对高考状元的“成功秘密”倍加关注，“状元书”就会成为考生和家长喜闻乐见的畅销书。

原载《北京青年报》2011 年 12 月 4 日

“爱国青年被打”献疑

山东威海市公安局文登分局官微昨天发布微博，陈述“7 · 22”治安案件事实及处理办法。经查证，2013 年以来，侯某某与梁某某、陈某某等人经常在网上发表不同言论，进而形成纷争、谩骂。案发当日，陈某某数次通过 QQ 约侯某某见面“理论”，侯某某均作出见面“理论”的回应。之后两边人员相遇，侯某某先与陈某某互殴，后梁某某、张某某、张某某、孙某（侯某某的同学）等参与斗殴，致侯某某、张某某轻微伤。警方对上述人员分别处以行政拘留七日至十五日不等的处罚（侯某某等三人因不满 18 周岁，行政拘留不执行）。

如果只是看文登警方的微博，很可能会被一连串的“某某某”“某某”弄得晕头转向。好在有几家官网、官微和媒体对文登“7 · 22”治安案件已有报道，将这些报道与文登警方发布的微博对照阅读，事情就变得比较清楚了。文登警方微博所称的“‘7 · 22’

治安案件”，在那几家官网、官微和媒体的报道中，被称为“山东青年疑因爱国言论被多人打伤”事件，或“山东爱国青年被群殴”事件。后一种称谓比前一种称谓信息量更大，甚而带有某种定性的意味，值得认真分析探究。

文登警方微博称，侯某某与梁某某、陈某某等人经常在网上发表不同言论，进而形成纷争、谩骂，这在有关官网、官微和媒体报道中，被表述为“威海青年 @ 侯聚森－侧卫 36 因为发表爱国言论，被人在校门口群殴受伤”。对治安案件的事实认定，应当以警方的调查为准，对照文登警方的说法，可知所谓“山东爱国青年被群殴”之说，首先就存在一个不小的问题：从事件全过程看，这不是一起“被群殴”事件，而是一起从“网上约架”发展为“互殴”、“多人斗殴”的事件。虽然侯某某一方人数上处于劣势，只有侯某某和他的同学孙某两人，对方则有梁某某等四人，但先是有“侯某某先与陈某某互殴”，结果又是“致侯某某、张某某轻微伤”，可知侯某某一方并没怎么吃亏；加之警方的处理也符合对案件事实（斗殴、互殴）的认定，并没有“偏向”侯某某一方，可见，说侯某某“被群殴”显然是夸大其词。

与文登警方的依法办案、客观判定形成鲜明对比的是，有关方面在案件事实尚未明了的情况下，一开始就立场坚定地站在侯某某一边，对他的言行表示大力支持，对殴打侯某某的“网络暴民”表示严厉谴责。如当地某部门在官微发布微博：“【关注！爱国青年被网络暴民群殴】……爱国，竟成了被阴暗力量迫害的理由？施暴者必须受到法律惩处。侯聚森，你不孤单，我们都在你的身旁！”该微博中除“施暴者必须受到法律惩处”一句是中性表述外，其他都是对侯某某的无条件的支持，而他们之所以无条件支持侯某某，或许主要就是因为认定了一个事实——侯某某经常在网上发表爱国言论，是一名爱国青年，他的爱国立场与一些“网络暴民”形成了尖锐的冲突，由此招致后者的群殴。

有关部门官微认定的这个事情，需要从两个方面加以推敲。其一，在现实语境中，“爱国言论”、“爱国青年”虽然是常见的表述，但毋庸讳言，目前我国并没有一个权威部门或公共机构有权认定什么样的言论是“爱国言论”，什么样的人是“爱国青年”或“爱国人士”，同样地，也没有一个权威部门或公共机构有权认定什么样的言论是“汉奸言论”，什么样的人是“汉奸”或“卖国贼”。有关部门官微认定侯某某的言论是“爱国言论”，认定他是一名“爱国青年”，如此定性实在过于简单轻率了。

其二，从强烈关注“爱国青年被网络暴民群殴”，到痛心于“爱国，竟成了被阴暗力量迫害的理由”，有关方面的义愤迅速升级，大有“是可忍孰不可忍”之势。其实，侯某某在网上发表了什么样的“爱国言论”并不十分重要，他与梁某某等人的矛盾是否缘于他的“爱国言论”，也不十分重要，真正重要的是，为何现在年轻人特别是年轻网民中充斥着暴戾、斗狠情绪，一言不合就撕破脸皮破口大骂，就变成不共戴天的立场之争、“爱国”与“卖国”之争，甚至走到网下拳脚相向大动干戈？

网民因言论纷争而发展为网下斗殴，无论其中一方是否具有“爱国人士”的头衔，这种做法都是极端不可取的。爱国，当然不能成为“被阴暗力量迫害的理由”，爱国，同样也不能成为对“阴暗力量”施以严厉打击的借口。如果我们轻易认定某人是“爱国青年”，对他的言行无条件力挺，那么，同样也可能轻易认定某人是“阴暗力量”、“卖国贼”，对他的言行必欲斩尽杀绝而后快。

记得3年前，在一个人群聚集的公共场合，北京某高校的一名教师，因一名老人对某个事件有不同看法，上前猛扇老人两个耳光，并声称“绝不容许出现这种明目张胆的汉奸言论”。假如这等“教师”掌握了足够的权力，对他们认定的“汉奸”“异端”会是什么态度呢？

想想都让人害怕。

原载《北京青年报》2015年7月25日

代后记

自由的思想，保守的态度

——答《杂文选刊》记者李庆玲

记者：潘多拉是您的笔名，在古希腊传说里，潘多拉“魔盒”打开，里面装满了祸害、灾难和瘟疫。联想到您的文章常常是言辞犀利大胆，以及这些年行文的“毁”人不倦，还真颇有些趣味。跟我们讲讲这名字的故事吧。

潘多拉：最开始用这个笔名大约是在1994年初。那天和几个朋友一起吃饭，有个朋友说，现在写文章和唱歌演电影一样，也需要吸引眼球，演员一般都要取一个叫得响的艺名，你也应该有一个叫得响的笔名。我说，是应该有个笔名，最好能和我的姓有点儿关系。另一个朋友说，历史上姓潘的名人没几个好人，比如潘仁美、潘金莲什么的。我突然来了灵感：“可以借用外国名人的名字啊。叫‘潘多拉’怎么样？”大家齐声叫好，于是就这样定了。

刚用这个笔名不久，有次给一家很权威也很正统的中央大报投稿，稿子都上版了，结果审稿的领导看了很不高兴，说作者用这个笔名，说明他的政治立场和价值取向有问题，这篇文章坚决不能用，以后这个作者的文章也不能用。

后来我参与撰写本报（《北京青年报》）社评，署名也遇到了一个小小的麻烦。按照一般的理解，社评相当于社论，代表了报社的立场和声音，是一种很严肃的文体。我希望能够署名“潘多拉”，领导不同意，我有些不甘心，有天自作主张署了“潘多拉”，第二天见报了，领导勒令我立即改正，下不为例。这样，现在为止，我在《北京青年报》一共写了近九百篇社评，只有一篇署名“潘多拉”，但愿多少年后，这篇署名“潘多拉”的社评能够成为珍贵的“文物”，呵呵。

最近几年，主要由于工作的关系，我写时评较多，写杂文较少。写时评用本名，写杂文用笔名，既是一种区分，也算是一种态度吧。

记者：在北京大学的学习生涯和四年的教师经历，对您的人生有什么影响？什么样的机缘使您放弃了教师这个行业而转向传媒？

潘多拉：在北大念书四年和在北京汇文中学教书四年，主要是一个打基础、找方向的阶段。汇文中学的历史可以追溯到1871年美国基督教美以美会设立教堂时附设的“蒙学馆”，1918年“汇文大学堂”的大学部与通州协和大学、华北协和女子大学合并为燕京大学，1952年院校调整时，燕京大学和清华大学的文科并入北京大学。由于北大和汇文中学的这一段渊源，我从北大毕业后到汇文任教，精神上、旨趣上不需要大的转换，仍然能够感受到一种兼容、自由的气氛，这在上世纪九十年代初的特定环境中是很难得的。

但是，正如北大不再是当年的北大，汇文中学也不再是当年的“汇文大学堂”，我在汇文教高中历史，兼任高中文科班的班主任，按部就班、严格规范的教学，让我感到自由发挥的空间越来越小。我不甘心就这样一辈子给人当传声筒，我需要发出自己的声音。同时，我自己看得很清楚，一名优秀的中学教师需要在丰富的知识之外具备多方面的素质，在这些方面我缺乏优势。我曾在拙文《自由的条件》中这样写道：“我的‘错误’在于我并不适合当老师，至少当不了一个好老师。我从小性格内向，不善言辞，偶尔还有点口吃。我身材不高大，相貌平平，严肃有余，幽默不足，口头表达严谨有余，生动不足。由于这些近乎先天性的缺陷，我很难调动学生的情绪和兴趣，课堂每每死气沉沉，鸦雀无声，比某些堂而皇之的报告会、动员会、座谈会还要令人失望……”

以上两方面的原因，促使我必须离开中学另谋出路。

记者：您有一个自己不愿承认但却为读者和同行认同的称号：反腐斗士。您也曾说，战斗性是杂文最本质的特征。能否谈谈这些年来的“战斗心得”？在“冲锋陷阵”的过程中，是否也曾挂过彩呢？

潘多拉：一些读者和同行谬赞我为“反腐斗士”，大约是因为我出版过一本杂文集《中国魔盒——潘多拉大战腐败》。书名是出版社的编辑定的，谬赞的意味显而易见。

这些年写了不少反腐败题材的文章，概括起来，大致有以下几点心得：一是反腐杂文自然要有批判性、战斗性，但写杂文毕竟不同于记者做揭露性报道，杂文更多时候只能是“打死老虎”。然而，反腐杂文如果只是跟在纪检机关和司法机关已经盖棺定论的反腐新闻屁股后面发议论、表决心，时间一长，这样的反腐杂文也就失去了生命力，甚至自己也离“腐败”不远了。

第二个心得，就是腐败已经深入到了社会各阶层之中，反腐败不能只是反贪官，还必须反社会的腐败、老百姓的腐败。王彬彬先生写过一篇杂文《腐败的民间基础》，认为“中国传统的政治体制和政治文化，不可能使民众对腐败有一种纯然道义上的痛恨，不可能使民众真正发自内心地以腐败为耻而不是相反”。我有时甚至想，民间腐败或许正是官场腐败的基础，因为许多官员原本是从民间成长起来“挺进”官场的。从表面上看，官场腐败与民间腐败孰为主、孰为次是很明显的，但深究起来，两者孰为因、孰为果恐怕还不容易说清楚。

第三个心得，反腐败的成败，最终取决于政治体制改革能否尽快突破。人们常说，反腐败反到一定层次和级别，就再也反不下去了。因为这个时候反腐败已经不再是法律的较量，而是转化成了“政治斗争”，“政治斗争”的问题，只能通过政治改革来解决——只有通过政治改革确立了新的格局和秩序，反腐败才能重新回归为正常的法律较量。

在“冲锋陷阵”的过程中，我未曾有过“挂彩”的经历。我不想做“烈士”，我认为“安全生产”符合人性的选择。

记者：您的作品如《既然刑具在握》、《选民也在“打瞌睡”吗？》、《拔擢“猪哥勇”的“伯乐”该担何责？》等，往往具有风格明快、直抒胸臆的特征，同时逻辑性佳、思辨性强。魏明伦先生将之喻为能在七八